NANJING
Cultural Talent
南京文化人才

庞余亮　主编

推开小说之门

毕飞宇工作室小说沙龙第二辑

南京出版传媒集团
南京出版社

图书在版编目（CIP）数据

推开小说之门 : 毕飞宇工作室小说沙龙. 第二辑 /
庞余亮主编. -- 南京 : 南京出版社, 2024. 12.

ISBN 978-7-5533-5035-6

Ⅰ. I207.42

中国国家版本馆CIP数据核字第20247BR448号

书　　　名	推开小说之门——毕飞宇工作室小说沙龙第二辑	
主　　　编	庞余亮	
出版发行	南京出版传媒集团	
	南 京 出 版 社	
社址：南京市太平门街53号		邮编：210016
网址：http : //www.njcbs.cn		电子信箱：njcbs1988@163.com
联系电话：025-83283893、83283864（营销）　025-83112257（编务）		

出 版 人	项晓宁
出 品 人	卢海鸣
责任编辑	苏　牧
装帧设计	赵海玥
责任印制	杨福彬

排　　版	南京新华丰制版有限公司
印　　刷	南京爱德印刷有限公司
开　　本	787毫米×1092毫米　1/16
印　　张	14.5
字　　数	191千
版　　次	2024年12月第1版
印　　次	2024年12月第1次印刷
书　　号	ISBN 978-7-5533-5035-6
定　　价	78.00元

用微信或京东
APP扫码购书

用淘宝APP
扫码购书

目　录

第16期：创作自信是一种力量之源

易康：这是两篇有情怀的小说。《通天》有两个主要人物：怀仁和泰和。他们其实是一个人物的两个面，背后隐藏着作者自己。但作者隐藏得不够深，小说空间没能够打开。小说表述单一，用同一种武器往一个点上猛攻，节奏控制不足，效果不佳。同时，这篇小说比较空，人性探究比较浅薄，核心意象挖掘不够。如果增加一个人物，从另一个角度来叙述，就可以调整这篇小说的结构。《致哀日》风格类似摇滚音乐，体现了作者的叛逆、反抗和力量，但比较烦琐、反复。

庞余亮：先谈《通天》。我说三点：第一，写作者要有自己的腔调。《通天》整篇小说缺少体温。小说的构思不错，但只有一些意象的反复，写得很平。第二，要用"棍棒"写出打与被打之间的张力。可以借鉴莫言的《檀香刑》，模仿其中的打与被打，由此体现出父子之间的那种张力。第三，力量。要深入挖掘一个人的视角，而不是让好多人的视角分散了力量。如果《通天》以它的第十章作为开头，会是非常棒的小说。"怀仁已经在院门口等了泰和很久了"，这句话就能把小说确立起来。

《致哀日》聚焦聚得很紧。短篇小说是环环相扣的，每个词、每个句子都有讲究。既然爱小说，就要爱小说的艺术。小说创作者应该有一个从自发到自觉的过程。

庞羽：小说作者一般从偏向于自我的作品写起，但一个好作家，必须关注身边事、关注社会。《致哀日》是一种心理迂回小说，画面感强，类似于加缪的写法。《通天》的语言好，但这篇小说的动机不足，缺少核心事件与三角关系。

王锐：《通天》的视角不统一，节奏变化无规律，缺少推动叙事的力度，很难建立带入感，而《致哀日》能把你带入某种情绪当中。但《致哀日》不够准确，让读者产生了困惑。

毕飞宇：在20世纪80年代，这两篇小说足以让作者一夜成名。那时人们还不懂现代小说。西方的语言有多种限制、从句，翻译过来，界定和重复过多。可现在我们写作，不仅要学习经典，还要提供新的小说语言。两篇小说都能体现作者的才华。《通天》最吸引我的，不是精神故事，也不是时代内容，而是一个故事被颠三倒四地描写了多次。一个作家，要么大量阅读，要么像马尔克斯当初学写作一样，去归类，去尝试。创作要非线性的还是要线性的，作者自己要很清楚。如果是非线性的，可以自由发挥；如果是线性的，就去学习、总结、寻求艺术规律。小说的人称代词不要乱用，要清晰。创作小说时，再漂亮的句子，只要它与小说没关系，那就得删去。《通天》的缺憾在于，创作小说就如画油画，定个框子，反反复复地画，最后形成一幅丰富厚实的作品。所以，要在叙述中呈现复杂的世界，以及世界的不可知性和不可预知性。《通天》的作者可以去读一读福克纳的《喧哗与骚动》。叙述的腔调要变，才能多方位多角度地塑造人物形象。

《致哀日》中有一句台词："我知道。"如果让我写，有两种可能，其一是写尽悬念；其二是在"我知道"之后，继续设置情节、场景往下写。《胭脂扣》就是很好的范本。创作要胆大，这位作者的胆子太小了。

朱辉：生活本身有逻辑，而小说也要建立一个叙事逻辑，这两个逻辑之间有巧妙的契合或适当的冲突，这对小说质量至关重要。生活本身的逻辑与叙事策略匹配、同频或故意不同调都体现作者的创作能力。对于小说家的才能，除了语言要求，还应有情节要求，虚构情节的才华是创作能力的真正体现之一。短篇小说需要奇情，在有限的叙事空间里，给读者一个意外的、特别重要的发现，可以源于故事的情节，也可以源于细节，甚至是叙事策略和叙事方式。小说不是生活，小说是生活开出的花。一个好的细节可以撑起一篇好的小说。生动的细节描写显示出作家的趣味、力量、经验与想象。成功的细节可以构成小说的魂。

金理：《致哀日》最后作了心理学解释，会带来一定的阅读障碍。《通天》的时代关系指向不明，它的表达方式和主题结构在创作之前就已存在，作者的视角集中在一个点上，反复攻击，少了一些旁逸斜出的东西。

李洱：今天的小说沙龙让我想起了20世纪80年代，我的一次小说创作经历。我通过对小说的写作、修改、写作、再深入，发现了很多有趣的写作秘密。这是两篇关于死亡的小说，我认为很有道理。所谓向死而生，若非通过小说，我们一生能有几次见证人世的险，几次接受生死的磨砺？从《诗经》以来，优秀的文学作品里都包含着死亡。在死亡中，生命重新诞生，意义重新获得，这是文学的基本主题。在刚才的讨论过程中，所有的意见、观点基本没有重复，这说明小说创作有基本的规律。小说分为两种，一种是契诃夫式的，另一种是卡夫卡和博尔赫斯式的，前者是世俗生活中个人的孤独，写个人和世界的关系；后者表现怪诞、梦魇、暧昧。这两篇小说大致属于后一类。这两篇小说有才华，也有许多问题，譬如说，要赋予小说具体意义，动机要足，要艺高胆大，视角要清楚，目光要聚焦，存在的内核要坚实，坚实才能让读者信赖。1949年之后的小说，我都看作某种成长小说，小说创作的状态及精神世界要打开，要成长，要有所教益。小说要注意词与物的关系，赋予小说生命以强大支撑。

本期实录由郭亚群整理，
首发于《雨花》杂志2019年第9期，收入本书时有删改。

致哀日 /文雯

热气几乎是从神经末梢直接灌入脑海的，大脑中枢在作痛、作响。周围全是静止的风声。我把长发胡乱挽起来。

手机响起，显示"妈妈"。我照常跟她交代去处："我去参加葬礼。"

"谁的啊？"

我觉得这时候我应该回答一个名字，但突然间我的脑子一片空白，像是一次反复强记的背诵猛然断得一干二净，上下文所有语境骤然失去联系，我迟疑了一下道："一个高中同学。"

我去参加葬礼，在这个夏季尤为酷热的一天。

光把外面陈放的白边花圈染成淡淡的橙红色，白色的飘带迎着炽风群然抖动，发出轰隆声。

前来悼念的人们——稀稀拉拉的人，坚持穿得严严实实、恭恭敬敬的人，还有几乎没有人迎接的客人，如我。没人引路，我就随性坐到最末一排的位置。我不用坐得太前。一是身份不符，我隐约只记得这是我的一位高中同学，毕业多年也未曾联系。实际上我跟任何一位高中同学都是这样的状态。遥远的人际丝线影影绰绰，那些片段的印象像是被删除一般。二则是，我也没多大兴趣，现在比起哀悼，我只想找个通风处。

头疼和眩晕感也许是这暑气使然，我的每个毛孔都在分泌汗水，像淋浴一样，我淋着汗水。

我收到讣告的不久前，天气就已经这个样子。讣告很短，突如其来的家属简讯的通知。同一天还有一封小小的肃穆的黄皮信，送过来的时候四边轻微卷皱。最初还有一种想知道死者生平的欲望，转眼又被我日常的倦怠压抑下来。

这个葬礼的主角在我心里只有个模模糊糊的影子，事实上，我几次起了一丝想要去了解死者的念头，但都莫名消散掉。

我远远地坐着，顺眼看过去，一幅巨大的遗照，大得逼近，大得吞噬了整体的面容，只让人看到那张已死去的脸上曾经生动的细节。譬如肌理，譬如发际，还有笑纹。那面容在我的视网膜上成像，那就是一幅对比度极低的黑白轮廓，准确地说，是一团雾气。"真像画，"我看向那远远的一幅，小声嘀咕着，"是《伦敦国会大厦》里最暗的那一份。"

相框的边缘，银色，我注意到框边纹路处理得是那么精致到位，像是被粉红色的藤本月季满满地攀爬缠绕着。生前也是生活得浪漫着呢，我正想着，忽地，银边被渗透到白帐里的太阳光照得反射，一阵目眩，我把眼睛别到一边。死者是谁也许并不重要。

我开始环顾周围的人。最前方的一群身着正装的中年男人大声地讲着无关的话，他们的样子在白帐荫蔽的烈日下显得焦虑不堪，我右边斜后方的女人用一张硬纸呼呼地给自己扇风，毫无吊唁的神情，那一点点微不足道的风把她前额的头发吹起来，才看得到里面藏着的蒸汽与水滴。我一面暗自好笑，一面也的确很想知道，为什么葬礼会在室外——在这八月流金铄石的天气。这样焦躁的气氛甚至让人怀疑，是否它已经击毁了本该有的哀伤并取而代之，因为悲恸的感觉几乎太难寻见了。

一个穿着黄衣服的小孩在我周围嬉笑着跑来跑去，这显然不是在肃穆的场合应有的。我想提醒他，我眼看着他飞跑，笑声像装着玻璃珠的瓶子快速摇晃时那样脆生生的利落，我的目光跟着他的脚步游移，最终顿住……"停下。"这不是我的声音。我要开口时忽然满嘴缄默。这时我感应到我的悲伤了，可惜不是对死者，是对我自己。

回头看，是孩子的母亲，那个方才扇着扇子的女人，她一脸严肃的样子，好像从始至终都对死者抱有感怀与敬意一样。

在我看来，她与她的孩子一样，我甚至觉得她百无聊赖用力扇扇子的模样倒比较义正词严。

算了，我对自己说。当然我也不高尚，我本来也不是诚心诚意来表达悼念，我的出席本来就是出于我自己的目的，那么我又何必维护这个葬礼所谓的肃穆呢？

我把这场葬礼当作一次高中同学聚会。我要直面我的心思。

这样看来，我比起刚刚乱跑的黄衣小孩是更加不敬。本末倒置，于死者，这种寻找说辞和借口的出席是多么卑劣啊。

我是期待高中同学聚会的，我暗自期待很久了。倒不是我多怀念同道奋斗的友情，或是某一段被文艺作品浮夸地搬来搬去的青葱岁月。我是很想见当初的一个人——但他想不想见我另当别论。所以我来参加葬礼了，我以一种不在意逝者的卑劣和恍惚到这里来。我坐在这里，感受汗水从我的表皮飞快渗透的细节。

我不见那个人也已经很多很多年。

想必他一定会来，他跟我不同，他是非常重情义的典型的世俗人。他那时候就有太多太多相处得很好的朋友。他在意他的每一位朋友，甚至显得有些八面玲珑。记得有一次，他帮一个大高个子去高中后门拿从墙洞外边塞进来的米粉。他护着热气腾腾的米粉走，却因青苔滑倒，最后身上泼满了粉汤。但是他什么都没说，自己回去换了身衣服，再买了一份米粉给大高个子，还连声道歉说自己送得迟。我不喜欢他那唯唯诺诺的样子。我记得当时或许还为此跟他吵了一架。

我们总是爱吵架，不是面红耳赤，不是大动干戈，我们就静静坐着，聊的都是些尖刀剜人心肺的言辞。那些刀片铺天盖地下来，他胸口一丛，我背上一片。我一个人哭得全身发抖，气息顺也顺不平，一抽一抽的，抽到很可怕的境地。他就开始担心，说："要不要叫医生？我给你妈妈打电话，快，我给你妈妈打电话！"

"你不要打——"伴随我轻声的气息吞吐，我的哭泣就收敛一点。

他起初赏识我的脆弱，我也对他的怯懦表达谦卑和恭顺，天作之合。跟着这思路，我耻笑自己，耻笑一直持续到我看到三两熟悉的面孔。那些脸保有某一雷同的内核，只是改变了质地，我对他们的标志性表情深感熟悉亲切，虽然我是个相当健忘，又被人讲很漠然很淡薄的人。我从一旁绕行走近，又换了换方向看，最终确认那是我的高中同学们。几分钟内，这个队伍微型扩张。而我仍在困惑要怎么过去自然顺承地插入他们的叙事抒情，首要考虑怎么去抬起这手，我消磨意志的时光居然快要难以支持我抬手。

高中同学，高中同学。

现在多来的几人，和原先的几人没什么不同，那一群人。我记不起他们的名字，一个都不，我反反复复确认，每一张脸在记忆里都能再现，就是所有的名字变成符号在那段岁月里原地蒸发，飞升到跟我现在的时空完全脱节的所属地去。那么，先跳过他们，他的名字是什么？我抄起手，右手捏着自己汗涔涔的左袖，冥思苦想。不过，那群人里没有他。

确实，真的没有他。时隔这么多年，模样再变化，我想我还是能认得出他的。我有一些失落，但并不为此感到失去希望，因为他总是迟到。上学的时候就是这样，踩着铃声踏进教室门，还要慢悠悠地携水杯到门口去接水喝，一边接水一边回身同门口一排他的"朋友"聊天。这不奇怪，谁都是他的朋友。

不过这种场合也迟到，堪比我的不敬。我是实质的不敬，形式还无可厚非……

"阿云！"对面叫我。

好生疏的一个称号。非要数，快十年没人这样叫过我，以至于我迟疑一秒才回过神反应过来。

"过来呀，阿云。"

阿云，我的名字里没有云字。但我告诉过每一个我信赖的人，我的名字里的字本意是云彩的意思。然后他们一声一声那样喊我，其他人不明就里，也就随着这样叫了起来。第一个告诉的人也是他，想到这里，我又较方才添了一笔地想，还没来，他甚于我的不敬。

我迈步走过去，一边放下了心，一边又有一些不安鼓动了起来。我练习了无数遍的技巧，再来一遍，抬起手，摇摆手腕，掌心朝前，动作轻微但有幅度象征友善和热情，说着"好久不见啊""天啊"之类的话，最后要笑——

对面的人看到我的笑露出了一丝转瞬即逝而又极其奇怪的表情，说不清是诧异还是鄙夷，但总之那神情很微妙，偏偏又一下子消散了，我没来得及将之捕捉分析。我有些难受，倒不是为在这样应示以哀伤的日子笑而自责，至少我觉得我笑得很委婉。或者难道我不该笑吗？我想，那就是我不该笑，这是葬礼。

"好久没看到你了，要不是这次……"

"是啊，多少年了。"

我不喜欢应付这个，但我做得还不错。

对面有女人哭，男人拍着她的背。他们循声看过去，我也就装模作样地侧身瞟了一眼，表示以目光表达了关注，以及和他们的那份一起顺便交付的同情。高中同学们说："可惜，真让人难过，还这样年轻。"无非是这些话。

这些词句中，我小声嘀咕了一句："我热到头晕。"又迎来了方才我笑的时候他们那转瞬即逝的表情，我私以为那都是些古典的表情，像古希腊雕刻的人像，没有眼睛，他们不用眼睛传情，整个躯体就是诉说。就是那样从上到下都不自然的表情，不是某一个情感鲜明的眼神，或者表达喜恶的嘴角牵动，而是全身地看。他们的手都有些僵直，他们的喉咙动了动。我解读了一些。

我感到越来越闷，甚至开始动摇。他那样看重朋友，至少高中时候是这样。怎么还不来呢？只是这温度让我无法给自己一个类似于"只是早晚问题"的安慰。

我又陪他们坐了一会儿，仪式过了一半左右。我佯装听进去了回忆和叹息，他们嘴里流出来一长串的名字，都关于早就被冲淡了的那一段时间，像是强行把储存室角落里童年挚爱的泡泡机拿出来，塞到面前，不仅自己要吹出来，还要逼着我吹，这就使我觉得尴尬。总难免有几个时刻他们看向我，这是人与人谈话时必要的眼神交流，却是一种无声胁迫——你总要，也总该说些什么。

可我没什么好说的，我不关心逝者，也不关心绝大多数人，比方说他们，我想不起我面前这群人的名字，真是苦恼，这些叫不出的姓名混合着日头的温度变成一团黏稠的稀泥巴。我开始决定打量他们，每张脸都能让我明确肯定在那些声色犬马中出现过。先扫视，七八个人，每个人都穿着黑色。我看看我身上，白色中袖薄衫，因为实在太热。我想传统出丧穿白色，没什么不好，倒是西方牧师做祷告的墓前人们身着一片黑，我觉得很讽刺可笑，这个葬礼明明不伦不类，而我没什么精力笑这个。我也不敢冒失，至少要表现出我来表达哀伤的主要目的，还有与他们共同追忆逝者以及那段与逝者和他们共享的岁月的次要目的。我的目的不是这个，我自己知道就好。

焦躁让我审视我打量的一切。

这张脸，现在胖了不少，打着乱七八糟的领结。这是早年和他一起在球场上的人，他们的球技真的很烂，我不知道我当时为什么要看。

这女人，白白净净的脸，我认出来，似乎是那时候他很铁的朋友了。就是她，我记得明明白白。他给她占座位。那时候我有种莽撞的义愤，觉得这是一种精神出轨的表征。年轻的时候蛛丝马迹都是世间大词。说这话好像有些老气横秋的成熟感，那倒不必这样抬举如今，我知道好在这么多年，我除了磨掉脾气，也没修来比当年好得到哪去的秉性。这女人呢？她跟当年一样白净，也许其实已经暗沉了，借着过去失真的记忆加持，黑色又衬着肤色。

这个人是他后桌，是为数不多我认为的，他的"好"朋友，以前一股流气，衣服总穿大一码，还很皱，像摊开的一把酸菜。最记得他走起路来鞋子在地上拖来拖去的样子，好像不愿意离地似的。现在穿得仪表堂堂，皮鞋也干净得反光，这样子倒比较讨厌。

……

看到大概五个，不想再看了。

恰好刚刚的黄衣服小孩打碎了什么东西，很大的东西，我无心关注，只是没选择余地，被迫听到了一声长长的呜咽，像是钟鸣。我热得失去耐心。

"喂，那个——"

我最后一个问题问出来的时候，他们齐刷刷地看着我，像审判一个怪物。所有人微微张嘴，那副欲言又止的样子让我想跳上去撕开那些命定般的虚伪盘问。

"我是想说，我们等仪式结束后，同学间再聚聚会吧？"

没人回答，只是奇奇怪怪地看着我。我知道自己又大不敬了，但我不想再装得多么肃穆，实际上我相信他们内心也不是，毕竟这么热的天，我知道他们早也和我一样整个头昏昏沉沉。但无人应答的话就是会让周围变得很可怕。更可怕的是我又接着补充："去吃吃饭、唱唱歌之类的。"恐怕他们觉得更怪诞，我加上了一句"像以前一样"。

"像以前一样"这种利用过往的自私盛情，我这种对过往几乎完全糊涂的人居然运用了起来。

葬礼我存疑，但如果是确认的同学聚会，他就一定会来。我面对我的心思。我对他的世俗太有把握。特别是唱歌，大家都那么爱唱歌。那时候他就唱歌，还指导我唱歌。一间像歌厅一样黑的教室里，我抱着一杯水喝个不停，唱到后头就是寻常的吻。一片荒谬的柔情登堂入室，自我陶醉。

我攥着袖子。

此刻，高中同学们面面相觑，好像在找什么话说。一个我没什么印象的人语气诧异地哼唧了什么，紧接着那个白净女人带着哭腔一样的低沉的愠怒，或是什么我也拿不准的情绪，开口道："嘉明死了，我们都很难受。"

我猜到大概会是这样一句。无非责备我不懂表达严肃的感伤或者是什么失敬的措辞。在这样的场合，我看起来不够感伤，措辞也很不当。但其实我也想说，他们也不感伤，他们只是有遣词造句的本领。我倒不想为自己辩驳，只是想再争取些什么，很快地向她道："不是这个意思，我……"

"你知道，嘉明当时很爱你。"

"我知道。"我想都没想就顺着这话应了下来。

——我知道？更该是这样，一句陈述句用尽了所有疑问的语气。我突然发现自己距离遗照够远。那一幅巨大的遗照，大得逼近，消解了整体，只让人看到那面容曾生动的细节，还有那惯常的懦弱的笑纹。但现在已经够远。

她的声音像一件触感清凉的瓷器在滚烫的地上摔到碎片高高溅起。她低垂着头，很轻地重复了一遍："嘉明当时很爱你。"

我闪回我大脑空白的前一阵子。我听到自己也在轻轻说："我知道。"

没有声音了，那小孩打破的东西偏偏撞钟一样回响。

本文为毕飞宇工作室第16期小说沙龙讨论作品修改稿，

首发于《雨花》杂志2019年第9期。

通天 /张步庭

一

怀仁已经在院门口等弟弟泰和很久了。

"到哪里去了?"

"通天河。"泰和平静地答道,面无表情,眼睛并不看怀仁。怀仁没有想到泰和会用这种语气回答自己,只是盯着他,一时间竟也没有了话。

泰和突然觉得通天河是一场噩梦,而他正挣扎着清醒。

二

父亲死去时的情景,曾久久铸刻在泰和的脑海中,又由此勾连出更为久远的记忆。像被人勒住了脖子,鞭打着拖行在布满石砾的路上,眼前的景象不断地变换,窒息和痛苦使它们变得异常清晰。这种状况不知持续了多久,有时醒来时面对的是漆黑的夜色,有时面对的则是哥哥那张似怒非怒的脸,巴掌打到脸上,泰和才会感到久违的清醒。

"你一天到晚在发什么愣呢?"

泰和从窒息之中猛地抽离开来,才发觉自己站在院子正中央,却怎么也想不起来自己要做什么。

"父亲他……啊……不……"泰和想要说什么,又赶紧止住了。

他清晰地看见了哥哥眼睛里涨红的血丝,倏忽间思绪又要钻进回忆里。怀仁抬起一脚狠狠地踹到泰和的大腿上,泰和这才打了一个哆嗦,慢吞吞地走开了。

哥哥骂骂咧咧地走进屋子，泰和听到背后人声嘈杂，时不时有桌椅挪动翻倒的声响。泰和望向墙边的那些酒，有几个坛子已经被打破，陶片凌乱地堆在一处，无人打理，倒出来的酒流淌着渗进地里，残留几道凝结了的水迹，像是掺了什么一样久未消去。泰和抱起一坛酒，坛壁透着坚硬的凉意，酒水晃动发出轻微的声响。泰和望着怀里的坛子，觉得自己正抱着一个冰冷的婴孩。光滑的坛壁模糊地映照出他的脸来，是与坛子一样的暗红，如同染了一层干涸的鲜血。那种记忆被撩拨的窒息感渐渐浓烈起来，混着血的甜和酒的辣一齐涌到喉咙口，莫名的恐惧在他的脸上弥散开来，手猛烈地颤抖。

坛子落到地上，发出沉重的破碎声。

三

父亲死了，又连同着几块石头，卷进茅席，趁夜被扔进了通天河里。

泰和在父亲死后不敢走出屋子，父亲的尸体被放在院子里，泰和从门缝里看不真切，却能在脑海中清晰地看到父亲扭曲的脸。这张扭曲狰狞的脸盯着他。泰和跪在门内不断颤抖着，就像多年前他看父亲最后一次打怀仁时一样。

那天晚上，泰和就这么跪在屋内，头低垂着无力地抵住门，朦胧中，他已经分不清自己到底是醒了一夜，还是做了一夜的梦。直到破晓的光透过门隙，在泰和的脸上划出了一道红色的弧线，他睁开眼，觉得所有东西的影子都变得很长，数个人在院子里走动着，人影都像棍子那样笔直修长。

当泰和望见空空的院子时，有那么一瞬间脑子里一片空白，什么也不记得。然后父亲的面容首先在他的眼前展开，先是温和的微笑，接着变成狰狞的怒目。于是一切都回想起来。令人窒息的记忆里，喧闹的人声，棍子划破空气，和头骨碰撞，酒坛被砸碎，流淌出了一地的鲜红，一切和落日的余晖交相融合在一起，迷离间，泰和像是回到了那一刻，夕阳就好似破晓，破晓就好似夕阳。

死去的父亲让泰和又记起了母亲，准确地说，是母亲的坟。母亲走得早，那时父亲还不曾想到要料理自己的后事，他叫人刻了两块墓碑，一块是母亲的名字，一块是自己的名字，在离村不远的山坡上买了一小块地，作为自己和妻子身后的安息之所。泰和犹能模糊地回忆起坟前燃烧的纸钱，通天河上载着蜡烛的点点白舟，以及岸上父亲和哥哥两个人长短的影子。

起雾了，一切都望不真切，只剩下乌鸦沙哑的鸣叫，零星点缀在潮湿的空气里。

四

泰和决定晚上偷偷地去找父亲。

宅院在三更时分终于沉寂下来，泰和悄悄打开门闩溜出院子，向通天河而去了。

卷积云在苍穹里被映成了黑色，唯有几点惨白还显示着月光的存在。通天河并不宽阔，虽深却不绵长，说起来只能算作小河罢了，名之以通天，是昔时附近乡人去世，都要在河中放上三天的纸船，希望它们能够指引逝者的魂灵去到彼岸西天，亦是寄托生人的念想，大致如此。

通天河岸尽是芦苇，黑夜里望去便是一整片凄凉的白，这片白在风的吹拂下恣意招摇，竟有些令人生畏。通天河远离大路，若非放纸船，一般人也不会到河边来，泰和家附近这一段，更是人家稀少，更何况是在夜里。风穿过芦苇，发出尖锐而绵长的声响，像极了冤亡之人的哭诉与哀号。

远处传来窸窸窣窣的脚步声，悄悄地，宛如潜入禁地般，谨慎而又怯懦。疏落的足音逼近，泰和穿着旧而发白的马褂，猫着腰，双手合十正念念有词，在祈祷着什么。此时微弱的半点月光在他疲倦的眸子中映出了惨淡的白，已和这芦苇的颜色无异了。泰和偻背踽踽前行，颤颤巍巍，呈现出一种诡异的姿态来。

泰和并不知道父亲身在何处，他只是盲目地寻找着。父亲多半是被扔进了水里，泰和并不会水，他从芦苇荡里小心翼翼地探出身子，朝河面上望去。通天河原本狭窄，却在夜色里模糊了岸的边界。河面上什么也没有，独剩下一点月光的影子，轻轻晃动着。

不远处乌鸦扑棱着翅膀飞起，惊动了一片零碎的鸟鸣。

风将芦苇吹得伏倒，泰和站在当中，如同一尊弯曲的雕像。他觉得背后冷汗淋漓，像是有人在偷偷注视着他，他赶忙伏低了身子，可是风却像是在捉弄他一般，吹得愈发紧了。泰和听见了哀号声，又觉得父亲就在附近的河面上漂浮着。此刻河中一点白月的倒影，像极了摇曳的白色的皮肤，芦苇也成了亡人摆动的四肢，触碰着搔挠着泰和的手臂与后颈，他控制不住自己剧烈抖动的双腿，突然跪了下来，带着哭腔向黑夜求饶。

泰和从胸口掏出了什么，是一只白纸船，他颤着手把船递进水里。照例还要点灯的，可泰和如今凭什么也不敢这么做了，他无力去寻找父亲的躯体，只期望父亲的魂灵能借着惨淡的月光，跟上纸船的漂流。

白船被水波拍打着，挤在岸边无法前行。泰和赶忙折下一段芦苇，伸过去拨弄那纸船，一边轻声而又焦急地念叨着："走吧，求求你快走吧……"于是纸船在岸边打了个转，一点一点朝着水流中心漂去。船的白与月的白交融在一起，接着又立刻离散，宛若两个白色的瞳孔，望着泰和。泰和整个人僵住不动了，他觉得这一双白色的瞳孔就是哥哥望着他时的样子，一种无以言状的冷淡和绝望。

蒸腾的雾气犹如人的魂灵，朝着漫无边际的天空而去。

五

怀仁这一夜睡得很不安稳。他极力压抑住思绪，忍住不去回想这两天发生的所有事情。风拨弄着窗外稀稀拉拉的树叶，就像无数的雨点拍打在屋檐上。这样的声音，他曾在一个记忆深刻的雨夜里，一直听到黎明。雨水坠落到身体上时，怀仁觉得整个人都被寒冷的水珠包裹住，他像是淹没在一条大河里，四肢僵硬得无力挣扎，呼喊声也无人可以传达，只能任由水流将自己带去远方。迷离间他看到一只白色的纸船在激流中飘摇，他挣扎着抓住了纸船，白色的舟却在他手里肢解分离，最终和他一同沉进巨大的水渊。

怀仁翻了个身，忽然听见有轻微的人的脚步声，大门嘎吱了一声，又立刻恢复平静。怀仁起身披了衣服，走到院子里，发现泰和的屋门虚掩着，而人已经不见了。他于是走出院门，四下张望，方发现不远处有一个瘦弱的人影，似乎是朝着通天河的方向走去了。怀仁看了一会儿，思索着什么，不久便慢慢地跟了上去。两个人一前一后远远地走着，在这个死寂的晚上，惨淡的月辉又铺洒到了他们的身上。

泰和钻进通天河边的芦苇荡里，不见了，只有芦苇的摆动显示出他的所在。怀仁没有跟过去，只是在河岸高处的一棵树下，慢慢地坐了下来。夜幕低垂在通天河面，他心里像是被蒙上了一层密不透风的布。怀仁感到自己喘不过气来，像是置身于河底沉重的水压之下，拼命地想往上游。

怀仁从通天河里精疲力竭地上了岸之后，也是这样的感觉。父亲的遗体被抬到了河边，连同石块一齐抛进水里，父亲入水的时候溅起巨大的水花，冰冷的河水打在了怀仁的脸上，怀仁一哆嗦，用袖口擦了擦脸，然后望着涟漪一点一点平静下去。水面映照出怀仁的脸来，他愈看便愈加觉得这张脸像是父亲的。日出的霞光染红了水面，也染红了水中的面孔。怀仁突然握紧了拳头，又一跃扎进了水里。通天河的水从没有如此浑浊过，怀仁探到水底，焦急地摸索着，可是除了锐利的砂石和缠结的水草，便什么也没有了。他几乎是用尽了最后一口气，才从水面上探出了头。怀仁低垂着头坐在水边，大口地喘息着，水珠接连从头发滚落到脸上，又仿佛泪水般落地。怀仁的背随着他的喘息不断地起伏，就像大哭了一场一样。

怀仁在树下不知道坐了多久。涌动的秋风最终将卷积云吹散，露出略显暗淡的星辰来。一艘白色的纸船从芦苇荡中飘了出来，摇晃到了水面的中央。白船和白月的倒影重合在一起，又渐渐分离，像是一对白色的瞳孔。

怀仁没有等到泰和从芦苇荡中出来，他默默地看着纸船走远，消隐在雾气里，便站起身，向家走去。一路上，怀仁觉得自己就是那艘纸船，怀着沉重而不为人知的心绪，漫无目的地不知该去向何处。

六

泰和从记事起，就总是看见父亲的棍子落到哥哥怀仁的身上。

泰和的父亲老庄年轻时走镖为生，一根棍子用得很是勇猛，却因一次意外伤了左腿，无奈再也走不了镖。不过几年风险下来，也有了不少积蓄，回到老家村里置了宅子，娶妻生子，也算是安稳。老庄的第一个儿子，取名叫怀仁，要他怀仁存义，治书修贤，身为家中长子，将来要能够秉持家业。只是怀仁长大后，却固执地朝着与老庄的希望完全相反的道路而去了。老庄整日看着怀仁不学无术、游手好闲的样子，觉得自己出生入死换来的家业，定要败在这不肖子的手里，于是怒极之时，往往用棍子去抽怀仁。老庄这条跟了自己多年的棍子，还没有来得及在江湖上争斗，却都用在了自己儿子身上。

泰和出生后，这一情况短暂地好转过。泰和的母亲在生下他不久之后便去世了，悲痛过后，老庄看着泰和幼时乖巧的模样，似乎又重新开始有了希望，顺从可爱的泰和让老庄暂时忘却了怀仁的无用。怀仁在泰和出生后的四五年里，未曾看到父亲再拿起过棍子。父亲对他的漠视，怀仁心里想得很清楚，明白自己在家中已然没有了什么地位。这对怀仁来说，算不得什么，但他还是渐渐地寡言起来，对家中的一切漠不关心，仿佛自己并不属于这里一样，早出晚归，并不与父亲多见。而当老庄再一次从养育泰和的忙碌之中回过神来，面对怀仁这样一个自己生出的失败品时，却难以压抑住他比先前更盛的怒火。

那年泰和六岁。春日的余晖把整个院子染成浓烈的红色，记忆里许多人的影子被拉长着流淌，成为扭曲的模样。

怀仁傍晚时分回到自家院子时，正好撞见父亲，两人四目相对，他们的影子重合在一起，就像两条血脉一样融合延伸。老庄像看一个陌生人一样打量着怀仁，片刻后终于想起这就是自己那个不成器的儿子。而早已习惯父亲漠视的怀仁，觉得父亲眼中那一丝疑惑的神色很是莫名，忽然间那疑惑中又渐渐显出愤怒来。怀仁心里有了不祥的预感，于是没有说一句话，便匆匆走回了屋子。

老庄彻底被怀仁冷淡的态度激怒了，脑海中对怀仁不满的片段一一浮现重组起来。他快步走回房，在角落里发现了那根已经被他遗忘许久的棍子。滚烫的手心握住棍子的时候，感到一阵凉意，以及灰尘细碎的颗粒感。

七

泰和已经记不太清哥哥怀仁是什么时候离家的了，只记得哥哥出走的前一天，又因为什么事情挨了父亲的打。

怀仁的喊声从门缝中钻了进来，振动着泰和稚嫩的耳膜。父亲凶狠的斥责和哥哥痛苦的哀号使泰和无所适从，他只能通过不住的哭声来彰显自己内心的恐惧。泰和清楚地听到了棍子划破空气的声音，然后是低沉的打击声，他的心里仿佛有什么东西被击碎了，这些破碎的片段又时常出现在泰和的梦里，尖锐的棱角不时刺激着他的神经。自此以后，泰和变得愈来愈胆小，对谁都唯唯诺诺，他总能在父亲对他温和的面容里看到渐变的狰狞，就像父亲死去时那样扭曲。

太阳落山后下起了大雨，泰和打开窗户，看到一个朦胧的黑影跪在院子的中央，泰和想要喊他，一句话到了喉咙口却梗塞住，终于没能喊出口。那天夜里泰和的梦很乱，落日下墓碑的影子被拉得很长，漫天的霞光烧灼着白色的芦苇荡，纸船游荡进北斗的倒影，将倒影揉碎，紧接着暴雨倾泻而下，雨滴击打到地上溅起暗红色的水花。

天明的第一缕晨曦正竭力拨开浓重的阴云时，怀仁已经消失不见了。往后的数年里，他再没出现过，父亲也几乎没有再提过怀仁的名字，可是雨夜的那场梦，总是不断重复在泰和的睡眠里。

多年后的这天黄昏，泰和又听到了从院子里传来的熟悉的声音。当他推开屋门的时候，怀仁正和父亲争吵着。那大概就是怀仁吧，泰和有种莫名的疑问。背靠着余晖的怀仁，站在院门外，身形仿佛比多年前愈发消瘦，神情浸润在光晕里，已然分辨不出了。

"你这个混账东西！你还有脸回来，还惦记着家产，我告诉你，你出了这个门，就不再是我儿子了！"

老庄面对着怀仁，指着他的鼻子大声地呵斥着。怀仁想要硬走进来，一瞬间和泰和四目相对。泰和望见怀仁眼中的愤怒，愣在了原地，一句"哥哥"从喉咙口咽了下去。老庄见此，快步往屋里走，泰和想要劝阻，被一把推开。老庄将那条曾经打过怀仁的棍子拿了出来，棍身已然布着点点的霉斑，又蒙了一层灰尘，原本的棕红褪尽了颜色。

老庄举着棍子挥向怀仁，怀仁下意识后退了两步，右手手臂挡在面前。一声沉闷的响又回荡在了这个院落里，疼痛钻破怀仁皮肤的时候，浓烈的回忆也正刺入泰和的肌骨。老庄并未停下，他似乎是想把怀仁赶出这个院子，立马又将棍子举了起来。情急下怀仁哼的一声，趁着这间隙重重地正面推了老庄一把。老庄显然是没有料到怀仁会还手，有伤的左腿支撑不住扭了一下，跟跄着仰面，背朝着墙边的一堆酒坛子倒去。

稀里哗啦，无数陶瓦破碎。

是烈酒香还是血腥味，已经混杂在一起无法分辨。怀仁喘着气，双拳紧握，沉默地看着面前的一切。泰和在回过神来之后，双腿一软，直直地跪了下来。

老庄最后一眼看到的景象，是天边被残阳染过的云霞。多年前这个地方被拉长的人影，如今像打碎了一般，凌乱地散落了一地。

八

泰和第三天来到通天河的时候，已经临近拂晓，他的体形和前几天比起来，已然是瘦削如柴了。他依旧是钻进芦苇荡，隐藏住自己的身子，慢慢地伏到河边，从胸口掏出白色的纸船来。纸船被压得变形，泰和把它拆开抚平，又笨拙地重新叠了一次，然后把船稳稳地放到了水面上。水波激荡着，像是要把这艘纸船吞没一样。泰和提心吊胆地望着那一点白渐行渐远，神经才渐渐松弛了些。

泰和仰面躺在了芦苇荡中，他觉得自己的魂灵也飘然而起，随着即将消散的雾气在空中摇曳、翻腾、翩飞。泰和闭上了眼睛，几日来的一幕幕场景在眼前闪现着，又渐渐模糊下去。天空中第一缕微弱的阳光，透过薄薄的雾气，温柔地贴合到泰和的脸上。他感到自己回到了少时薄暮的院子里，绚烂的红霞由浓烈变得黯淡，铺盖在所有人的身上。父亲和哥哥的影子被拉得好长好长，宛若两块修长的石碑。两块石碑碰撞到一起，发出一声巨响，把影子撞得粉碎。

泰和在芦苇荡中不知道睡了多久，直到日色辗转来到西天的方向时，他才醒过来。芦苇仍然晃动着红，就和拂晓时分一样，时间似乎凝结在通天河上。泰和注视了一会儿夕阳，方支撑起有些沉重的身子，站了起来。白日里的通天河，泰和仿佛第一次见。河上的纸船，蒸腾的雾气，泛动的月影，一切都消失了。通天河在夕阳照射下如同一条暗红色的大蟒，在芦苇中弯弯曲曲，爬过田地与村落，在远山脚下藏匿了踪迹。泰和突然觉得通天河是一场噩梦。

这场噩梦绵延今昔，未知何日流尽。

九

或许泰和早知道怀仁在等他。

院门口的兄弟俩从没有面对面这样久过。

泰和首先打破了这场僵局，绕过怀仁直接走进了院子，环视一圈，在墙根找到了他要的东西——父亲的棍子。在泰和的眼里，它似乎比几天前的样子更加颓败。他走过去，俯身拾起棍子，轻轻抖落了灰尘，然后拿着它要往院门外走。

怀仁莫名地看着泰和，不知道他要做什么，于是在门口用身子挡住泰和。泰和仍是不看他，却直接撞开了他，怀仁一把抓住了泰和手中棍子的一端。

"你要干什么！"怀仁努力地克制住被无视的愤怒，但语气里还是饱含了不解和生气。泰和终于抬眼看了看他，怀仁瞪着的双眼里，涨红的血丝比先前又多了不少。泰和仍然不答话，两手抓住棍子用力往前拽，怀仁没想到泰和从哪儿来的这么大力气，一个趔趄，险些摔倒在地上。怀仁一脱手，泰和便快步往大路上走去。

怀仁在泰和的身后喊着，泰和却始终像没听见一样继续往前走。怀仁于是使劲一脚踹在泰和的大腿上，泰和整个人面朝下扑倒在路上，扬起一层薄薄的尘土来。泰和的脸被路上的石子划破了，他抬起头，满面的黄土和鲜血，却没有一点迟疑，双手支撑起身子立刻站了起来，捡起摔落的棍子，完全不去理会身后喘着气的怀仁，接着快步往前走，只是姿势上多了些一瘸一拐。

泰和这样坚定的样子是怀仁从没有见到过的，在他的印象里，泰和总是唯唯诺诺，惧怕他，更惧怕父亲。怀仁不再喊他，紧紧地跟在他身后不远处，想看看他弟弟究竟是要做什么。于是两个人又像那天夜里一样，一前一后地走着。将落未落的余晖洒在泰和身上，也洒在怀仁的身上。几天前的怀仁也是浸润在这样的余晖里，走在回乡路上的，只是他那时并没有想到，自己走的究竟是怎样一条路。

泰和在岔路口选择了一条上山坡的小道，怀仁这时才明白过来，泰和是要到父母的坟上去。两块石碑，背靠着太阳落下的方向，远远地，怀仁已经看到了石碑投过来的影子。怀仁上一次看到这两块石碑，大概要追溯到十年之前，那时父亲抱着还不能开口说话的泰和，连同怀仁三个人站在母亲的坟堆前，白色的纸钱燃烧着随风飘起时，也燃烧了他们头顶的那一片正是黄昏的天空。刻有父亲名字的那块石碑背后空荡荡的，当时如此，现在也是如此。怀仁突然记起四天前料峭的清晨，冰冷的通天河，映照在水里的面容，河底的砂石，和深水中的压迫感。

泰和缓缓地走到父亲的墓碑后，咬着牙把手中的棍子直着用力地插进了土里。他像是已经使完了全身的力气一样，一下子跪倒在了地上，抱着棍子，便一动不动了。棍子笔直地指向天空，顶端的红如同是暮光染就的。

怀仁呆立在泰和背后，没能看见有一滴泪从泰和的眼里滚了出来，淌过面颊上的血和尘，反射着璀璨的霞，一直流到下颌上。

啪嗒。

是泪珠落到地上的声音。

本文为毕飞宇工作室第16期小说沙龙讨论作品修改稿，
首发于《雨花》杂志2019年第9期。

第17期：用写实抵达象征

易康：这篇小说的结构是完整的，线索是清晰的，核心意象的表述也很饱满，但作者的想象力没有完全打开，小说比较单调乏味，有些苍白。想把这篇小说写好，首先要打开想象力。写作的时候不能有大众思维，有时候需要一些反向思维，这样才能避免落入俗套。这篇小说里的主人公哲珠受了很多挫折，想要了结自己，最后又没有了结成，然后她回来了，从中得到了一些感悟，最后她成熟了。这是一个很普通的思维方式。作者在选择这样一个思维方式的时候，就给自己出了一道难题。怎么才能让小说有内容？所以，要打开想象力，要学会反向思维。我觉得可以让哲珠出去之后一帆风顺，但最后她还是想要回来。如果这样的话，这个小说可能就有点意思了。其次，要善于遮掩，不要太直白。比如当哲珠找馆长辞职的时候，两个人有一段对话，我觉得这个对话并不像现实中人与人之间的对话，倒像两个人在给彼此上课。还有哲珠出去之后遇到的一些困境，比如作品署名的问题，比如不小心把布景架给绊倒了，这些写得略微有些造作。最后就是怎么打开自己的想象力。包括我在内，我们都有这样一个问题——小说只是一厢情愿自顾自地叙述，缺乏情怀。我们在写作中，可能把小说创作看得太容易了——这儿有件事情，我拿起笔来就去写它，以为那就是小说。我觉得能够让小说更饱满的核心就是情怀。如果没有情怀，小说写得再好，也只是一个故事会。

单玫：这篇小说用了龙鱼和鱼缸做意象，是对应人物命运的。一开始的环境描写就提到了占地四平方米的鱼缸，以及鱼缸中的龙鱼。随着故事的发展，跳出鱼缸的龙鱼，就从场景中的龙鱼，变成了意象上的龙鱼；大鱼缸因为龙鱼的逃离，而被加固成了牢笼，此时的鱼缸又上升到了意象上的鱼缸。小说中还有一段环境描写，描写了主人公的工作环境，大楼外面有玻璃做的墙，也像鱼缸一样。但是作者可能有些刻意了，太过直白，就会让读者有被强迫接受这个安排的直觉，所以我有点失望。直至龙鱼误吞了乒乓球，主人公为了救它而掉入鱼缸。读到这里，我觉得有意思了，可惜这个地方没有放大。另外小说的节奏是对时间规律进行切割。有时候两个小时发生的事情用了很多的笔墨，有时候一两年的事情只用了一两句话。我觉得这个小说前面叙述太慢了，而家人对从小被宠得几乎没有生活自理能力的哲珠去上海的接受过程又太快。从上海回来，家人对哲珠的照顾等一系列的描写也是不够的。我觉得，作者没有把哲珠的丈夫和妈妈这两个人物用足，如果将这两个人物的行为再放大描写的话，小说会更饱满一些。

顾维萍：哲珠是一个现代生活中的典型形象。她家教很严，但骨子里有一种叛逆的精神。父母对她是严格的，但她内心是叛逆的，一直处在矛盾当中。作者应该驾驭小说，而不是小说驾驭作者，这个作者驾驭小说的能力还不够。比如，在小说的最后，主人公跌进了鱼缸里，这个情节是挺好的，但是写出来后总觉得不够真实。小说中还有很多语言需要打磨。

王亮庭：这篇小说的题目很吸引人，让我觉得它应该很有味道，很有悬疑性、惊悚感。这个小说有比较鲜明的人物形象，情节也有波澜。我有几点建议，第一，这个题目是没有问题的，但内容太过于点题了，显得作者放不开手脚。故事的寓意被过早揭开，而且揭开的次数比较多，小说的吸引力就下降了。第二，这个人物试图自杀、后来栽进鱼缸等情节，让我觉得她经过的这一系列打击还不够大，量有点少，让读者心中的哲珠有些失衡。小说中任珏这个人物其实很有意思，但是作者最后把她弄丢了。

朱辉：这篇小说的题目太直白了，内容也牵强。应该着重写养鱼的过程，写她对鱼的情感。她的闺蜜其实是很重要的，是整个故事的侧重点。她所有外出的想法都是闺蜜给撩起来的，而作者没有强化这个形象，这是不对的。如果我来写的话，我会写一个腹黑的闺蜜，她想打破哲珠原本安逸的生活，等着看哲珠的笑话。这样写这个小说就有张力了。

羊水这个问题，我的理解是主人公因为意外钻到了鱼缸里面，她挣脱不了，然后羊水震破了。我觉得主人公是怀孕了，但她一直没说。这个地方可见作者的用心，但效果不太好，因为前面一点铺垫都没有。作者通过几个场景的变换把事情基本讲清楚了，但我觉得如果是一个熟练的短篇小说家，应该采取穿插叙述的方式来写这个小说。小说中的对话都不太精彩，与其这样，不如放弃对话，直接叙事。小说的叙事也有一些颠三倒四，要避免情节多次重复出现的情况，除非你想特别强调，而这篇小说里面没有特别强调这一点。小说中出现的一些方言太粗俗了。从方言入手是可以的，但不是所有的方言都能入小说。可以用方言，但要让别人一看就能懂。如果让人家看了都不懂，这个小说的语言就失败了。这些地方就能看出来，作者想一出是一出。

余一鸣：作为短篇小说，里面的人物设置得多了一些。我觉得对主要人物没有决定性影响的人物都可以删掉，而出现的人物不能是符号化的人物。比如丈夫、妈妈，他们有普遍性，没有个体人物形象的魅力。从紧凑精致的角度来讲，这两个人物应该对主要人物起催化作用。如果我写，我想把主人公写成一个抑郁症患者，这样她出现的逃离、自杀等现象才会更真实。在一个短篇小说中要把人物的性格完整展现，可能会很困难，所以我们只能片段化，比如把抑郁症患者可能出现的心理细节作为情节背后隐藏的原因，这样可以省略掉情节向前推进的很多细节铺垫。

一个优秀的作家首先应该选择动作描写，在动作细节不能满足的情况下，我们再考虑对话描写。对话描写在西方文学中是排山倒海、直抒胸臆的，但是在中国文学里，对话描写是精练、有放射性的。至少要有两种意义在里面，你的语言才耐人寻味。在对话描写方面，这篇小说还需要加强。

庞羽：小说要有自己的情节和构想，但真正的文学是需要时间和空间交错的。小说中的人物关系，哲珠和任珏、哲珠和何子围、哲珠和母亲、哲珠和馆长，我发现这几对关系并没有任何交错。这些人出现在这个时空里，遵循的是时间顺序而非因果顺序。故事需要遵从时间顺序，而小说要遵从因果顺序。这几对关系给读者提供的是好几条不同的道路，所以读者就容易迷失。小说中力量也是很重要的，包括物理力量和心理力量。小说中的物理力量还可以，但是心理力量十分不足。比如妈妈因为和主人公的几句对话就放她走了，这是不符合情理的，发生下面的故事要给出足够的情节和细节。小说情节不够，带来的是作者对小说解释太多，这表明小说家力量不足。真正的小说要有内部紧张，而这篇小说更多的是外部紧张，比如情节的紧张，主人公与何馆长以及副导演之间发生的矛盾，等等。我很喜欢它的结尾，它创造了多重空间，比如她羊水破了。她子宫里包裹的是人，子宫外面包裹的也是人，人外面包裹的是鱼缸，鱼缸外面包裹的是赤裸裸的无情的现实。她设置了四个套，我觉得这个地方非常好，可以从后往前构思。为什么会导致这个结尾？往前推一个情节，然后再由这个情节再往前推，这样的结构方式会更好一些。小说中迷人的地方是要有悖反元素。这个小说的主人公只是在行动上走到了自己的反面，在心理上并没有走到自己的反面。

吴敏：女主角和闺蜜之间有依赖关系，可惜在文中没有很好体现。文中提到了一种鱼叫皇冠，皇冠也是有毒的，如果能够把皇冠这种鱼和她的闺蜜任珏联系起来就好了。

刘春龙：这篇小说给了我三个惊喜：第一，兴化有个文学现象，后来出现了里下河文学流派，人们总会有意无意地把兴化文学现象归于里下河文学流派。这样就把本土作者的文学标识搞得很分明，辨识度特别高。而在这篇小说中，我几乎没有看到兴化作者所谓的乡土气息。第二，这篇小说已经开始真正关注现实社会，读完我想到了一句话——有一种伤害叫"我这是为你好"。第三，我觉得这篇小说很老练。我特别欣赏小说的结尾，让我想到了司马光砸缸。我觉得羊水破了，是女主人公的另一种生存的开始，是一种新的诞生。

主人公为什么出去，又为什么回来，交代得都不太清楚，有点突兀。作者写作的时候太过直白，不善于隐藏自己。另外，如果让哲珠跳出平庸的界定，展现出一些个性的东西，可能会更好一些，情节和细节还需要细细打磨。

毕飞宇： 海明威的《老人与海》有些人认为是写实主义，有人认为是象征主义，海明威说他自己不知道，他觉得没有象征主义。后来有个文学评论家说了这样一句话——当写实达到一定地步的时候，象征无处不在。在象征主义小说中，当你感觉无法表达或者有表达难度的时候，采取象征主义的手段可以辅助写作。

小说中一个女性从家里出去又回来，跟一条鱼从缸里面跳出去又被捡回来，这两个信息本来就是重复的。这样的象征对这个作品来讲，不仅不能加分，还会减分。如果这个女人生了双胞胎，还要伺候老公，捆在那儿，想走走不了，这时她才是一个缸中人。问题就在于这个女人她是自由的，她说走就走了。她哪里是个缸中人呢？所以这个所谓的象征根本就没有建构起来。何为"象"？何为"征"？通过"象"，去完成"征"，这才叫象征主义。要对文学史有一个很好的积累，你才能把它做好。象征主义说白了，是一个经济学——用十块钱的成本干了件一万块钱的事情。

写作的直觉也很重要。这个小说需要多大的体量，才能把一个在图书馆工作了那么多年的人从家里面逼出去？需要多少事件、多少压力、多少人际关系、多少外部的社会动态，才能把一个人从外面又逼回来？这最起码需要二十万字。一个短篇小说随便取其中任何一个点，就能写好。

庞余亮：这个小说有一点受到了大卫·范恩的小说《鱼类学》的影响，我们的作家能够受到世界文学的辐射，把自己打开，这是非常好的事情。这篇小说如果换我来写，我会写主人公每天去晒龙鱼，时间久了，她和鱼的关系就会建构起来。象征手法，在"象"和"征"之间需要一种缠绕，可作者并没有达到那个高度。

文学是大家共同追求的东西。郑板桥有一句话叫"千磨万击还坚劲，任尔东西南北风"。今天小说沙龙刮的风，你不要去管它，作者要把郑板桥的精神放在身上，好好坚持下去，好好改稿。今天我们讨论的这个作品，让我想到了一个词——野蛮。这位作者已经跨出了野蛮生长的第一步，希望大家都能够跨出来，继续往前走。

本期实录由郭亚群整理，
首发于《雨花》杂志2020年第4期，收入本书时有删改。

缸中人 /王锐

一

听到门铃响，哲珠深呼吸了一下，起身去开门。任珏站在门口，比以前更瘦更漂亮了。

她让任珏进来。两人坐到沙发上，面前的矮几上有哲珠早就泡好的茶。

任珏用涂着金棕色眼影的眼睛打量着哲珠的家。哲珠不禁有些忐忑。装潢是已经过时的风格，但还凑合。最突兀的是客厅里的大鱼缸，体量实在惊人，大概占地四平方米。

何子围喜欢养鱼，哲珠解释。这大概是你们家最气派的东西了，任珏说，语气里带着一点不屑。哲珠向来被任珏挖苦惯了。以前，任珏处处不如她的时候，就喜欢挖苦她。但那时哲珠把任珏的挖苦，理解成一个不幸的人为了保护自己而生出的攻击性。跟从小被溺爱的哲珠相比，任珏的童年实在太不幸了——父亲酗酒，母亲有精神病史。但现在，任珏摇身一变成了著名编剧。哲珠那点气定神闲的包容已经不够用了，感觉到一丝苦涩。

你现在收入多少？

一个月八千吧。哲珠下意识地多报了两千。她听说任珏现在年入好几百万。

天哪！怎么够用？任珏惊叫了一声。

还好吧，哲珠有些尴尬。

哲珠，我工作室缺个编剧，你愿意来吗？任珏握住了哲珠的手。任珏的手温暖而干燥。

我……哲珠迟疑道。

哲珠，你比我有才华，不应该就这样浪费。

哲珠心中一暖。前些日子，她一直在看任珏的小说改编的电视剧，心中一直弥漫着微妙的妒意和酸楚。那种穿越剧不是她喜欢的类型，洒满狗血。但是，任珏的小说版权卖了六百万的事实折磨着她。

哲珠，不要糟蹋自己的才华。我就不明白了，你还在犹豫什么？你不是说天天写公文都快把你写吐了吗？你不希望自己的故事出现在大屏幕上？你不想连广场舞大妈都在谈论你写的剧情？你不想活出自己？你不想为这个世界奉献点什么吗？任珏说得额头上的青筋都暴了出来。任珏还是跟从前一样，还是那个体育考试时，硬拉着笨拙的哲珠跑进八百米及格线的姑娘，还是那个全班去春游，归途时哲珠晕车难受要下车，她也跟着下车陪哲珠走了六个多小时才回到学校的姑娘。任珏虽然咄咄逼人，但骨子里很仗义。这大概也是她们的友谊持续了二十多年的原因。

"活出自己"这四个字诱惑了哲珠。

哲珠，去吧。这是最后改变人生的机会了。活着，就要像活着的样子。任珏指着鱼缸里的红龙鱼说，你看它眼神呆滞，颜色也红得不自然。你看过野生的龙鱼吗？红得像绸子一样，完全是睥睨群伦的眼神。

它还小，没有发色呢。哲珠看向那条何子围引以为傲的红龙鱼。何子围一直说这条红龙鱼多么漂亮，将来可以参加选美。

龙鱼这东西我懂，多照太阳，才容易发色。鱼缸里装俩日光管子，哪能跟太阳光比？任珏道，哲珠，你该跳出来了。才华这东西是什么？买回来的肉，不用的话，很快就会发酸发臭。

哲珠仿佛闻到了自己的身体上散发出酸臭的味道。

咦，这是什么鱼？任珏问道。缸底趴着的那条黑白点的皇冠鱼忽然向上游动起来。

皇冠鱼，哲珠说。比起龙鱼，哲珠更喜欢皇冠鱼，因为它圆圆的像个锅盖，黑色的身体上布满放射状的白点，更符合她的审美。

有句话怎么说来着，欲戴皇冠，必受其重。如果十年前的梦想还没有熄灭，就让它熊熊燃烧吧！任珏目光灼灼地看着哲珠说道，带着鸡汤大师般的热情。

哲珠一向不喜欢鸡汤文，也无法想象湿哒哒的皇冠鱼戴在脑袋上的样子，但还是被奇怪地感动了。何子围也说过哲珠很奇怪。明明对韩剧的套路烂熟于心，但看的时候，依然泪流满面。明明熟读了《资治通鉴》，分析起权谋来头头是道，但到了真实的人际关系中，却幼稚得很。

这种奇怪，大概就是读书太多、经事太少形成的吧。对，到任珏的工作室做编剧，去经历，去生活，去写出真正动人的好故事，像任珏那样活得热烈肆意。哲珠知道，任珏勾起了她心中一直埋藏着的欲望。她感觉心跳加速，嘴唇发干，有种兴奋的焦虑感。

二

每个周末，哲珠和何子围都要回妈妈家吃饭。哲珠看着一桌子的菜，按照她的喜欢程度科学地摆放着。事实上，哲珠很长时间都没有发现这件事，是何子围提醒了她。何子围永远比哲珠更懂得讨岳母的欢心。比起哲珠，妈妈更喜欢这个女婿。

哲珠艰难地吃着饭，她感觉难以启齿，但还是说了去上海做编剧的事情。

妈妈瞪大眼睛，脸色骤然一变，但很快一脸温柔道，小珠啊，外面的世界不像你想得那么简单。你现在的单位，工作多轻松。别人羡慕都来不及呢。

可是，我不喜欢现在的工作。

工作哪有什么喜欢不喜欢的？子围难道喜欢跑保险吗？你去上海，想过子围吗？

反正是跑保险，子围也可以去上海。哲珠已经问过何子围了，何子围说哲珠去哪儿，他就去哪儿。哲珠羡慕何子围，他好像怎么样都行，怎么都不会跟人发生冲突。

不行，做编剧这事不靠谱。

我这次非去不可。哲珠迟疑了一下，但还是倔强地发出了声音。

妈妈像不认识哲珠似的，用大得惊人的眼睛瞪着哲珠。家里安静得要命。

哲珠的心怦怦地跳着。这么多年来，她没有顶撞过妈妈，在任何事情上。妈妈也无数次在别人面前夸赞她是天底下最省心的孩子。哲珠对妈妈是百依百顺的，除非妈妈主动买东西给她，哲珠从来没有任何要求。这并非压抑，而是哲珠从来就没有过想要什么的欲望。通常她还没想到要，妈妈已经给她买好了。在她的日记本里，写得最多的一句话是"世上只有妈妈好"，这几乎成了一句咒语，伴随着她的人生。妈妈那么爱她，妈妈都是为了她好，妈妈为她牺牲了一切，妈妈太不容易了。无论如何，都不能违背妈妈，不能伤害妈妈。

哲珠，你又天真了。当初你要去杂志社，还不是幸亏我拦着你？妈妈说，那家杂志社已经倒闭了。妈妈很开心，是她的英明帮助哲珠规避了人生的不幸。

这两年才倒闭的。那时，我已经有在杂志社工作的资历，再找工作也不难的。而且，我现在去工作室，有任珏带着我。哲珠说。

哲珠啊，你别听任珏忽悠。你现在家庭好好的，工作好好的，出去干什么呢？妈妈现在年纪也大了。你知道我这个人是个爱操心的命。你在我眼前，我还放心不下，你要去了上海……妈妈的声音从凌厉渐渐变为凄婉，而且眼眶充血，泫然欲泣。

心像被揪住了似的痛，但是她抿紧了嘴唇，攥紧了拳头。以前只要妈妈一生气，她就妥协。妈妈永远是胜利的一方，哪怕有时是以弱者的姿态。她特别害怕妈妈生气，她一直觉得自己欠妈妈的。可是后来，她突然感觉妈妈也亏欠自己。因为自己付出的是最珍贵的东西，却一直没察觉。从穿什么样的衣服、用什么牌子的化妆品到找什么样的工作、嫁什么样的老公，都是妈妈决定的。在这份爱里，她献祭的是自我。

哲珠，你知不知道我四处求人才帮你求来了这份工作，你说不要就不要？你有没有为我想过？妈妈的声音陡然高起来，脸部的肌肉剧烈地颤抖着。妈妈生起气来总是很夸张，有种歇斯底里的气质。

我想过，我就是为你想得太多了。每做一件事，都会先去想妈妈允不允许，妈妈喜不喜欢。想到最后，我都忘了自己喜欢什么了。你什么都替我做主，什么都替我安排得好好的，但是我感觉不到幸福，我甚至感觉不到自己活着。哲珠说的时候，几乎感觉像是得到了自己渴慕已久的角色，念着自己最想说的台词。那些话在心里实在是盘旋得太久了，反复酝酿，反复发酵。

哲珠……何子围拉了拉哲珠的衣袖。

哲珠看了一眼何子围，突然有些不忍心，于是笨笨地补了一句，跟你没关系。

没关系，何子围说。

哲珠，你一个人在上海可怎么生活啊？适应不了的。你连条毛巾都拧不干。你长这么大，都没有自己洗过袜子。

妈，你又来了。你以为你是担心我，是爱我。不，你是把你对这个世界的焦虑和恐惧投射在我的身上。这句话是在书上看到的，像颗子弹一样击中了她。她想到了妈妈，想到了到现在都不放心她一个人过马路的妈妈。妈妈用多得像汪洋大海一样浩瀚的爱，向她暗示这个世界多么恐怖可怕，而她是个什么也不会的废柴。

你说什么？妈妈的肩膀颤抖着，胸脯起伏着，脸色发白，连嘴唇都变得乌青。何子围过去扶住了气得浑身都在抖的岳母，看着哲珠想说什么，但在喉咙里滚了一下，又咽了回去。

哲珠想，自己当时的样子也许比妈妈更可怕、更狰狞。

三

哲珠决定去上海了，但心里却总有种焦虑不安的感觉。也许因为从小到大，她从来没有做过不被妈妈允许的事情。事情也远比她想象中的复杂、烦琐。从单位辞职，跟任珏谈去工作室做编剧的工作待遇和种种细节，包括整理行李，都让哲珠筋疲力尽。虽然哲珠不愿承认，但一直以来妈妈都是她的信仰、她的寄托。这次因为闹僵了，哲珠所有的事情都得自己拿主意。而且，何子围对她去上海的事，也表现得相当冷漠。她一开始不理解，后来才明白，从一开始，何子围就不愿意她去上海。所谓的她去哪儿，就跟着去哪儿，只是哄她的甜言蜜语。因为何子围一直以为，妈妈一定能够拦住她去上海。这是何子围根据以往经验下的判断。

去上海的前一天，哲珠把衣服塞进箱子里，又拿出来。行李箱就那么大，但是哲珠想把她的整个世界装进去。吹风机、洗脸仪、卷发器、蒸汽美容机……都带上不可能，但缺了哪个，都感觉生活习惯会被打破。她连自己的枕头都想带走。如果可以，她还想带走何子围的肩膀。每天晚上依偎在何子围的肩膀上看韩剧，是哲珠最幸福的时光。

哲珠心里忽然难受得要命。她忽然意识到她一直不满意、不得劲的生活，她是那么舍不得。妈妈从前说过的话忽然蹦到哲珠的脑袋里，让她心中一痛——你这个人啊，太习惯于得到了，永远对失去比得到更敏感，永远以为没有的才是最好的。你这个性格不好，不容易快乐。

不容易快乐。哲珠看着满房间乱七八糟的东西，忽然感到特别焦躁，浑身紧绷绷的，怎么也放松不下来。

啪的一声，把哲珠吓得心都漏跳了一拍。好像是从客厅传来的，她跑出房间，看见红色的龙鱼在地上，不停地用头尾拍打地面，身体不时弯成弓形，一下又一下。

龙鱼跳缸了！哲珠赶紧打电话给何子围。

你快把它扔回鱼缸里啊！

我怕，你快回来啊。哲珠不敢碰任何荤腥的东西。她从来没有在菜市场买过鱼和肉。尽管她吃鱼，也吃肉，但没有煮过鱼和肉，那让她感到恶心。

龙鱼是从缸里跳出来的，摔得很重，鳞片掉了十几片，腹鳍也折断了。龙鱼挣扎着在米白色的地砖上蹭出一道道浓淡不一的血痕，看着很瘆人。哲珠知道正确的做法是把那条鱼抱回鱼缸，但她就是不敢碰它。她伸出手，还没碰到鱼，鱼挣扎着撞到她的手，她像被火烫到似的，本能地缩了回去。

渐渐地，龙鱼没有先前在地上挣扎得厉害了。圆圆的、可以旋转的眼睛仿佛在瞪着她，瞪得哲珠心里发毛，感觉自己好像是凶手。

何子围还没有回来。每一秒都是煎熬，哲珠受不了那眼神了，强忍着恶心和恐惧，伸出两只手去抓龙鱼。龙鱼挣扎着，哲珠死命地抓住，但鱼身实在太滑了，抓不牢。刚到半空，龙鱼又从她手里挣了出去，又一次重重地摔在了地上。

哲珠意识到，绝对没有可能只凭自己把已经长到一尺多长的龙鱼弄进鱼缸。她去拿了一个大浴盆，放了点自来水，把龙鱼放进了盆里。龙鱼还想往外蹦，哲珠死死地按住它，徒劳地呢喃着，我都是为你好，我都是为你好，我都是为你好……

龙鱼的尾巴在水里扑腾着，溅起一股腥气，刺激得哲珠胃里一阵阵恶心。

直到何子围满头大汗地回来，才把龙鱼送回了鱼缸。受伤的龙鱼已经不能保持平衡，直直地躺在缸里，看起来奄奄一息。

它会不会死？哲珠紧张极了，她害怕龙鱼死掉。

不知道。何子围说，你这么大个人连个鱼也拿不起来？也不怪你爸妈不让你出去。你这么出去，让人怎么放心？

不准说。哲珠很焦躁。

哪里来的焦味？何子围说。

天哪！锅上的东西。哲珠惊呼着奔向厨房。她煮的玉米已经焦了。

你怎么能出去啊？像你这样，出去还不把房子点了？何子围道。

哲珠第一次看到何子围暴跳如雷。或许这还混杂着对她没有能够及时把龙鱼弄回鱼缸的愤怒。

你是不是不喜欢我了？哲珠的眼泪掉下来。

这是喜欢不喜欢的事儿吗？何子围又好气又好笑地看着哲珠，忽然伸手把哭着的哲珠揽进了怀里道，傻瓜，我是担心你啊。

我也担心我自己，哲珠在心里说。对她来说，去上海好像是一场冒险之旅。就像动物世界里面，小袋鼠跳出了妈妈的口袋，要去面对丛林法则的残酷和凶险。

何子围善良、温和、包容。老公好像找对了，但从某种意义上，不是她的选择。她爱上的是一个鳏夫。在妈妈强烈的反对下，那段感情还没有开始，就结束了。

结婚的时候，哲珠还是迷迷糊糊的，她不确定自己是否喜欢何子围。结婚以后，她越来越喜欢何子围，是那种奇怪的契合。在看书、看电影、吃东西的品位上，何子围毫无疑问是最适合她的人。

那个男人再婚了，恰好娶的是她也认识的女人。女人前不久被她的老公打掉了门牙。

她的选择从来不对。何子围要买房的时候，她反对，说看了经济学的书，房价要崩。何子围听了她的，结果房价蹿得比火箭还快。她连个K线都看不懂，不顾何子围的反对去炒股，结果亏得一塌糊涂。她把阳台改装成了玻璃花房，但买回来的昂贵花草，很快就养死掉了。何子围养鱼，起先她是不同意的。可是，现在躺在沙发上跟何子围一起看鱼，成了她的快乐源泉。

听别人的，永远都是对的。听自己的，好像永远都错。

龙鱼跳缸是不是不吉利？哲珠内心升腾起一种无法扼制的恐惧，她总觉得龙鱼跳缸暗示着她的上海之行。这么想着的时候，哲珠忽然感觉有些喘不过气来，眼前一黑……

四

哲珠已经躺在床上十七天了，连大小便都在床上解决。从小到大从未生过病的她，第一次体会到了病人的感觉，身体软得像泥一样，很容易感觉恶心，难受极了。她小声地说话，小心地咳嗽，连大便也不敢用力。仿佛她的身体里面住了一个恶魔，一点点动静就会唤醒沉睡的它。

妈妈坐在床边的藤椅上睡着了，膝盖上放着正在织的毛线衣。这些天来，都是妈妈在照顾她，照顾得筋疲力尽。哲珠喜欢睡着了的妈妈。妈妈是个美人，但是喉咙沙哑，说话急促，而且非常絮叨，像《大话西游》里的唐僧，能把妖精都说到烦躁得想去自杀。

哲珠悄悄地从抽屉里取出草绿色的日程本，在4月3日，她用红色的笔写着"我应该高兴！！！"现在看来，三个红色的感叹号有点触目惊心。

她高兴不起来。为了去上海买的那只粉色的圆角行李箱搁在角落里。一切都在阻碍我。一切都在粉碎我。一切都在败坏我。哲珠感觉糟透了。

哲珠睡在客厅里，这是她得到允许的任性。因为房间里实在待腻了。

在客厅里，至少，可以看看鱼缸里的鱼。至少，它们是活物。

何子围这些天勤快地换水、给药。那条龙鱼已经恢复了平衡，但是得了肠炎，大便像条灰色的线拖在尾巴下面。何子围为了避免龙鱼再跳缸，特地请人改造了鱼缸。现在鱼缸的顶盖材质极为结实，而且可以用遥控器从里面彻底锁死。龙鱼仍然时不时地撞击一下鱼缸的顶盖，撞掉几片鱼鳞。自然是跳不出去的，但是每天都跳。有时几天不跳，又冷不丁来一下。何子围用一个胡桃木的盒子收藏着龙鱼撞下的鱼鳞。

躺在床上的寂寞，把时间抻得无比漫长。哲珠时常想，自己怎么就躺在这儿了呢？没有谁捆着，自己却动弹不得。她怎么就走到了这一步呢？

她从来都是那种别人家的孩子。她成绩优秀，听话懂事，甚至连那张脸都像是从年画上拓下来的，团团圆圆，白里透红，谁都忍不住想捏捏她的小脸蛋儿。

人们常常赞美她的妈妈，的确，一个急诊病房工作繁重的护士，一个单亲妈妈，能把孩子照料得那么好，培养得这么优秀，实属不易。她的妈妈甚至创造了一个带孩子的奇迹。哲珠从未生过病，从未吃过药，甚至，从未摔过跟头。她体质并不是天生优异，而是源于妈妈无微不至的关怀。你们要相信一个优秀的护士倾注全部身心照顾她的孩子，可以照料得多么无微不至。

哲珠上初中的时候，仍然无法自己穿衣服、吃饭。对她来说，把手臂弄进衣袖，就像让面条穿过吸管一样困难。在她十四岁那年评市三好学生的关键时刻，她的同学兼邻居把她每天吃饭都要妈妈喂的事情向学校举报了。她沮丧地回到家后，懊恼地对妈妈说，我不要你喂我吃饭了。妈妈说，以后喂的时候，我们把门窗关好。她欣然同意。

哲珠的童年堪称幸福，如果有什么遗憾，就是她虽然是全校成绩最优秀的孩子，而且长相讨喜，性情温和，但是没有人愿意带她跳橡皮筋。每到体育比赛时，老师会委婉地暗示她请病假。因为不管怎么努力，集体做广播操的时候，她的动作永远跟别人不同步。

但直到工作以后，哲珠才感觉到真切的痛苦。她可以写出漂亮的公文，但是她没有办法熟练地使用订书机。而且她常常被自己的鞋带绊倒——解决方法是，她的妈妈在网上学会了一种永远不会散开的系鞋带手法。缺点是，一次参加单位体检，她怎么也无法脱下自己的鞋躺到检测身体的仪器上去。周围的人看着她，像看一个怪物。身为护士的妈妈，永远过于心灵手巧。她哭了，她的人生到底还是被鞋带绊倒了。妈妈剥夺了她的成长。她从来优柔寡断，但很快在心里给妈妈定了罪。因为必须有人来为她的失败买单。

妈妈安排她去相亲，为了逃离妈妈，她很快跟相亲对象结了婚。但在妈妈眼中，哲珠太听话了，一点不像那些脑子进水的姑娘，要求恋爱自由，然后把日子过得一团糟。妈妈坚信她为哲珠抓住了幸福。妈妈这个人是出了名的挑剔，何子围是她用堪比医用显微镜的眼睛挑选出来的人。何子围的原生家庭关系和睦，而且本人眼距正常，眼神柔和，人中清晰，没有突起的颧骨，没有尖尖的下巴，总之一看就是个好人，绝没有一点犯罪分子的长相特征。这样的男人绝不会家暴、出轨。而且，何子围跟岳母一样聪明细腻、温柔能干，甚至跟岳母一样——手腕处有一块红色的胎记。

哲珠看得出来，妈妈非常满意何子围这个女婿，甚至比对自己这个女儿还满意，因为何子围太像她了。哲珠是何子围的新娘，可哲珠觉得何子围才是新娘——妈妈给她找了个新的娘。

哲珠永远忘不了谈恋爱的时候，有一回在餐厅吃饭，她点了个冰激凌。何子围温柔地笑着说，你今天好像不能吃冰激凌。糊涂的哲珠才想起自己月经来了。那一刻，哲珠是感动的。

看见新开的烧烤店想去吃，何子围说这是垃圾食品，带她去吃了鲷鱼刺身。她吃刺身的时候，就想起了妈妈。何子围跟妈妈一样爱着她，把自己认为好的都给她。可是，这样的被爱非常辛苦。因为已经被那样爱着了，所以无法开口拒绝那些好意。他们比你想得还周到，而且全都是为了你好。刺身比烧烤昂贵，而且比烧烤健康，没有拒绝的理由。我不应该觉得刺身太冷，而且腥气。哲珠想着想着，就忘了自己对刺身的真实感受。

刺身很好吃，哲珠说。何子围开心地笑了。他笑起来的样子，也像妈妈。

只要哲珠跟闺蜜倾诉，别人都会说她身在福中不知福。哲珠没有办法向别人倾诉自己的痛苦。拥有一个你来了月经，他就不去上班，成天在家守着你的老公，在别的女人看来，是一种幸福。虽然，那是另外一种痛苦，但因为大多数的人没有体会过，会以为是幸福。哲珠的痛苦总被认为微不足道，也就失去了倾诉的意义。尽管她的痛苦是真的痛苦，却不被承认，而被认为是矫情。

哲珠感到痛苦，然后又为自己根本不应该觉得痛苦而痛苦。

太过强烈的爱像浓硫酸一样腐蚀掉了我自己。哲珠在日记里写下了这句话。她写得太用力了，笔尖生生地戳破了牛皮纸。哲珠的眼泪扑簌簌地掉下来，把墨水都洇开了。哲珠的心里痛极了。妈妈太可怜了。何子围太可怜了。那么倾尽心血的爱，竟然被形容成了浓硫酸。自己是全宇宙最坏的那只白眼狼。

你看它一点都不快乐，你要真喜欢龙鱼，就应该放生。哲珠对何子围说。

你不懂，像这种从小在鱼缸里长大的鱼，放生就等于让它死。何子围说。

它就只能在鱼缸里活一辈子？

等以后有钱买别墅，我在院子里给它砌个鱼池。何子围兴致勃勃地说。最近，何子围担心龙鱼缺少运动，在鱼缸里装了个造浪的东西，好像叫冲浪器什么的。只要一按开关，鱼缸里就无风起浪。就那么小小的风浪，却把缸里的龙鱼吓得四处乱蹿。

龙鱼据说在距今三亿多年前就存在了，性情凶猛，有"淡水霸王"之称。可是这样一条鱼，跃出鱼缸一会儿就得了肠炎，被人造的小浪花吓得惊恐万分。哲珠暗想自己作为现存的人类，也是物竞天择，是经过残酷的生存斗争留下来的一点血脉。但是，却活得如此懦弱、恐惧、不安。

躺到第四个月，已经没有之前那么紧张。哲珠和妈妈一起躺在床上看电视，妈妈给哲珠垫了厚厚的靠背。

看的是一个访谈节目。教育专家的儿子考上了哈佛大学。

主持人先采访父亲。著名的教育专家戴着金丝眼镜，薄得像刀片一样的嘴唇灵活地吐出一堆闪闪发光的育儿金句，看得妈妈连连点头。

过后采访儿子。主持人问儿子为什么选择了哈佛大学的精神病学专业，儿子说，我觉得我老爸有精神病。他教育我的方式，特别病态。我想给他把病治好。

哲珠不可抑制地大笑起来。

不能那么用力地笑，孩子会掉的。妈妈愠怒地说。

掉了才好呢。哲珠仍然在笑，故意的。

你别一天到晚这副要死不活的样子。我伺候你也够够的了。我是上辈子作了什么孽，养了你这么个白眼狼？不对，你不是我的哲珠。你一定被人换掉了。妈妈使劲地揪住哲珠的脸，仿佛想把哲珠的脸皮扯下来。

哲珠一动不动，泪如雨下。妈妈的黑眼圈浓重得像熊猫。这段时间，她陪床陪苦了。

妈妈又来掀哲珠后背上的衣服，一边掀，一边说，我来看看那个胎记在不在，在不在？后背暴露在空气中，凉极了。

胎记是假的，抠得掉，抠得掉！妈妈激动地叫着。剧烈的疼痛从后背传来。

歇斯底里，山崩地裂，世界为之摇晃。这种骤然掉入深渊的感觉，哲珠并不陌生。从小到大，她反复体验过。温柔的妈妈，总是会在某些时刻，突然发作。当然是有一些事情惹毛了她，但在哲珠的感觉里是毫无征兆的。比如摔破了膝盖，有时会被搂在怀里柔声安慰，有时却被骂得狗血淋头。比如有一次哲珠当着同学的面喊了妈妈"老娘"，不过是跟电视剧里学着玩的，但是电光石火间，就被一个耳光扇得眼冒金星。

已经去做过彩超，腹中的胎儿已经成型。妈妈和何子围对着那照片看了又看，说宝宝眼睛大，好可爱。哲珠也看过那照片了，图片是棕褐色，颜色像尿垢一样恶心，像虫子一样蜷缩着的胎儿看起来脸盘巨大，闭着眼睛，耷拉着嘴，一点都不好看。哲珠从心底升起一股厌恶。

她最近时常感到厌恶。红龙鱼屁股下面拖着的灰色线状大便让她厌恶。长大了的皇冠鱼白得恶心的腹部和吞食小鱼小虾的样子让她厌恶。自己日渐隆起的腹部让她厌恶。妈妈只要一说话，就让她感到厌恶。不管妈妈说什么，她总感觉那沙哑的声音像钢丝球一样划过她脆弱的神经。总是关心着她肚子里的孩子，总是憧憬着有了孩子以后的生活的何子围也让她厌恶。

她可怜自己，也可怜那个孩子。她甚至想，一定是因为她在内心深处恨这个意外降临的孩子，才会让这个孩子这么脆弱，流血不止。何必让这么脆弱的孩子来到世间受苦呢？

哲珠看着妈妈。她知道自己恨妈妈。但是，妈妈恨谁去呢？恨抛弃她的父母？恨抛弃她的男人？焦虑、痛苦、失眠的夜晚。努力给出爱，但同时也给出伤害的妈妈。

没有人爱，没有被人正确地爱过。太难了，太难了。

五

哲珠依然躺在床上，落地窗外的天空被铁条隔成了一条一条的。何子围给家里所有的窗户都装上了铁栅栏，说是为了防盗。哲珠家在七楼，哲珠知道何子围害怕什么，但也默契地心照不宣。她只是不知道何子围为什么喜欢她，一个连自己都讨厌得要死的人，怎么会有人喜欢呢？

妈妈每天都变着花样做哲珠喜欢的食物。只要哲珠说想要什么，何子围立刻出去买。哲珠感觉得到，妈妈和何子围都在小心翼翼地对待她。

哲珠，你不是真的恨妈妈吧？妈妈有那么可怕？妈妈毁了你的一生？妈妈问的时候抖动着嘴唇，眼睛充了血，红通通的。

我什么时候说过我恨你？

我——看——了——你的日记。妈妈说得很慢。哲珠相信，如果可能，妈妈情愿从未看过。

为什么要看我的日记？哲珠尖叫，浑身的汗毛都惊得竖了起来，身体一阵阵发冷。她在日记里，写了太多阴暗的东西。她知道那些东西会戳伤妈妈，把妈妈的心戳出几个透明窟窿。

对不起，妈妈说。

哲珠一直期待妈妈能对她说一声"对不起"，可是妈妈说出"对不起"的时候，哲珠难受极了。是她把强势的妈妈逼到了这一步。

哲珠，妈妈怎么想也想不明白。妈妈痛苦地说，我小时候被你外婆骂，被掼在煤堆上，眼睛都被掼出血来。邻居看了舍不得我，拿了一个白萝卜给我吃。我一咬，白萝卜一下子红了，嘴里面都是血。我只上到初中，就被送到医院做护工，苦得要命。认识了你爸爸，被抛弃，生下你。害怕被辞退，生下你第三天就上班，血一直流到裤脚。可是，我从来没有想到过死，从来没有恨过父母。你知不知道妈妈多爱你？知不知道妈妈把你带大多不容易？你说你讨厌妈妈，你都十五岁了，还不让你自己倒热水，不让你独自过马路，不让你跟别的孩子一样住校。那是因为，妈妈害怕失去你。

哲珠看着妈妈，妈妈似乎一瞬间老了。一向优雅、挺拔的妈妈似乎一瞬间老了。

哲珠抱住了妈妈，肚子里的孩子动了一下。哲珠的肚子轻轻地顶着妈妈的肚子，她就是从那个肚子里出来的。妈妈在产房疼了一天一夜才生下她，她生下来之后，每天夜里就没完没了地哭，是远近闻名的"夜啼郎"。妈妈曾在红纸上写下"天皇皇，地皇皇，我家有个夜啼郎，过路君子念一道，一觉困到大天光"贴在大门口，也没止住她的哭声，一直哭到两岁。

哲珠，你怪妈妈没有问你要不要被生下来，可是，我怎么问啊？那时候，你爸跑了，那么多人要我把你打掉，说生了你，我这辈子就完了。可是，你在我肚子里动得那么厉害，我以为你是拼命地想要到这个世界上来呢。妈妈哭着说。

哲珠突然觉得妈妈也是个孩子，是个缺爱的孩子。哲珠抱紧了妈妈，眼泪汩汩地流出来。

何子围还是跟从前一样温柔、安静，业余时间就侍弄他的鱼。不知从哪里学来的，何子围弄了一个橘黄色的乒乓球放在鱼缸里。映着被灯光打成海水般湛蓝的水，乒乓球漂浮在水面上，梦幻得像一个小月亮。

这是干吗？

龙鱼喜欢明亮的东西，这样可以让它的眼睛向上看，更有神。

不知是不是乒乓球的作用，龙鱼的眼神渐渐变得活泛了，颜色也红艳了许多。

哲珠的情绪一天天稳定，妈妈放心多了。腹中的孩子已经五个月了，大了很多。哲珠渐渐变得嘴很馋，特别喜欢吃从前不爱吃的煮烂藕。妈妈说，她怀着哲珠的时候，也最喜欢吃这个。妈妈织了好多小毛衣，妈妈用的毛线不是她自己喜欢的湖蓝色，而是哲珠喜欢的粉色。

那个下午非常安静，离预产期只剩下一个月了。妈妈跟往常一样出去，给哲珠买煮烂藕。哲珠让妈妈带一杯珍珠奶茶给她。妈妈说是垃圾食品，但旋即笑着说，偶尔喝喝也没关系的。哲珠也笑了。

落地窗外的夕阳很美，浅紫色的纱帘在一侧，也沐浴了落日的光辉。电线杆上停着两只鸟，叫得很欢快。细看，原来是两只白头翁。哲珠本来对大自然不感兴趣，连芋头叶子和荷叶都分不清，能认识一些鸟，都是因为何子围。

何子围不打游戏，不抽烟，不喝酒，就是对各种小动物感兴趣。妈妈一直认为这是何子围有爱心的表现。但哲珠问过何子围，何子围说，因为我不喜欢人类。何子围说的时候，语调温柔极了，说完看着哲珠说，你不一样，你和那些人类不一样。

哲珠怀疑何子围来自外星球。哲珠被自己的怀疑逗笑了。白头翁，白头偕老，真好。哲珠感觉是个好彩头。孩子在肚子里又动了一下，哲珠的肚子已经大得像十斤重的大西瓜。

砰的一声从鱼缸里传来。龙鱼难受得大张着嘴巴，不停地撞击缸壁。哲珠走过去，看见龙鱼的喉咙深处一片橙黄色——龙鱼吞了乒乓球。

哲珠想打电话给何子围，但知道来不及了。她立刻拿遥控器打开了鱼缸盖。她拿了个凳子，站上去想抓住龙鱼，帮它把嘴里的乒乓球弄出来。龙鱼却躲她，不知道是下意识，还是根本不想被救。哲珠记起何子围说过，龙鱼是把鱼卵含在嘴里孵化的。龙鱼是不是想做妈妈了？

哲珠探出身子想努力抓住水中的龙鱼。那一刹那，她突然觉得一定要救活龙鱼。她拼了命地去抓龙鱼，整个上半身都探进了鱼缸里，圆圆的腹部半压在鱼缸的边缘，整个手臂伸进了水里，水几乎浸到了腋窝。

终于抓着龙鱼了。她什么也不怕了，把手指头伸进龙鱼嘴里，硬是把那个乒乓球抠了出来，她心里高兴极了。但忽然龙鱼拼命从她手中一挣，她失去平衡，整个人头朝下栽进了鱼缸中，又一下跌坐在缸底，把屁股摔得生疼。鼻子里也呛了水，难受得要命。她扶着一侧的鱼缸壁想爬起来，但滑极了。忽然发现头顶的鱼缸盖正在缓缓地闭合。沉底的那只黑白点的大皇冠鱼正压着从她口袋里跌落的遥控器。

她伸手想从皇冠鱼身下抽出遥控器，被惊到的皇冠鱼一个转身，用黑色的长尾刺对着她扎过来，她猛地感觉手臂一阵酸麻。想起何子围说过，皇冠鱼的尾刺是有剧毒的，甚至可能致命，她一下子吓坏了，好怕死在鱼缸里。皇冠鱼竟然又冲过来刺了她一下。大概是看见鱼缸里进来个庞然大物，侵占了它的领地。

何子围一进门，吓得手里的文件包啪地掉了。回过神来，转身去厨房拿了锤子，拼命地敲击着鱼缸的边缘，那是玻璃最脆弱的地方。哲珠看着何子围急得已经扭曲变形的脸，心里想，子围他爱我到底是超过爱鱼的。

哲珠在水里好不容易抓到了遥控器，因为被水浸泡的关系，遥控器已经失灵了。身体被皇冠的尾刺扎过的地方，像是被火烧着了一样。一阵又一阵的疼痛像潮水般涌来，渐渐整个人都被剧烈的疼痛吞没了。痛极了，像有上万条虫子在啃噬自己。哲珠现在才知道还有更恐怖、更密集的痛苦。但是，忽然成千上万条虫子同时都停了下来。她感觉不到疼了，意识有些模糊，却又仿佛是清晰的，感觉好像徜徉在妈妈的子宫里，幸福极了……她一直怀念那个地方，一直不肯离开。

忽然，羊水破了。

本文为毕飞宇工作室第17期小说沙龙讨论作品修改稿，
首发于《雨花》杂志2020年第4期。

第18期：短篇小说强调核心叙事

易康： 在我看来，作者受民国时期左翼文学的影响比较大，他很想模仿茅盾先生的《子夜》，但左翼文学也有不足，比如说它缺乏生活和写作艺术的积淀。这个小说同样如此。作者有点急躁，作品文学性不够，写作的重心不够突出。他似乎不断地改变自己的写作计划，他表现了很多，给人一种语焉不详的感觉。另外，这个小说不应该是一个短篇，它应该是一个长篇小说。作者很注重批判性，但是小说的批判性，不能以牺牲文学性为代价。茅盾先生的短篇小说《小巫》，作者应该仔细阅读。这个小说有点粗糙，语言表达能力需要提高。对于小张跟大彪这种草根人物，不是几句粗话就能写出性格特征的，如果用一种反向思维的方法来表现，或许能收到意想不到的效果。小说里出现了一些有始无终的人物，比如小张、大彪、老王，作者需要在小说上多动点心思。

庞羽： 这篇小说的开头让我觉得它可能是个杰作，但是后面出现了问题。一个真正优秀的小说家，必须既天真又世故，好的小说是从世故走向天真的。年轻时人们是感性的，随着年龄的增长变得理性，而真正的小说家要走向智性化，当你冷静理性地面对这个世界时，更加能够保持自我的完整性。我觉得这篇小说最缺乏的还是一种天真的东西。它的基调也有问题，小说要写"变"，但它终究还是写"常"的。这个作品呈现的只是情节上的变化，没有写到人性深处"常"的一面。小说中的物理力和心理力必须结合起来。开头时作者结合得还不错，后来作者让交代取代了叙述，物理力与心理力相互结合的状态就消失了。可喜的是，这个小说从平衡走向了不平衡，可惜它从平衡走向不平衡的过程实在是太杂了，不是从一而终的。这篇小说是一个群像式的小说，但它可以集中一个点，省略掉一些东西。真正的小说是为生活补充东西的，而非复制生活。小说和生活不是手套和手的关系，小说是用手握住东西的瞬间，这个瞬间可能是一个眼神、一声叹息或是一束光线。

汪雨萌：这是一个学生的习作，这个作品中，一以贯之的人物只有李老板，但最后结局又不是李老板，变成了他的儿子，李老板写着写着就没了。小说要把人物的岔路交代清晰才行。作者想表达的东西超越了篇幅。整体语言还可以，但有一些长的复杂的句子会给读者造成阅读障碍。总体而言，这篇小说的行动力不足，还是太散，人物有一种不知所终的感觉。

谢尚发：小说第一部分还挺吸引人的，但场景转换有点快。比如放烟花，他喊了一嗓子，大家要去吃喜宴。其实直接吃喜宴就行了，中间大彪跟小张的冲突感觉隔断了小说。小说，尤其是短篇小说，比较强调"气"，就是核心。它贯穿小说的每一部分。小说就像一口气正顺畅的时候，突然间打了个嗝儿，抽出了一个关系去写，把它给写充分了，这个小说就完成了。

许道军：这篇小说的人物关系需要大量简化，可以主要在老板、巧慧、儿子这个三角关系中做文章，弟弟、前妻、准舅子等全部删掉。作者要突出爱，老板和巧慧的爱、老板和儿子的爱，以及巧慧和李涯因为年龄相仿而产生的微妙感情。小说的情感线从头到尾都是模糊的。文学作品要遵从三个逻辑：一个是事实逻辑，一个是情感逻辑，还有一个是审美逻辑。这篇小说最大的问题，就是事实逻辑不清。小说要有主线，还要有一两个支线。一个短篇小说一般只要有一两条支线足矣，这篇小说里却有好几条支线，父子矛盾、兄弟矛盾、夫妻矛盾，等等，逻辑太不合理。

育邦：这个小说人物众多，事件众多，但它不聚焦、散乱，叙事效率低下。它的观感很不好，因为没有核心叙事与核心人物，我觉得有一到三个主要人物，两到三个次要人物足够了。这个小说的人物过于扁平化，故事没有重点。作者表达目的不明确，没有一个很强烈的东西来推动叙述。叙事的主体很不明确，前面是常玲叙事，过一会儿是李老板叙事，后来变成了李涯叙事，最后是全能视角。一个短篇小说最好只用一个叙事视角，以巧慧的视角进入小说可能比较合适。高明的小说，不但符合生活逻辑，还需要符合文学逻辑，文学逻辑是可以通过想象成立的。文学基础要扎实，每一个细节都形象生动，才能让读者觉得可信。这个小说可以从某个小的角度切入，将有限的素材集中高效地呈现。

毕飞宇：这个小说里，人物大概有十五个，又牵扯到七八个小说元素。一个一万字左右的作品，无论谁都不能做得到。

小说的结尾，李涯的父亲让他去卖车，但他跟女朋友出去喝酒了，上车后就发生了车祸。小说内部推动的能量既要符合生活逻辑，在符合的同时，还要想办法去挑战生活逻辑。如果我来写，我一定会想尽办法让巧慧出面让他卖车，余地就大了。巧慧跟李涯平时一言不发，突然找他的第一件事，不是跟他商量，而是跟他吵架，冲突马上就出来了，小说的能量推动、小说人物之间的衔接和小说人物之间的关系，马上就会有变化。

徐晓华：首先，作者对整个社会现实有深刻的思考，他想反映现实问题、社会问题，在这一点上，他动了很大的心思，尽管可能有的地方没有到位。作者有很强烈的社会意识、问题意识，有对社会负责任的态度。其次，作者构建了非常复杂的关系。社会的方方面面构成一张千丝万缕的网，这个网表现出人物和人物之间、事件和事件之间，包括情绪和情绪之间、情感和情感之间各种各样的关系。作者掌握了小说的精髓——关系的艺术。再次，尽管很多老师都提出了人物不突出的问题，可我觉得作者是想写好人物的，他有人物意识。最后，小说的叙述语言不错，描写可能弱一点，但是情节的推进、语言的转换都还可以。

但是这篇小说也存在很多问题，第一，这篇小说的整体调子是负面的，如果要改的话，小说的调子不能是负面的，也不能是片面的。我希望看到一些正面的、阳光的东西。第二，作者虽然抓住了这些关系，但是关系太复杂了，短篇小说是简单而复杂的艺术，复杂不是呈现在作品里的，而是让人感受到的。第三，我刚才说作者注重刻画人物，但本文的人物还是传统的、单一的。第四，作者的叙述语言还可以，但描写语言确实比较糟糕。

本期实录由郭亚群整理，

首发于《雨花》杂志2020年第10期，收入本书时有删改。

《无涯》梗概 /李君威

　　冬至月的最后一天，为了庆祝李廷龙老板母亲的八十大寿，仁安乡的龙兴毛巾厂开始放烟花。毛巾厂的工人们怨声连天，因为要拿好不容易赚来的血汗钱去送礼金。在车间里，刚来厂里两个月的小张还没拿到工资，现在又要出份子钱，一时心情不好，和车间主任大彪发生了肢体冲突，甚至还掏出了匕首。有几个工人准备逃走，却被李廷龙的儿子李涯捉了回来。

　　自从李廷龙离婚后，厂里的情况大不如前，弟弟李廷虎为了自己开厂，掏空了李廷龙的家产，厂里发不出工资了。工人们闹事要钱，巧慧大着肚子和哥哥长林过来打圆场，巧慧说李涯被绑架了，工人们没有放过他们。混乱中，巧慧生产了。同时李廷龙找到了李涯，发现他是欠了小混混的赌钱，被人扣了。李廷龙付清了十万元，带李涯回家了。

　　工人们闹事闹大了，大彪和李涯发生口角，又闹到乡长那里去，乡长打电话把李廷龙骂了一顿。李廷龙为了表决心，决定把李涯的跑车卖了付工钱。

本文为毕飞宇工作室第18期小说沙龙讨论作品梗概，

首发于《雨花》杂志2020年第10期。

第19期：推开小说之门

王夔：这个文本对我来说很陌生，它不同于我见过的其他文本。一开始我以为这是篇科幻小说，中间又对"执念"进行大量讨论，有点像穿越小说，最后感觉又像爱情小说，有同时看三部小说的感觉。许多小说借鉴科幻、悬疑等元素，而它有三个方向，用力分散了。在一个科幻的封闭空间，如何去寻找真理，这是第一个写法。第二个写法类似于穿越小说，我们是选择拥有不死之身，还是选择爱情，以此为主要矛盾展开。第三个写法是爱情小说。这三个方向都是小说，但是核心有点软，架子很好。

任一琼：从编辑的角度来看，小说的主旨比较清晰、新颖，很有创意。作者的想法很好，这一点值得肯定，但语言还有一点缺陷，有些表述不是很清晰，以后创作的话，要注意语言的流畅性。哪怕文章主题不是很新颖，但如果语言流畅，编辑也会更愿意去编你的作品。要反复修改自己的文章，对自己的作品负责任。建议你把这篇文章的语言再理得顺畅些。

王亮庭：我觉得这是一篇苦心经营的小说，堪称现代版的《聊斋志异》，或者是我们兴化版的《聊斋志异》，因为《聊斋志异》有很多转世投胎的故事。我觉得它的想象力和架构比较好，它是高于生活的，但写到最后，它的主题还是指向了那种浅层次的日常思考，比如说孤独啊、爱情啊、失去啊、生命短暂啊，作者把这些东西一股脑儿地放到一起，对这些东西的描述和探讨我觉得过于简单了。

庞羽：长篇小说是一条河流，而短篇小说是玲珑剔透的，它结构精巧，变化莫测，能折射出万千光芒。我觉得短篇小说是一瞬间神明的恩赐，我相信各位老师都有"被雷电击中"的瞬间。这种瞬间是某种福至心灵的颤抖，是天地间人事物一瞬间的爆发，在方寸之间引爆核弹，核弹内部必须环环相扣，无缝衔接。这篇小说中有百合花的意象，小说的题目是"夏娃的百合花"，里面有梅欣、蕾之类的，着重点可能在植物方面，后面又说了夏娃百合花的典故，而兴化又是文学之乡，必须突出中国文学这个概念，可以用中国典型植物的方法，让其他人变成菊花或梅花、兰花。在中国，爱情的花朵一般都与死亡有关，这篇小说的爱情也是和死亡有关的。

易康：这篇小说过分注重形式，忽略内容，就导致形式奇特，而内容平庸空泛，丢掉了内核与腔调。整个小说的结构，让我想起古人评价李贺的一句话，"奇过则凡，老过则稚"，我也想把这八个字送给作者。这位作者在写作的时候有一点本末倒置，语言表述上缺乏亮点，所有的人物、地名都不太接地气，小资情调玩得太过，小说没有气势，流于小家子气。希望作者在语言上多下一点功夫，否则就有点孤芳自赏，读者也会流失。小说的开头有点杂，一到七自然段建议做一个比较大的删改，把第二自然段作为小说的开头，其他部分适当删减。建议作者沉下心来，认真研读经典，加强基本功训练，不要一开始就先锋、就现代。写作是自由的游戏，但也是精心的劳动，对待写作我们要诚实和谦卑。

汪夕禄：作者这时候肯定很后悔，后悔没有好好修改。小说的叙述语言有问题，可读性不强，语言很散，要表达的概念化的东西太多了，概念先行，让人眼花缭乱。作者有自己的想法，想创立一个虚拟的世界，但意图却分散在小说的每一个角落。作者讲明白主人公梅欣的面试为什么会成功这一件事情，整篇小说就会更流畅更紧凑。

毕飞宇：有没有这样一种可能，梅欣千辛万苦来到人间，不是为了车祸，而是为了别的一件什么事情。她没了，她来了，这对读者的冲击是巨大的，这是第一点。第二点，我们做个假设，她通过面试就要去投胎了，峤来了。这时她想做选择，而面试指南的规则不让她选择，是不是就出现了允许她放弃的可能。她要和爱的人在一起，人间也不要了，她可以选择放弃。反过来用小说的结构，可见这个面试指南价值千金。对于一个拥有写作经验的人来说，这篇小说的天窗没打开，路走错了，叙事之门、故事之门、人物之门都已经敞开了，可作者没有推开小说之门，而是路过了。其实这篇小说改不出来，因为门还没推开。如果我是作者，我不会生气，我会非常欣喜，起码我知道了还有一扇小说之门。你要从读者的角度看，是写一个平常的故事、喜剧的故事，还是悲剧的故事，思路一反，小说立马就活了。

庞余亮： 小说不能靠交代，而要慢慢呈现出来。小说家是讲小说而不是讲知识点，就算是讲知识点也要讲得巧妙，一篇短篇小说交代这么多内容，没有必要。作者是有野心的，这是好事，但作者没有把自己的面试经验利用起来。这篇小说其实很不成熟，但我们为什么要讨论这样一篇小说呢？小说沙龙走到现在，我渴望有这么一篇年轻人的作品，即使它很幼稚。我是有目的的，这关乎文学的成长。

单玫： 这篇小说是一个空架子，里面没有内容，我没看出作者想表达什么。也许作者要和我辩解，这是一个关于放下执念的故事。当我第一次在文中看到"执念"这个词的时候，相当不舒服。为什么要交代这件事？这是散文的写法。另外，梅欣这个人物太模糊。作者想把梅欣、朱婵、张阿姨合三为一，可是这几个人并没有形成互补，写得太刻意了，故事里的冲突也不够。整个小说太空，散文腔调太浓。

顾维萍： 读完这篇小说后，我没有多少共鸣。小说里有一次车祸，一次轮回，一次新生，却没有激起读者的悲伤与同情，就好像一场游戏玩完了，小说结束了。作者企图在混沌之中为我们打开一片新的天地，但没有成功。小说形式大于内容，没有明确的主题，叙述视角也有问题，用的是第三人称视角，有点混乱。

刘春龙：这篇小说形式上让我们耳目一新，很新奇。有些作者喜欢把野心藏着，有些作者喜欢把野心外露，这个文本的作者有点野心外露，希望他把文学野心变为现实。但这篇小说架子太大，支柱太小，或者说包装太大，内核太小，表现的东西越多，失去的也越多。小说写得有点随意，表述不清楚。

本期实录由郭亚群整理，
首发于《雨花》杂志2021年第7期，收入本书时有删改。

夏娃的百合花 /朱田武

一

7号房间的门被推开，走出一个满面通红的男子，像喝醉了酒似的，跌跌撞撞地冲出长廊。门还在晃动着，那个坐在对面脸色苍白的少年，身影在她眼前晃了一下，便如鬼魅一般飘了进去。他在座位上留下了一本书——《面试指南》，她也有同样的一本，不过没有带在身边。

后来，她竟然睡着了，也不知过了多久。那本书还在座位上。"看来他已经用不着了！"她一边对自己说着，一边走过去将那本书握在手中。

不知道还要等多久，她觉得有些冷，想活动一下，可是走廊里那些跟她一起等待的人，虽然瞪大着眼睛，却如泥塑木雕一般，没有谁发出一点儿声音，她只好将手中的书翻开。书页发出的响声，令她有些不安。

这本书还是挺新的，看来少年的运气不错。好多人把书翻烂了，也没能通过面试。"着装十要领""如何激发面试官的同理心""通关必杀技"……这些内容她早已倒背如流。

她从口袋里掏出一张卡片：0715，梅欣。"0715"这个数字已经刻在她的心里，只有凭这个号码，才能参加面试。她已经面试过好多次了，现在，她又来了。

"0714号，请0714号到7号面试室。"喇叭突然响起，声音出奇的大，吓了梅欣一跳。

"0714号，请0714号到7号面试室。"没有人起身。梅欣望了望四周，人们依然坐着一动不动，眼睛直直地盯着黑色的门。

0714号是谁呀？该不会忘了吧。人没来就赶紧接着往下报啊。梅欣心里有些焦躁。

有脚步声响起。一个人影从走廊的尽头缓缓地走近。是个男人，他的目光朝梅欣这儿扫视了一下，然后找了个位置缓缓坐下。

梅欣眯着眼看了看，她眼睛近视，看不清男人的模样。她伸出食指轻轻抵向鼻梁调整眼镜，却发现没戴。《面试指南》上说，戴眼镜不利于目光的交流。

她感觉这个身影很熟悉。峤？他也来了吗？有一瞬间，梅欣认定这个男人是她的未婚夫峤。可是他不应该来到这里的。在梅欣模糊的视野中，她觉得男人的举手投足和峤很像。梅欣站了起来，犹豫着要不要过去仔细看看，说不定就是峤。可是她的脚仿佛被禁锢住了一样，如果是峤的话，他应该已经认出她来……

"0715号，请0715号到7号面试室。"梅欣收拾起思绪，站起身来。她不再看那个男人，努力将峤从头脑中排除出去。可是她的脑子全乱了。

二

面试，无关于学业，不关乎前程，只为一次旅行。是的，一次旅行，可以去任何想要去的地方。听起来这像是一个手段低级的骗局，然而在这里生活得久了，见惯了种种神奇的事，也就觉得正常了。在这里，似乎没有什么是不能实现的。

房东朱婶说，依照十部司所发通告，只要在这个城市遵循一切法则，获得高分值社会信用，就将有资格参与面试，去争取为时一百天的旅游机会。她毫不犹豫地报名参加面试。

十部司是这里的权力中心，由十个部门组成，分别担负着城市正常运行的各项职能。城市的西北角有一栋高楼，是十部司综合办公大楼，一共有十层，每个部门占一层。梅欣来面试，乘电梯时发现有B1到B18的按钮，这意味着楼下还有18层。令她感到吃惊的事还有，大楼表面被粉刷成黑色，而楼内的墙壁和种种设施却是白色的，没有一块斑点。楼梯和走廊上的人很多，来来往往，面无表情，也不见有谁停下脚步，没有人说话，人们匆匆而过。

如果不是面试，她是不会来这里的。

她想通过面试去旅行，因为这是离开的唯一方式。尽管这里科技发达，飞行器能够将人带到很高的天空，却无法离开。

朱婶身材瘦小，颧骨高耸，有一张尖翘着的嘴，说话的声音尖锐刺耳。梅欣刚搬过来的时候，朱婶亲热地喊："梅欣，梅欣。"梅欣听了心里像被什么刺了一下。不过，朱婶的笑容让梅欣感到亲切，前者深陷的眼窝里闪烁着慈爱的光芒。

她听别人说，朱婶常常会在半夜里大笑，笑声瘆人，像猫头鹰。梅欣一次也没听到过。每天清晨，阳光照在庭院里，朱婶静静地坐在一张铺着羊毛毯的藤椅上，静静地看着门外，稻草色的发丝任清风吹拂。她身下的羊毛毯绣满了百合花，煞是好看，梅欣一见就喜欢上了。百合花是她最喜欢的花。交谈中得知，朱婶也喜欢百合花。她的丈夫生前，每次外出回家，总会带回一束百合花。

很多年前的一个早晨，丈夫背着朱婶整理的行囊，跟她挥手告别，从此再也没有回来。此后，清晨默默地坐在铺着百合花毯的椅子上看着门外，成了朱婶每日的必修课。

朱婶很幸运，第一次面试就通过了。她想见见丈夫，想知道他经历了什么，她有无数的话想要对丈夫说。不过，朱婶的旅行只有五十天。回来之后，她心里的执念也就没有了。

梅欣问朱婶："你见到丈夫了吗？"

"见到了。"

"他在哪儿？为什么不带着他一起回来，或者你留在他身边？"

"因为，我只有五十天。"朱婶神色黯然道。

"有人看管着你？"

"没有！"

"那干吗这么老实听话？多耽搁几天又怎样？就是不回来又如何？"

"不行，这是宿命。"

"宿命？"

"是的，宿命。原先规定的该是怎样，就是怎样。若是不听从十部司的决定，你和属于你的一切将灰飞烟灭。"朱婶有些激动，脖颈处青筋鼓起，嗓门变得更尖了，像猫头鹰凄厉的叫声。梅欣突然有些恐惧，她不想再继续谈论这个话题了，转而问："你的丈夫在哪儿？

"他……"朱婶愣了片刻说，"他和我们不一样，他活得很好。"

"活得很好？怎么就和我们不一样？"

朱婶神色突然变得古怪："我有些困了，今天先聊到这儿吧。"

"可是，我心里还有不少疑问呢！"

"你也去休息吧，做人，不要有执念。"朱婶匆匆回到了自己的屋子。

执念？朱婶怎么突然提到执念？执念是什么，执着的念想？那么朱婶去掉的执念是什么？自己又有什么执念？想了半天，她对自己说，也许是想家了，想他了。

三

H城不大，依山傍水，非常美丽。

山中有泉，林中有鹿，特别是三四月份，金黄灿烂的花开满山坡，像金子一样耀眼。

梅欣在这里出生，在这里成长。大学毕业后，她进了一所临终关怀医院工作。这所医院被世人视为生命的最后驿站，梅欣这样的医护人员常被人称作"灵魂摆渡者"。本着一颗"治病救人"的心去学医，却被安排在这里，梅欣起初有些不适应。可是，慢慢地，她对这份工作有了新的理解，让一个人临终得到温馨的关怀，体面地离开这个世界，是一项行善积德的事业。

每一天，梅欣面对的都是一张张写着"愁苦"二字的脸，眉间堆满了无奈与惆怅。没有谁不想找根"救命稻草"躲避死神，尽管期望渺茫，但也决不放弃。

梅欣时常感到压抑，然而每当看到窗台上的百合花，便得到一丝宽慰。这束百合花红艳艳的，娇美无比。百合花是张阿姨的丈夫送的。张阿姨曾经是这里的一位病人，性格开朗，整天笑呵呵的，总是亲切地把梅欣喊作"孩子"，经常和她聊家常。张阿姨每次看着这些充满生机的花，都开心得像个孩子。

张阿姨的丈夫服侍妻子从不抱怨，每天想着法逗病床上的妻子开心，他天天带来一束百合花插在窗台的花瓶里。张阿姨虽怨他浪费钱，但很开心，精神也格外好。大家认为百合花给她带来了吉祥，带来了奇迹。

一个深夜里，梅欣值班时伏在桌上打盹儿，朦朦胧胧中，看见张阿姨穿着百合花长裙轻轻地走来，微笑着说："孩子，我走了。你好好睡吧，我不再打扰你了。"天亮时梅欣醒来，才发现张阿姨已经走了，安详地躺在那束红色百合花旁。

梅欣含泪捧起那束红色百合花，泪水夺眶而出，滴落在花瓣上，晕染开来，花更显红润。梅欣带走了花，放在办公室窗台上。同事觉得晦气，劝她扔掉，但她拒绝了。

之后不久，梅欣遇见了房东朱婶，总觉得朱婶像某个人，过了些时间她才想起，朱婶和张阿姨很像，尤其是笑起来的时候。

四

男人真的是太胖了，黑色的西服撑得很满，似乎只要用力吸口气，胸前的扣子就会崩脱。他的身体跟沙发贴合在一起，似乎整个人是直接从沙发里长出来的。男人眉头紧锁地盯着梅欣手中的书，似乎有些不悦。

"你觉得这本书很有用吗？"男人问道。

梅欣心里"咯噔"了一下，好像考试作弊被当场抓获，乱了方寸。

"啊，这个不是我的……"

男人朝房间角落努了努肥厚的唇，那里有个垃圾桶。梅欣赶紧将《面试指南》扔了进去。

"0715号，梅欣女士？"女人化了淡淡的妆，浅棕色的长发披在肩上。她推了推鼻尖上玫红色边框的眼镜，拿笔在纸上打了个钩。

"是我。"梅欣将裙摆捋顺坐下，瞥见先前投送的个人简介，上面有峤给她在丽江拍的照片。

女人把钩画长了，红色笔迹直达人像嘴角部位，像是梅欣脸上的一道血痕。女人拿纸擦干净，不经意间一滴墨水滴在了梅欣的眉心处，怎么也擦不掉。

"我们就简单地聊两句，你心里想到什么，就说什么。"男人的声音如同女人一般柔软。

梅欣直了直腰，朝着胖男人点了点头。

"来这里多久了？"

"三年零四十九天。"

"到时间了。"女人小声嘀咕。

"记得如此清楚，你真是一个很细心的人。最喜欢什么花？"

男人问了一个不相关的问题，梅欣很意外，这里有什么陷阱吗？《面试指南》中各种应对技巧在她头脑中飞快地闪过。

"没有你特别喜欢的花？"男人追问。

"啊，不！我最喜欢百合花。"

"百合花是一种迷人的花，它的白代表着至高无上的纯洁。啊，梅小姐这身连衣裙，多么像一朵盛开的百合！"胖男人挥舞着双手，双脚也不安分地在空中乱蹬着。

"谢谢您的夸赞！"男人离题的话语和奇怪的动作令梅欣感到莫名其妙，颇令她反感，"不过，比起白色的百合花，我更喜欢红色的。"

"红色的？"胖男人放下手，脸上恢复了严肃的表情。

"白的太素了，红的才令人惊艳。"

"你说的是那种像血染过的百合？"胖男人转头问身旁的女人，"对了，蕾，你也喜欢红色的吧？"

梅欣惊讶，这个像花一样美丽的女人有着花一样的名字。

蕾轻轻一笑，轻声细语地说："红色的百合花可不多见。"

这是以前面试时从未遇见过的情形，为什么要提到花？这跟旅行有关系吗？这也许是一种心理测试？梅欣心里充满了疑惑。

胖男人不再说话，用难以捉摸的眼神打量着梅欣，似乎在探寻她内心的隐私。突然，他问："你害怕失去吗？"

害怕失去？这算什么问题？梅欣觉得有些可笑。"我不害怕失去。面对那些从我眼前消失的东西，我很坦然。花开花谢，云聚云散，天地间的万事万物，皆有定数。无穷的欲望，是人烦恼的根源。一个人的索求，往往超出自身所该拥有的，过度的索取甚至会将已拥有的一并失去。"梅欣缓缓地吁了一口气，毕恭毕敬地看着胖男人，就像学生等待老师评分。

胖男人愣了一会儿，挠了一下头，对蕾说："要想成为人，怎么会不害怕失去呢？"

蕾微笑着说："再听听她还会说些什么吧。"

　　胖男人将目光再次投向梅欣，这目光像一把钻子，想要钻进包裹着她的壳。梅欣被盯得浑身不舒服，一小团火在她脸上燃起，尔后像一条蛇在全身游走，每一根血管、每一条神经都被炙烧得发烫，血液泛起一串串气泡，瞬间炸裂，散发着一股难以言说的味道。这味道，梅欣是熟悉的，这是死亡的味道。梅欣一激灵，用手遮住了眼睛，阻断男人的目光。

　　"我害怕失去。"梅欣垂下头，浑身颤抖着。

　　"很好。"胖男人的目光变得柔和。

　　说出了这样的话，梅欣的心里反而好受多了。这么多年，从没有人问过她这个问题，包括先前的面试。梅欣一直生活在父母的呵护之下，无忧无虑；她升学、工作都是一帆风顺，几乎没有经历过一点点挫折。后来，遇到了峤。峤不在身边的日子，她尝到了孤独的苦涩，她害怕失去峤，便有了害怕失去的感觉。

　　"你害怕生命的短暂吗？"胖男人脸上恢复了笑容。

　　"我不害怕生命短暂。有时候，我反而担心生命太过漫长。"梅欣以为面临着又一次艰难的考验，坐直了身子。胖男人没有说话，却传来了蕾的声音："最后一个问题。你害怕孤独吗？还记得你最近一次感到孤独是什么时候吗？"

　　"我害怕孤独，害怕极了，尤其是他带给我的孤独感。"梅欣似乎对蕾的话毫无戒备。

　　"他？男朋友吗？"蕾双手抱在胸前。

　　"是的。他叫峤。在没有遇见他前，我一点儿也不感到孤独。"梅欣的声音带着些哭腔。

　　"能讲讲你和他之间的故事吗？"蕾身子向前倾了倾说。

五

大二那年，在一次社团联合会上，我们相识了。那天他是主持人，我也是主持人。我俩配合默契，主持得相当成功。我们慢慢熟悉，成了朋友。峤像哥哥一样照顾着我，虽然他比我还小一岁。到了圣诞节，他向我表白了。从此我俩形影不离，一起学习，一起旅游，一起构想着未来。

有一段时间，他到南方的一个城市工作。相隔两地，我很想念他，天天盼着和他见面。峤许诺，我二十五岁生日那天，他会出现在我面前。

那天峤真的回来了，带着我去丽江。这是我们第一次自驾游，我带上了美美——峤送给我的猫。

事情发生在返程回家的途中。小车在高速公路上行驶时，美美突然从我的怀里蹿到正在开车的峤身上。峤在惊吓中打偏了方向盘。我只听见一声巨响。

当我睁开眼时什么也看不清，眼镜不知道飞到哪里去了。峤被压在车子下面，浑身是血。我扑过去，竭力地喊："峤——峤——"可是他一点儿反应也没有。我眼睛发黑，感觉天塌了下来。当我醒来时，身体被什么固定住了，没法动弹，连眼睛也睁不开。"峤——峤——"我声嘶力竭地喊着，却发不出一点声音。我感觉坠入了万丈深渊，无望又无助，昏厥了过去……

我发现自己被推进了一个大厅，闻到了百合花的香味。我想，一定是峤给我送百合花来了。峤知道我最喜欢百合花。他说，被逐出伊甸园的夏娃，悔恨的眼泪落在地上，长出了百合花。

忽然，百合花燃烧了起来。火中，一朵朵百合花变成了红色，像血一样红。

我情不自禁地喊道："峤，你看到了吗？百合花燃烧了，多么绚丽啊！"

后来的事，我记不得了。不知怎么一个人来到了这个城市……

六

"你想回到峤的身边？"蕾眼圈泛红，闪烁着晶莹的泪花。

"是的。但是他在那场车祸中离世了。"梅欣想哭，却哭不出来。

胖男人与蕾对视了一眼。"其实，在车祸中，峤没有死。死去的人是你。难道你不知道这里是人死后居住的地方？"

"什么？我死了？"梅欣站了起来，惊恐地睁大眼睛。

"是的，这里就是那个世界里人们所说的丰都、阴司、冥府或别的什么。"

"那么，为什么名称变了？"

"时代在变，这里也得变。来自那个世界的科学家们，在这里拥有无限的时光和精力完成他们的工作，不受凡尘俗务干扰……"胖男人滔滔不绝地说着，浑然不知胸前的扣子已经崩脱。

"那么，我真的死了？"梅欣自言自语。

"按照那个世界的观念，你死了。但这里没有'死亡'之说，或驻或离，自可随自己的心意，前提是通过了面试。其实，若无执念，生和死又有什么区别呢？"胖男人说。

执念，又是执念。执念到底是什么？梅欣又糊涂了。

胖男人看出了梅欣的迷茫，笑着说："谈起执念这个词，有个叫惠能的法师讲过不少。你可以找他的书好好研读。好了，闲话不多说了。恭喜你，通过了本次面试，获得一次投胎为人的机会。"胖男人拿起笔在梅欣简介的最后一栏写上了"通过"二字。

"通过了？"

"是的，你将开始新的人生，祝贺你！"胖男人站起身来拍了几下巴掌，蕾也鼓起了掌。

梅欣的目光从胖男人的脸上慢慢下移，直到落在了自己的脚下。她还想再说些什么，可是头脑中一片空白。

"还有什么要说的吗？"蕾离开座位，走向胖男人的身后，那里突然多了个操控台模样的装置。梅欣一直没有留意。

"我……我想问，这一次为什么成功了？"

"其实，从你进门坐下那时起，差不多就已经通过面试了。因为你将你的面试卡片扔掉了。卡片上不仅有数字0715，还记录着你先前所有面试的信息。你扔掉，说明已经放下了执念。是不是这样？"

梅欣突然想起，那张卡片被她夹在《面试指南》里一起扔进了墙角的纸篓里，当时她并没有意识到。这就是所谓的宿命吧！

"你也扔掉了《面试指南》，其实人只要听从自己的内心，哪里需要什么指南！"蕾说。

"对！更因为你此次是以真实的面目示人，取下了一直以来戴在脸上、蒙在心头的无形面具，说出了内心真实的想法。更重要的是，你第一次真正直视了自己的内心情感，从这一刻起，你彻底放下了执念，不再为人生的一切而苦恼。"胖男人像法庭上的审判员在宣读最终裁决。

"我明白了。"在蕾的指引下，梅欣从座位上起身，向前走去。沿途长满了百合花，有白的，也有红的，一股神奇的魔力吸引着梅欣一步一步走下去。红色的百合花花瓣落在她的浅色碎花连衣裙上，缓缓滑落到脚下，泥土里又重新长出了一株鲜艳的百合花。她最终融于一团红光之中……

七

一位护士走出手术室，将裹在襁褓里的婴儿交给了守候在门口的男人："恭喜，生了个小公主！"

男人接过来，看到婴儿的眉心处有块红色胎记，心里"咯噔"一下，"怎么会这样？"

梅欣闻声微微睁开眼睛，朦朦胧胧中，她看到抱着她的是峤。她努力地想笑，却"哇——"一声哭了。

本文为毕飞宇工作室第19期小说沙龙讨论作品修改稿，

首发于《雨花》杂志2021年第7期。

第20期：角度可以很多，方向只能一个

易康：这个小说读起来非常舒服。无论是人物、故事还是情境，包括流露的情绪、抒发的情感，都是我喜欢的。这篇小说优点不少，但我觉得还有一些可以改进的空间。首先，小说在结构上有点头重脚轻。重，可能是为了后面的推进更加顺利，问题是这个"重"更多表现在了叙述上的烦琐。小说一共写了刘建忠、庄宇、小初三个人的自述，这三个人物当中，小初写得最好。文学是自然流淌出来的，庄宇的自述就显得有点生硬，刘建忠的自述好像是硬挤出来的。小说在结构上是不是可以做个调整，把刘建忠的自述放到后面去，把第一节跟第七节合并。如果作者觉得合并起来难度较大，那么最好把小初的自述放在开头，这样的话，读起来就比较顺畅。其次，小说在叙述节奏上可以做些调整。静态的描述太多了，有的时候连续很多个段落都是静态描述，容易让读者产生阅读疲劳。再次，道具的运用有点过犹不及。关于烟酒的描写特别多，但我感觉作者对抽烟喝酒的人并不了解。比如有一个细节，庄宇蹲在屋檐下一下抽掉了半包烟，我也算是一个老烟枪了，一般不可能坐在一个地方连续抽半包烟。作者反复写烟跟酒的目的，可能是为了表现一种颓废情绪和沧桑感。最后，时间与空间的切换不够自如。我觉得在时间的切换上，可以借鉴意识流的描写，比如福克纳的《喧哗与骚动》，虽然切换很频繁，但适应了那种描述之后，就会发现它的时间跟空间转换非常清晰。

叶子：我希望我提的修改意见，不要打乱这位作者可贵的自由写作状态。我想谈一谈叙述的清晰与否。我读第一遍的时候，觉得有一些不清晰的

地方，比如小说中一开始写这是东川的水管所，可是再往后一点，又谈到它是一个库管所。在重要的地名上，不应该有两个可以互换的词，会给读者造成困扰。同时，读者无法明了第一部分的"我"和第二部分的"我"是不是同一个人，造成了阅读障碍。作者只要给出一些信号，用一些细节去充当一个"告密"的角色就可以了。小说家不应该漏掉这样的细节。写作要制造一些困难，可以是叙事上的难题，也可以是情感上的难题，但是困难有两种，有的时候是有效的困难，有的时候是无效的困难。在写作的过程中，要尽可能避免没有意义的晦涩。刚开始写作的人，会沉浸在那种晦涩和不确定感中，很害怕写一个简单的故事，好像简单就会显得不高级。写出来的内容，只有作者自己知道，别人都不知道，这是比较麻烦的。我猜作者应该是个女孩，因为小初的叙事，相比前面两位男性的，要自如很多。

我再谈谈细节问题。比方说饮食上的细节，谈到花生米，谈到什么牌子的香烟，等等，似乎这些细节会让叙事变得更逼真。有一种说法是，小说中看上去冗余的细节，就像人离开房间以后，还亮着的那盏灯。亮着的灯，实际上本身就自带生活气息，会让人有一种活着的感觉。好的细节可以让小说变得更好。细节构成了认识，文学的叙述很重要的一点是对细节的选择。这种选择不是简单的记忆上的，而是要去创造某些东西出来。所以同理，这就是为什么我觉得开场写一张照片是偷懒了，经验不足的作者喜欢让人物以静态的方式出场，因为写静态的人物一定比写动态的人物要容易。

向迅：这篇小说有强烈的现代意识，也运用了很多现代主义的技巧。小说的主题是寻找父亲，父亲在一个意外事件中失踪了，然后写到了"我"读大学后回到水库，就是为调查父亲失踪的原因。作者选择了复调叙述，通过"我"、小初、刘建忠三个人物的不同叙述拼凑父亲人生的一个段落。以交替叙述的方式，使父亲的形象逐渐清晰。好小说，主线应该是非常清晰的，这个小说从某种程度上来说有点绕，很多地方没有说清楚。有些该交代的地方没有交代，没必要交代的地方，又显得有点冗余。比如，"我"和小初刚刚联系的时候，对小初理发店的交代，一笔带过去就可以了。

单玫：作者在时间里穿梭，想在某一个时间点把所有人的命运拴在一起。可就是这个时间点，作者没有把握好，过于模糊甚至混乱，读者为了理清时间的切换而浪费了很多时间。人物关系也不够清晰，刘建忠是不是第一章的叙述者，我读了几遍才看明白。建议作者可以稍作交代，让小说读起来顺畅一些。这篇小说里有很多地方让人有所期待，比如最后小初的离开，但写得有点匆忙了，如果加一些心理活动的细节描写，我想会更好。

庞羽：这篇小说语言还是比较流畅的，有流水的感觉，比较有诗意。但是，作者对小说的总体把握能力还是不够，只能通过不断增加人物和事件才能完成。关于时空，这篇小说让我感觉像听见了一首很美妙的歌，循声而来，在门外徘徊了很久，最后不知道房子里发生了什么，然后就回家吃晚饭了。任何艺术都是在时空里面做精致的艺术品，要给观赏者开一扇窗，这一扇窗对于电影导演来说就是一个镜头，对于画家来说就是一根线条，对于音乐家来说就是一个音符。但是，这个作者可能仅仅只是造了个房子放在那里，并没有给我们开一扇窗，所以我们看得并不是很清晰。

朱辉：这篇小说比较混乱，反映在很多方面，比如说人物太多，短篇小说一般三五个人物就够了，作者至少写了八九个人物。要表现的想法、情绪，太过复杂了。复杂对不对呢？肯定是对的。我们很希望读者看过我们的小说以后，感慨万千，一言难尽。这是很好的感觉，但这种感觉常常是由清晰带来的。作者一定要明白一个道理，写小说是一种传达，或者说是一种表现，作者当然希望把想表现的东西传达给读者，但不能天然地认为读者就一定能够接收到。写小说那么多年我明白了一个道理，自己心里边门儿清，可是读者看不出来。这篇小说由于人物过多、时间线过杂，视角的不断跳跃变化让读者犯晕。

小说写得最出彩的，是关于理发的这一段。虽然看起来跟这个小说关联不大，但是它显示出作者的才华。这位作者的文字清楚、干净、雅致，超出了绝大多数青年作家，甚至包括一些著名作家。作者能否把小说的语言整理好，这一条决定了一个人能不能吃创作这口饭，如果这一关没过，那就别干，干也干不好。我觉得这个作者是有可能干好的。

毕飞宇： 我谈的第一个问题，是体量问题，在中国有一个不成文的说法，3万字以下是短篇，3万字到13万字是中篇，13万字以上叫长篇。在我的阅读范围里，1.5万字到3万字之间的小说，很少有成功的。最丑陋的小说，大多是1.5万字到2万字，我个人的短篇小说一般不超过8000字。为什么呢？因为信息量跟体量之间是有比例关系的，就像身材跟肌肉的关系一样。当然也可以特别长，少数的也可以特别短，但通常来讲都是这样，有能力把那么多的信息量放在1万字或8000字以下，你就是一个短篇高手。我觉得这个小说目前的体量，其实是可以花1万字把它完成的。这个作者的手松，松出了6000多字，这就不漂亮了。

第二个问题，角度。这是这篇小说最大的亮点，但不停地换角度，又换得不算很好，造成了一些混乱。

第三个问题，写性的时候一定要小心，小心又小心，要不你就不要写。我这样说，和道德无关，和社会无关，只和人物的内部世界有关。如果能给人物带来丰富性，你就写，如果不能，那就没意义。性涉及很丰富的内心世界，写好它并不容易。

第四个问题，照应。如果这个小说按照单一视角贯穿，就没有必要去前后照应。第二部分开始的时候，马上给大家提供一个信息，换视角了。老实说我看这个小说到第四章第五部分的时候，我都不知道在转视角，急死我了。所以作者要让读者知道你在换视角，你是有想法的，你要提供更多的信息量。

育邦： 这是一个寻找的故事，寻找父亲，寻找爱情，寻找希望。闪光点其实就是希望。这同时又是一个消失的故事，家园消失了，爱情消失了，最后人也消失在人海之中。作者使用了多视角叙事，三个视角提高了文本的复杂性。作者试图形成互文性的叙事结构，但效果并不令人满意。在这次叙述中，作者极力控制着文本的规模、外貌甚至气质，但我以为不幸的是，有时候作者无法完全统一。在法国新小说出来之后，对小说有另外一种说法。这是一场冒险的叙述，还是一场叙述的冒险。假如是一棵树，要鲜活，要有生命，不仅需要方向明确的枝干，也需要很多精确生动的树叶。作者在细密的描绘中有很多拿手的绝活，也有一些不恰当、不准确、前后矛盾、违反生活逻辑的地方。我觉得作者是有文学野心的，想完成一件优美的阔大的作品，却忽略了简单凝练可能会获得的巨大力量。作者就是在不停地与自己过去的知识进行抗争，这个抗争的过程就是把好的东西发扬光大，把不好的东西一步一步丢弃，这样就能成为一个好作家。

朱燕玲：很多人对第一节提出了意见，我恰恰相反，我觉得第一节写得非常好，甚至觉得是惊艳的，用这种陌生感点出时间和人物，一下就给出了非常具体的东川水管所二楼资料室。但是，还有一个看法我跟大家一样，就是它的混乱。说实话很多地方我还是不明白。比如说人称问题，如果是几个视角的话，每个视角一定要有非常大的区分，不能像同一个人在说话。我读了好几遍，才知道第一段是刘建忠的视角，后来不得不在每一段上都标明。这篇小说给我一种做旧的去掉烟火气的感觉，和宏大叙事刻意背道而驰。这个作者确实是有想法、有追求的。

本期实录由郭亚群整理，
首发于《雨花》杂志2021年第12期，收入本书时有删改。

东川的水岸 /李嘉茵

沈初

如果别人不说，我可能会忘记，曾经在夜里我总会本能地找寻一种发光的东西。小时候，窗外河谷的幽绿浮光会将我魇住，我屏息凝视，眼睛不眨，后来随爷爷搬迁了两回住所，又随母亲迁徙城中。窗外的光越来越亮堂，厚实的窗帘也不能完全掩住，如今我习惯了戴着眼罩入睡。畏光的症状越来越严重，夜里睡不踏实，或许是理发店关掉之后才这样。

其实我早就厌倦了和头发打交道，每日睡前，我会发现指缝和衣褶中仍旧遗留着陌生人的断发和鳞屑。从十三岁做到二十二岁，唯一的快乐之处在于，将一颗颗顶着乱七八糟头发的头颅洗涤理顺，修剪成我心仪的样子，这是一种微小的创造。当然，有时客人并不喜欢我的创造，脾气差的会跟我争吵，摔打座椅，大多数则在镜前揪着头发摆弄许久，沉默地戴上帽子，一声不吭地走掉。这行干久之后，我见到新认识的人，比起五官，我更留心观察对方的头骨，这已成为一种近乎怪癖的乐趣。我的结婚对象就是这样，他长相平平，但头骨生得完美，眉骨很淡，颅顶至眉心形成一道光滑的圆弧，跟他约会时，我总想起新闻图片里见到的卢旺达黑人饱满洁白的头骨。某种程度上，结婚就像摸牌，我试图透过皮肉肌理，摸寻他们的本质。而他恰好是个经得起审视的人。在长久的相处中，我们彼此熟悉，却总有一点隔膜。我说不清那是什么。

婚礼前夕，同事染上急症，由他代为出差几日。天亮之前，我们吻别，目送他离去后，我收拾东西离开他的住所，坐两小时长途大巴，回到小时候生活的县城，乘二十四路公交车，医科大学站下车，走五十米左拐入巷口，第二家招牌处就是我曾经的芳妮理发铺，现已改名。透过窗户，我看到一个与我年纪相仿的女孩正拿着一块发黄的海绵清扫椅缝间的碎发，过了一会儿她停下动作，侧坐在刚清理过的椅子上，跷起腿，点了根烟。

我拖着东西走上细窄的居民楼梯，绕过蒙灰的自行车、鞋架和废纸壳，留神别蹭到墙面。几年前有住户私拉电线，给停放在一楼楼道间的电动车充电，电线短路，酿成火灾。好在一楼人家发现得早，报了火警，没造成太大损失，只是墙面烟熏火燎，梅雨季节潮湿，近乎被烟垢和绿霉沤烂。母亲想找物业重新粉刷，楼里没人牵头，也就罢了，邻居都说这楼再过几年就要拆了。上到三楼，我拿钥匙开了门，奶奶冲过来，揪着我的手腕，问我是谁。我挥手说，奶奶，我是你孙女。奶奶认真地看了看我的眼睛，沉声说，我们不会搬的，别费心了。绿色铁门在我面前重重关上。

我把行李堆在地上，给我妈打电话。老房子不隔音，门内没动静，我妈不在家。她很少不在家。我给她发了条短信，告诉她我被奶奶关在门外，无处可去。过了半小时，她也没回。我心不在焉地浏览新闻，看好友昨夜发布的动态，有个陌生网友半夜发了组水边夜晚的照片，画质粗糙，满是噪点。不过，在黑夜一角，我看到一些模糊的绿色光点，放大了看，不是车灯或别的什么。我想起了从前住在水边的漆黑夜晚，有点兴奋。一直以来，我以为只有我注意过它们，好像秘密的调频终于被他人接收并洞悉，即便有些东西如今早已不复存在。

我点开他的主页，一直翻到2009年的动态，这才知道他是谁。他改过太多次网名，那些花哨的字符很难挨个记住。很小的时候，我们一起玩过理发师的游戏，我用白色塑料袋扎住他的脖颈，拿起剪刀，上下乱剪一通，他闭上眼睛不敢看，最后在我的笑声中哭着跑了出去。中学毕业后，他离开了县城，成年后我们几乎没再见面。手机通讯录里他的号码躺在原处，应该也早换了。

手机电量告急，出门匆忙，没注意。行李扔在门口，我踱步到街边，找地方充电，拐进小卖部，从柜台上拿了一颗橘子糖，嚼了嚼，与记忆中的同样酸涩。拎起公用电话，话筒贴在耳边，一时不知该打给谁。提示音响起，他回复了，说照片是在水库边拍的。我问是哪个水库，隔了好一会儿，他才回复说，东川水库。那一刻我意识到，他大概也不记得我是谁了，连同那些过去的事。目光在货柜上游荡，我看到一罐蓝色的凡士林，铁盒子在阳光下发着光。我买下它，揣在口袋里，感到一丝力量向身上聚拢过来。

庄宇

毕业前夕，我来到东川水库，住了一个多月。父亲早年曾在附近工作，五岁时他便与母亲分开居住，我自小与他情感淡薄，因此未曾来过东川。

在东川水岸住宿的第一夜，一具棺木在我的梦中浮现。棺木浮在水上。梦醒后，望着暗沉的天花板，我反复琢磨，不知这是否预示着自己将不久于人世，抑或棺木属于父亲，他以这种方式告知我，他已不在人间。窗外疾驰而过的车影，映照着空荡的四壁。天明之后，父亲的模样渐趋涣散，记忆退潮，仅剩一点残影。

每日清晨，我去水库附近闲逛，漫山遍野地走，听雀鸟啁啾，看松鼠在林木间蹦跳攀缘，山间有野麂穿梭来去，每逢雨后，老树根幽绿生苔，颜色鲜红的蘑菇一茬一茬地往外冒。五月下旬，准备返程时，我却得知论文盲审没能通过，只得延期毕业。我蹲在屋檐下抽烟，思索以后的去向。延期的学生不提供住宿，母亲同现任丈夫南下打工，父亲多年前已不知去向，至今杳无音信。小时候父亲曾带我造访过老家的屋宅，那屋宅由祖辈建造，建在一处低缓坡下，数年前淹没于洪水，成为一艘远去的沉船，再也无从打捞。

当晚我跟库管员刘建忠辞行，他问我去处，开始我有些遮掩，只说学校叫我回去处理毕业的事，喝了几杯，索性将延毕之事和无处可去的窘境告诉了他，说自己准备南下打工，挣点积蓄。刘建忠点了根烟，沉默片刻，青色烟雾一朵一朵飘向屋檐。他忽然启口说，我见过你父亲，二十来岁的时候，那时你还没出生。我问他父亲年轻时什么样，刘建忠说，长脸，头发蓬乱，膀子很白，总戴副蛤蟆镜，钓鱼拿手。他虚起眼睛看我，说，你长得不像他。喝到最后，刘建忠仰靠在椅背上，睡去之前喃喃说着什么，我也没听清。

半夜，我睡不着，在水库边转悠。我想着关于父亲的事，他年轻时在江边上班，路途遥远，每周回趟家，提一篓鱼。有时我回家后，见瓮缸有鱼，才知道他回来过。有回我晚上起夜，见到一个光着脊背的瘦高男人在水池前用香皂搓洗短裤，吓了一跳，他觉察到身后有人，回过身，冲我点头，而后继续躬身搓洗，肩胛突出而分明，像一对竖起的残形翅骨。父母彻底分居后，过了半年，母亲改嫁，我同他只在过年时见面，吃一顿饭，饭后他总要抽根烟，跷起腿来，弹落烟灰，眼睛斜望窗外的街景，坐一会儿，便随着烟雾很快消失。

我望着夜晚黑沉沉的水面，想着水下之物也曾如此望向他。

夜下，暗沉水面散落光点，岸边灌丛幽深，荧光浮游。我曾拍过几张相片，放在空间相册里，相册名叫夜火，有夜里幽浮的发光鱼群，也有足肢纤长的水螳螂和碧绿耀眼的草蛉虫，以及许多叫不出名字的水边昆虫。陆陆续续发了上百张，但也没多少人注意，只有从前的一位朋友，每次都会点赞。

我沿着道路走向水管所一公里外的那座废弃信号塔。远远望去，它矗立水中，连通栈桥，隐隐有肃然之气。塔身老旧，墙根处爬布裂纹，我曾将耳朵贴覆在裂纹上，隐约听到一阵低沉的声音，如水下声呐所捕获到的动静。说不清为什么，每每听到这阵声音，我心里便浮荡起一股情绪，难以言说，却异常真实而强烈。

信号塔有扇小窗，踮脚就能看到内部。手电筒灯光晃进来，照亮了蒙灰的窗，斑斑驳驳，内里愈发模糊，残桌断椅外，地上还堆放着些灰质建材，犹如自潜水舱舷窗向外所见的海底礁岩，蚀去原本样貌，沉积为时间的遗物。

我曾想走入塔中看看，向刘建忠问起，他说这座塔在水库建成之前便有了，早先不归他们管理，后来才划入东川水库辖域，不过也就此弃置。江流截断后，信号塔再无用武之处。他摸寻一番，也没能找到塔门钥匙。塔门上挂着一把方形铜锁，锁面生缠枝莲纹，像是古物。借电筒的光，我观察锁的内部结构，回去找了根铁丝，插入锁孔，上下试探，锁芯不动。我放弃此法，扶着栏杆吹了会儿夜风，便回去睡了。

第二日午后，我本要走，刘建忠想起前几日下的网还没收，嘱我帮忙。我驾船行至水上，他拉网，十几条活蹦乱跳的白鲢中混着几条草鲲。收到最后，网里沉着一条十来斤的螺蛳青。他说是好兆头，要我留下尝尝，隔日再走。螺蛳青养在瓮中吐泥水，水里洒下几勺盐。刘建忠在厨房间切葱姜蒜末，我躺在值班室的木板床上午睡，梦里听见鱼在瓮里扑腾的动静，水花溅了一地。其间被一通电话打断，是小初，学生时代的朋友，已有数年没见。我接起电话，她问我在做什么，我说，刚睡了会儿，准备起床，店里不忙？她说，年前把店转了，想休息一阵子。我有些惊讶，一时间不知从何谈起。

小初一家之前在老城区经营理发店，店铺开了十几年，我在那条街区长大，路过门前的红白双色旋转彩带光柱时，总会不经意地往店内多瞟几眼。小初十三岁开始在店里做学徒，帮着洗头、绞毛巾、上发卷，双手常年被化学染发剂腐蚀，又被洗发水浸泡，每到冬天便生满冻疮。小初成年后就出了徒，开始操刀做理发师，我不好意思再去她家理发，总会绕远去城西的理发店。

小初问我是不是还在水库边上住着。我将毕业延期的事简略地说给她听，又说打算近日去南方打工。小初倍感遗憾，说，还想着哪天来水库找你玩呢。我调侃道，下午我不走，还赶得上。小初在电话那头沉默一阵，说，其实我这会儿就在镇上，来帮家里人买山货，想起你在附近，正想着要不要来打声招呼。

最先浸入脑海的不是最后一次见面的情景，而是小初十三岁时往我头皮上抹乳白色洗发膏的样子。洗头床在台阶上，有点高，她稍微踮脚才能够到。我躺下，头悬空在洗发池中，空气中飘荡着洗发膏的香味，掺混着烫发药水的特殊化学气味。调好水温后，她伸开十指，指肚粉白，仔细地在我脑袋上揉搓，我总担心自己根根直竖的头发会将她的掌心扎痛。小初在东川念完小学后，转入市区初中，与我同校，我曾在一个午后从窗口翻进他们班，将一盒凡士林塞入她的桌肚，不知她是否感到惊讶，也不知她到底有没有用过。我为此事筹划许久，过程惊险，但这件事最终就像从未发生过。

我坐在床上，窗外树枝间探出一枝桂花，想不起何时开的，又好像一直开在那儿。顿了顿，我说，正巧捕到一条鱼，晚上来水库吃个饭吧，吃完送你回镇上，不耽误。小初说，是不是有点晚了？会不会太麻烦？我说，末班公交好像是十点半，来得及。你有水库地址吗？小初说，之前看你发过定位，我打个车，到了给你电话。

沈初

时隔多年，真正见到庄宇时，我的第一个念头仍是转身逃走。

好像一场童年时玩过的捉迷藏，我躲入树丛，期待自己被发现，又害怕自己被发现，便刻意弄出些细微动静，在原地等待。他走来，顺手提起地上的行李袋。我跟在他后面，很长一段时间，我们各自攀爬在记忆的绳索上，谁都没有说话。

乘上乡间巴士前往水库后，我才接到妈妈的电话，她说去棋牌室摸了两把牌，赢了些钱。我知道她在说谎，她去找一个叫李宏的出租车司机了。只有那个时刻，她是不甘愿被打扰的。她的隐秘外出向来不会超过一小时，那是她生命里仅剩的东西。过了没多久，结婚对象的电话弹进来。他提醒我关掉煤气。早上出发前，他煮了一小锅牛奶，煎了两个流黄鸡蛋，撒了黑胡椒。碗筷堆在水池里，水龙头还没修好，一直滴着水。滴答滴答，仿若计时沙漏。我走得匆忙，就没管。

螺蛳青端了上来，躺在一只巨大的白色瓷盘中央。

席间，刘建忠打量我许久，我低下头，捏着筷子，对着那条大鱼的残骸缄默。它眼白分明，眼球凸起，有些可怖。鱼眼珠无人享用。我只觉得那双眼睛始终在盯视我，直到晚餐的最后。

饭后，我和庄宇去水边散步，走的是通向旧信号塔的那段路。我很怕他提醒我时间不早了，该回去了。为了不给他留下机会，我源源不断地说了许多话。从奶奶患上阿尔茨海默病说起，讲到妈妈为照顾奶奶将理发店转手的事。妈妈跟奶奶关系并不融洽，简直势如水火，甚至于，我猜她一直对奶奶的离世怀有隐隐期待，但还是使出全力照顾。有时我觉得她有点可怜。是的，我们都有点可怜。四周安静下来，庄宇望着水面出神，我听见自己提起关于结婚对象的事。他如梦初醒，抬头看向我，我有些后悔，担心他追问订婚日期之类的，好在他什么都没说。

天色渐暗，月亮滑落水中，岸边苇草在风中起落。刚入秋，风有些闷。

我想去看照片中夜里发光的鱼群，便随他乘船前往水岸。水波平静，密林幽深，找了很久，它们并未出现。回程路上，对岸显出一片蓝紫色的带状光弧，庄宇解释说是夜钓灯的紫光，对岸有人在野钓。说起来，前阵子警察来过，有人在水库附近野钓，下竿守钓时与路人攀谈解乏，抽了对方递来的香烟，没过多久便觉得头昏脑涨，陷入昏迷。醒来之后，随身财物都不见了。沉默片刻，我说，你有没有听过一个传闻，几十年前这边发生过一场械斗，有个人被推下水，被水冲了五里路，才扒住桥墩爬上岸。庄宇摇摇头，问我从哪里听来的。我说，在东川住过四五年，这事所有人都知道。

我没讲出的是，在此之后，某个夜晚，我曾看到一个水淋淋的人，自黑暗的潮水中浮起，攀上窗沿，小声敲击玻璃。夜色沉凝，林间泛起一点淡绿的萤火。

庄宇

船行至水岸附近，林中透出若隐若现的火光。我说，林子对面是一个村镇，紧邻公路，有老乡开了间商铺，叫福祥商店，卖日用品。我们下船，买了烟和啤酒。小初站在林中，环顾四周，说，从前爷爷家就在附近，离得不远。我说，后来搬走了？小初说，对，回想起来，过程坎坷。当时家里有几亩地，还有一个橘园，为了不被淹没，爷爷坚决不搬，整日坐在门前磨刀。

有段时间我们都没有开口。我望着黑沉沉的水面，直至感到时间重新又开始流淌，马达开动，船向前行。小初问我在想什么，我说，它们现在都沉在水下，那些混凝土浇筑的坚硬之物始终保持原先的样子，或许几百年后，会有人或其他物种去水下探测，见到那些沉睡的建筑，他们会去研究这些吗？会知晓这里发生过的一切吗？

我环顾四周，在水的波动中，似乎开始涌动起一阵难言的伤感情绪，好像有片轻飘飘的羽毛在空中浮游。我说，最近我在找一把消失的钥匙，它能打开一个房间。小初问房间长什么样子，我将船驶去信号塔下。

小初抬手摸了摸红漆木门上的铜锁，说，这种锁我见过，老家东屋门上就挂着这么把锁。从前，我想进去玩，爷爷哄我说屋里有条蛇，怕伤到人，才把蛇锁在屋里。后来有一天，爷爷去上坟，从东屋取了香烛，门忘记锁，我小心地探头进去看，里面没有蛇，墙角堆放着许多杂物，正中停着一具棺木。爷爷去世后，门还是锁着。我想再进到里面，看看那具棺木，但我没有钥匙。直觉告诉我，这不是一件可以向家里人声张的事。整个冬天我都在研究怎么打开这把锁。后来堂哥来我家玩，我让他去跟大人讨钥匙，他说用不着，随后抄起一块石头，砸了几下，就把锁砸开了。我们走进屋里，棺木消失了，我很失望。那时候我还很小，不知道棺木消失跟爷爷的去世有什么关系。

就这样，在小初的怂恿下，借着酒意，我砸开了旧信号塔门上的锁。门开了，室内尘灰升涌，纷纷扬扬，如一场骤降的暴雪。我后退一步，过了会儿才看清室内的一切。

墙角倒仰着一张木桌，四腿向上，挨着几把残缺不全的椅子。视野所限，此前未见窗下横着一块床板，床板与墙壁夹缝间搁着一只看不出颜色的罐子。我将床板拉开些，在罐子背后蜷着一团黄色纸片。我捏着一角，将它拎起，是一个脏旧的本子，带黄色封皮。在电筒的灯光下，纸面上显出一些字迹，辨认后，我发现那是关于头尾灯鱼的笔记，断断续续写了不少。每一种类之下，都附有文字说明，并绘制了图样。

"头尾灯鱼，原产南美巴西、亚马孙河流域，眼部虹膜及尾部末端都可折射光线，游动时，头尾闪烁如灯盏。"

翻到后面，出现了一些工作记录和学习总结之类的内容。有一篇琐碎的短文，标题是《试论东川水库建造的积极意义》，三五页纸，像是草稿，删改痕迹很多。写字的人是从后往前写的，或许是为了将鱼的笔记部分遮掩在后。翻到最后一页，我发现，这才是纸本原有的封皮，上面印刷着"学习手册"四个隶书红字，封皮角落处写着一个熟悉的名字：庄勇。我半晌没说话，把它拿近一些，又从前往后翻了一遍。我说，你可能不相信，其实我也不相信。

我跑到门外，景物在眼前摇晃。小初看向我，面上落了些惶惶的影子，说我喝多了。醉酒之后，我很容易感到高兴，身体轻盈起来，脱下外衣，垫在床板上，和小初并排坐在上面。小初拔开最后一罐啤酒的拉环，掏出仅剩的一根烟，点燃之后，我们轮流抽了几口。我重讲了一遍父亲失踪的事，增添了些似真似幻的细节，比如，有一回他回家时，头上缠着绷带，我妈吓坏了，以为他跟人打架，他只说是自己骑车没留神，摔到路边河沟里去了。我从未与旁人说过，有时，我会梦到水面上出现一个巨大的洞窟，不知通向哪里，水渗下去，形成一个漩涡，他在漩涡里伸出手，要我将他拉上岸，可我动弹不得，只得站在岸上，看漩涡将他缓缓吞没。

沈初

我有没有说过，爷爷家那口棺材，我曾经躺进去过？那时觉得它空荡荡的，像艘船那样。

后来修建水库，房屋都要被淹没，电线杆和房屋外墙被勾出一道不间断的红线，标注着水位数字。我从供销社走到爷爷家门前，墙上的数字从一百二跌到九十八，又涨到一百三。我走进东屋，只觉得房间十分狭小，不知道当年怎么停得下一口棺材。

搬至刘家庄后，因为灌溉水的引流问题，爷爷和邻居起了矛盾，吵到最后，愈演愈烈。我去田里给爷爷送饭，几个好心的婆婆拉住我，不让我上前。我伏在一片南瓜秧下，透过叶片的间隙观察着远处挥舞铡刀铁锄的人群。许多人结了怨。那阵子特别乱，许多人家里丢了东西，也不敢声张，怕怀疑不当反而会招来对方更进一步的攻讦和挑衅。后来建水库，山体爆破时出了问题，听说有人受了伤，消息被遮盖，无声无息。那时我还太小，很多事都是道听途说，不知这些事的根由像瓜藤那样盘根错节。

几年后，风波逐渐平息，不是因为上面的安抚和调停起了作用，而是大多数人选择外出打工，村里的青年人越来越少，在外漂泊。屋子一间又一间地空下来，整个村子变得颓圮荒芜，被水淹没之前，便被先行遗忘了，就像这座被遗忘的信号塔。

爷爷去世前的几年，一直奔走忙碌，在许多村落驻足，但无法真正扎根。2009年春天，爷爷和奶奶在白桦村安顿下来，就此结束了大半生的迁徙。这边不兴捕鱼、种橘树，家家都在搞养殖。他们学着养鸡，一开始不行，后来慢慢摸出门道，四年里陆陆续续养到两百多只，直到某日清早，天还没亮，一辆不知从哪儿开来的推土机在路边铲土，一路铲进大棚，将所有鸡活埋了。

每搬去一个新处所，爷爷便念叨着搬回东川。不时听说有人直接跑回去，不费什么事，但要长年累月东躲西藏，唯恐被发现，重又发配他处。爷爷不想这样，他有自己的计划。他每日很早出发，进山勘探，有时甚至消失整晚。他翻出几十年前开会发下的笔记本，他将过去用掉的几页撕去，在后面写字。

5月18日，坡上干涸的泉水忽然复活。走入深谷，总听到火车汽笛的轰鸣，雷声时响。

再往后翻。

不远处那座被垦荒的山丘上，细石铺了一条规整走道，供人担水上下。某日午后，沙石埋覆走道，瀑布般冲泻而下。

像是在记叙日常生活，却有种异样的感觉。后来我才明白，他对滑坡事件的发生怀着不尽然的期待，新的家园被摧毁，便有理由搬回原籍。最终，那件令他既担忧又兴奋的事始终没有发生。

爷爷去世后，奶奶跟父母商议，将他的棺材运回东川，找一处不怕水淹的高地，垒个坟头。启程前夜，下起大雨，天亮之后，棺材和灵棚都不见了。几番寻找无果，奶奶大病一场，整日呆坐水边，谁唤都不应，心智变得仿如孩童。妈妈将她接到城里，重新教她穿衣穿鞋，算数识字。在医生的建议下，妈妈还翻出我幼年时的玩具。此后，奶奶便坐在沙发上，整日摆弄积木、象棋和拼图，一有外人出现在家中，便会放声大哭。

庄宇

半梦半醒之间，附近山寺钟声响起，我醒转过来，眼前天光晦暗，一下一下数着钟声，不多不少，六下。看向门外，水上飘着一层薄雾。小初不知何时醒来，已注视我许久，好像一直在等我醒来。

砸断的铜锁被扣起，虚挂在门前。我们走回水管所，小初坐在一边，看我一丝不苟地洗漱。我帮她取出新的牙刷，打来一盆热水，她捏着一块毛巾，对着一面模糊的镜子慢慢擦脸，贴靠得近，镜子蒙上水雾。

中午，刘建忠已摆好饭菜。我没再说走的事，他也不问。这夜之后，我已不再急着离开。饭后，我陪小初去镇上闲逛，她走进商店讲电话，跟结婚对象说，回老家住几日，今日准备去拜访山中隐居的小学老师。放下电话后，她从柜台上拿起一块紫色泡泡糖，剥开糖纸塞进嘴里，垂下眼睛，缓慢咀嚼。

我们沿着落满尘灰的乡间公路走回水库，天色转暗，浓云压覆。天黑以后，开始落雨，刘建忠拿上电筒，说去坝上转转，要我留意电话，可能会接到泄洪通知。一阵雷声响过，夜里停了电，电话打不通，我找来应急灯，让小初留在原处，而后向外走。

路越走越暗。江天已被雨水浸没。排洪闸的堤坝尽头，树丛掩映，穿雨衣的男人站在坝上，手上拽着渔网，试图趁涨水捕鱼。水已淹至他的小腿。

水涨之时，水面上出现一个洞窟，水渗下，形成漩涡。

我向前奔跑，站上河堤，那一瞬间，江潮奔涌而来，我落入水中，在水中上下沉浮。

不知过去多久，我站起身，眼前昏暗，光线微弱，一处古旧的建筑群落在前方显影，古塔、牌坊、文庙依次排布，近旁有座钟楼，表盘模糊，看不清指针的所指。久不见日光，建筑表面已被青苔覆盖，不见底色，影像交叠连缀，仿若一座古旧的宫阙。道径一侧的巨型树冠上横列方形树屋，走近后，才看出是一具悬棺。一点幽戚的日影，在青石板路上粼粼波动。

远远看见福祥商店的招牌。我走入其中，店内无人，祥叔不见踪影，柜台下沉寂着一排香烟。房间昏暗，透过玻璃柜，香烟外壳泛着苍绿色的光。柜台上放着一个铁盒，里面是些橘子糖，糖心都已融化。角落的冰柜破败泛黄，我抬眼去看时间，下午两点四十八分。墙上的时钟沉寂着，已不再走。

忽然想起什么，我快速穿过林中曲径，来到水岸边。水库业已不在，四下皆是茫茫水域，江岸上房舍密布，水面平静。而在更远的江岸尽头，一团云水中，黯淡日光下，我看到了红白信号塔的尖顶。它矗立水中，连通栈桥，隐隐有肃然之气。塔身老旧，墙根处爬布裂纹。我走上前去，注视着水面的波动。

他就是从那团幽暗的漩涡中浮现的。

他长脸，头发蓬乱，穿件背心，膀子很白，皮肤如蝉翼般透明，看上去如此年轻，像一名刚刚长成的青年。他开口说话，我仔细地听，耳畔全是气泡碎裂的声音。他向我招手，手掌像透明的蹼，皮层之下的青色血管历历可见。在水下，我听不清他说的话，他的表情逐渐变得柔和而忧伤。在他的目光洗礼中，我用手背蹭着脸颊。的确，我生得同他一点都不像。

他走上岸，走入塔中，拉拽绳索，升起红色航标，站上瞭望台，手持望远镜观测江面，在笔记本上涂写圈画。而后走入室内，在一台脏旧的红色电话机旁边守候，等待信号指示电话铃声响起，但从头至尾也没等到。

最后，他关门落锁，示意我走出去。我站在原地不动。他问，还记得去祖屋的路怎么走吗？我说，记得，你带我去过，我在那条路上摔过跤，留下了疤痕。他点点头，说，再去看看吧，走路小心一点。看完就把这些忘了，不然你是无法好好过活的。

离开前，他冲我摆手，动作僵硬，如一只努力挥动鳍状前肢的海象，随后走下旋转楼梯，在我反应过来之前，他潜入漩涡，游向更深的暗域，就此消失无踪。

我凝视水中的漩涡，一股困倦之意袭来，江天一色，犹如倒置，眼前之物都在旋转。浸入梦的泥潭，昏昏沉沉，如被渔网罩住。许久之后，我感到一股力量在体内涌动，一阵摇晃过后，网兜破水而出。

天光明朗，我躺在一块岸边青石上，刘建忠坐在身边。我问他，水边捕鱼的那人去哪儿了？刘建忠起身四顾，说，在江边走，没见到人。这天气，怎么会有人捕鱼呢？我说，那人穿件深绿色的雨衣，很快就消失在水中了。刘建忠掏出根烟，擦燃火柴，不作声。

刘建忠

这段记忆本不应再提起。万物在生长，世界在变，树的纹路就像星系，虫蚁附于其上，目之所及，仅有片影和断面。人们试图召唤真实，真实是只风筝，只有一根在虚空中游荡的线绳，牵引着一只只徒劳去抓握的手，会让人一心盯牢天空，忘记路要怎么走。

我第一次见庄勇时，才十八岁，他二十三，已经在江边信号塔上待了好多年。汛期常有洪灾，有一阵子，庄勇闲下来便开始琢磨修建水库的事，还给县水利部门的人写过意见书。当时县里确实有此计划，但还在酝酿，看到他那份内容翔实的意见书，便让他加入工作组。实地考察后，建设图纸很快确定下来，困难之处是劝说临岸村民搬迁他处。那段时间，庄勇不再画图纸，也不怎么来塔上值班，而是跟着工作组挨家挨户劝说。

山体爆破时，巨响轰鸣如惊雷滚落，远近人群都被骇住，前线爆破工人浑身一颤，仓促后撤。碎石砸落脚边，山体轰然而倒，烟尘四起，深棕色蘑菇云腾起万丈。待烟雾被风驱散后，镇医院已躺入几名伤者，他们在赔偿协议上签过字，出院后都对此事保持缄默。

在堤坝溃决的暴雨之夜，大家都不曾想起这与三个月前的爆破事件有何关联。庄勇在雨夜的巡查中最先觉出异样，浪涛波涌之中，坝身显出纹路，逐渐扩散，从内里探出一道裂痕。他跑回塔上，打电话报告防汛组，随即赶往下游村镇，告知干部组织疏散。河道附近有户沈姓人家，看沿岸水流平缓，认出庄勇是工作组成员，便以为溃堤一事是骗他们搬离的说辞，不愿离开。后半夜，河水涨起，房屋四面被水包围，一家四口摸黑爬上房顶。

庄勇划船驶去，船身窄小，一次仅容一人。折返几回后，只剩一老一少，他回去载老人和孙女时，水流愈发湍急，船身摇晃得厉害，女孩不慎滑落水中，漂流几米，攀住一棵树的枝干。庄勇探身过去，让她抓住船桨，试着将她拉回船上，女孩不敢松开手边树枝，船桨被水流带走，最后他跳到水里，游过去，让她抱住他的脖颈。在急流的冲荡中，他们一同被水裹挟而去。洪水退去后，人们在浮木上发现了女孩，身上系着件红色救生衣。

那是1999年7月的一个雨夜。庄勇就此消失，消失在新世纪到来之前。他失踪第二年的8月份，工作组收到一份上级下发的文件，因镇政府人事关系变动及建设拨款问题，东川水库暂停修建。重启之日未定。工作组就此解散。

巡查那夜，本应是我值班，可那天我喝了太多酒，睡去之前只来得及叮嘱庄勇穿上雨衣。雨衣挂在门后，深绿色，领口处的绳扣断了，兜帽戴不住，总往下掉。

庄宇

为印证刘建忠的话，我翻遍了那几年的新闻报道，他的名字从未出现在报纸的任何角落，连夹缝广告都没有。他存在过的痕迹，已愈发淡薄，我不知道是否还要继续寻找。

那段日子，小初一直陪在我身边，我们在山中找到一个弃置的谷仓，又在山腰久无人住的荒屋里捡到一面破碎的镜子，我将它搬回谷仓，镜子的光明晃晃的，映上她的面庞。对着镜子，她掏出把剪刀，让我坐在光里，为我修剪头发。剪刀眼熟，沾点锈渍，曾剖开过螺蛳青的鱼腹。她没再像从前那样捉弄我，而是精心修剪，一丝不苟。结束后，又轻轻吹去我脖颈间的碎发。

而后，她在我面前坐下，将那把剪刀递给我，要我帮她修剪头发。随意剪，她说。我拿起剪刀，像模像样地剪了几下，开始时下刀利落，后面愈发胆怯，不知如何去剪，怕剪坏她精心打理的长发。小初见我为难，从我手中拿过剪刀，熟练地剪去鬓边遮目的几缕长发。她在镜中落下一滴眼泪，我没注意到。随后她开始熟练地挥舞剪刀，如面对金黄麦田时举起锋锐的镰刀，干脆利落，满头断发纷纷落下。我攥住她的手，试图去抢夺那把剪刀，在争抢和晃动过程中，刀刃刺破了她的耳朵。

我扔下剪刀，小初蹲在地上，眼泪随血一起流下。她说，一起走吧，去别处，去南方，去哪儿都行。我说好，蹲下身去，抱住她的肩膀。

她将我推开，拾起地上的剪刀，蹭去灰垢，轻声说，这里没有发光的鱼群，对不对？

小初说想再去河上看看。

夜里，船在黑水中穿行，林间幽暗，不见光亮。我们并排躺在船板上，一起望向夜空。她漫无目的地晃着手电筒，光线散逸，在夜中游荡，似在寻找什么。

忽然，她坐起身，指着某处说，那边好像有东西，挺亮堂。

顺着小初所指的方向，我看过去，水面上有什么在挣动。船行到光亮之处，一丛树冠上挂着一只渔网，网里两条鱼，白鲢稍大，鲫鱼稍小。下午泄水后，水位降下，鱼仍被覆在网兜中。我疑心风雨中见到渔人一事是不是真实的。我拿起竹竿，将网拨弄下来，解开牵绳，浸入水中，银色鳞片在月光里浮动。鱼随之潜游，摆尾而去。

船行至昨日停泊的地方，小初透过密林，看到那束来自福祥商店的光源，轻声说，不早了，靠岸吧，我就在这里下船。

沉默了会儿，我低下头，捏握着她的手指，逐渐用上力气，越握越紧，最后缓缓松开。我说，也好，赶得上末班车，回到城里就快午夜了，有人接你吗？

小初不作声，垂着眼睛，望着夜里的水波。过了许久，她从口袋中掏出一封信，要我等她走后再看。

她走下船，白色身影消失在林间。

信很长，我在电筒的光下读。

我趴在木板上，浑身僵冷。木板一端，攀着一双手。有几次，手离开木板，浮在旁边，我去拉它，手便搁回，好像随我摆弄。我去探手上的脉搏，手的皮肤光滑凉腻，不带体温，我想起了过年时奶奶做的猪皮冻。我又冷又饿，眼泪流了下来，周遭水浪翻卷，我想象着自己被掀入水中，或撞上礁石，在黑暗的河流上，永无止境地漂下去。想到此处，我壮起胆子，慢慢探身过去，沿手腕摸索至前臂，解下救生衣的那根悬垂的线绳。

没读完，纸张落入水中。只隐约记得最后一句话是："随着水流，就这么漂下去，知不知道我们最终会去往何处？"

关掉马达，船在水上飘荡片刻，忽然不知该驶向哪里。

我闭上眼，钻入水中，心如一片羽毛般沉落，等待那些来自过去的事物复现。那些沉在水下的事物，亭台宫阙，山野古寺，堤边的吊脚楼和瓦屋，往复的船舶，以及那些被遗落在过去的人。我等待他们向我走来，注目，凝视，闲谈，彼此问候。最终眼前却只有一片黑暗。我感到身体在下沉。

不知过去多久，黑暗中，有一点淡绿的荧光浮动，光芒微弱，是一只落单的头尾灯鱼在水下浮游，不知何故，出现在此刻。我向它伸出手去，不得不说，它十分美妙，美得带些虚妄。

探出去的手，没碰触到任何事物，身体却开始上浮，不由自主。哪怕我用力抵抗，攥紧拳头，挥舞手脚，试图抵挡浮力，背部还是露出水面。我在水中抬起头，水波宁静，一片阒寂，夹杂夜虫的鸣声。眼前，只有一条灯与月光都照不尽的河流。

我翻过身去，仰卧在水上，在黑暗的河道中，松开双手，等待东川的水波将我送去别处。

本文为毕飞宇工作室第20期小说沙龙讨论作品修改稿，

首发于《雨花》杂志2021年第12期。

第21期：努力写透短篇小说中的关系

周卫彬：这篇小说的完成度还不够，语言和结构上缺点挺明显。描写部分不太充分，结构上比较散乱，场景拼接也不太自然，设计的痕迹特别明显。氛围与人物的关系，就像鱼和水的关系，没有氛围，人物就失去了生命力，这篇小说的氛围营造太少。人物应该始终泡在氛围里，才能够活下去。氛围会让小说变得立体起来，甚至形成一种调性和气味。结构上，存在详略不当的问题。短篇和长篇不一样，短篇不能多一个字，也不能少一个字，哪个部分要多，哪个部分应该少，是新手作者首先要面临的考验。略写部分就像小说中的黏合剂，详写部分就像建筑里的砖石。这个小说详写不充分，缺乏应有的过渡，跳跃性太强，气息不连贯。铺垫不充分，就会带来逻辑上的问题。比如说严华本来很单纯，为什么突然就开窍了？对于新手作者而言，必须处理好小说中的详略关系，只能抓住其中一到两个中心人物，语言也必须围绕中心人物和中心环节来展开。这个小说里面的对话，完全是长篇小说的对话模式，对于短篇而言，对话必须简洁有力。

然后是叙事视角的问题。作者采用第一人称叙事视角，我觉得挺好的，但后面处处都是作者的不停介入，这样就破坏了叙事的严密性。受限的视角可以让小说变得更真实，通过受限的视角看到小说中的必然性。小说必须贴着人物写，贴着人物的身体，写他身体的反应，还要贴着人物的心灵。

庞余亮：这篇小说不是同一天写成的，可能是分几周写的。这样出现了什么问题？这个念头出来，那个念头出来。这就涉及毕飞宇讲的一个词：控制力。毕飞宇写《玉米》的时候，有很多人物出现，必须使劲地按下去，不让他冒头。要成为小说家，阅读很重要，这篇小说就像没有学过缝纫的缝纫工做了一件衣服，左边三个袖子，右边四个袖子，然后上下也不对称。但不要紧，现在我们是业余作家，我们可以修改。

易康：这篇小说出现了一些比较明显的问题，首先就是人物太多，短篇小说很少这么写。小说塞得太多了，比如说寻求母爱、父女冲突、同事之间的钩心斗角、闺蜜之间的关系等，这不是一个短篇小说可以承载的，恐怕长篇小说也承载不了。其次对人物跟故事把握不稳，人物情感的转换跟情绪的变化比较生硬。作者浓墨重彩描写的陈青川，我觉得比较失败。"我"跟陈青川见过三面，第一次是在秋天，第二次是征文领奖，第三次的时候他就伸手来揽着"我"，把"我"揽到医院门口，摸"我"的头。这哪是白马王子？所以说作者对人物的处理太简单，情节太过戏剧性。比如严华之死，作者是下了功夫的，但可能用力过猛，反而适得其反。

陈明干：无论什么样的文学样式，作品定位特别重要，一个是作者的定位，一个是主题的定位。如果定位不好，小说创作就困难。这篇小说定位比较模糊，点太散了，中心不是太突出。情节相对来说比较复杂，初看还是蛮喜欢的，细细推敲起来发现有点乱。如果取舍得当，详略得当，主题突出，写下来行云流水，没有多余的话，该表达的都表达，没有表达的也能留一些空白，就好了。

李樯：各位老师提出的诸多问题，很准确，很直接，也很尖锐。从小说的结构、语言以及定位，还有人物众多、扁平化等问题，大家都分析很多了。但是，我觉得大家可能忽略了一点，大家都被作者营造的这一篇喧嚣的文本黏住了，陷在了小说的涡旋里，没有跳出来。客观地分析这篇小说，我觉得作者是有自己的设计和立意的。为什么写三角关系？为什么要写母亲不相认？为什么要写严华的生活陷入迷途，而又招致非议身败名裂这种境地？

其实这篇小说是有自己的结构意识的，所有的这些架构都是一个一个把严华推向死亡的设计。从这个角度来讲，这篇小说的结构是没有问题的。

小说创作的谋篇布局中，有个"母球理论"。我们不能老是盯着8号球打，老要让母球瞄准8号球，每一杆都想让8号球落袋，作者会紧张，文本结构也会紧张，对手或者读者也会紧张。所以，小说写作中会有闲笔之说。读汪曾祺的小说散文，你感觉通篇都是闲笔，但每一句话都不是废话，都这么有穿透力。我们作为普通作者，不可能有汪曾祺这种表现力，很多时候我们还是要从小的题材入手。

写作要尽量避开直白无力的交代。大家为什么说第一段不好，是一个很失败的开头，作为一个文学编辑，我一看到这样的开头，整篇小说我都可能不看，直接放弃。我特别不喜欢那种直接表达情绪的词汇。作者觉得委屈、愤怒，就直接牵着读者的鼻子要体验主人公的情绪状态。这个不对，我们要通过具体的场景、动作、眼神、对白、环境、情景，这些准确的描写，把读者带入某一种情境、体验才对。千人千面，千万不要试图牵住读者的鼻子，向你设计的情感体验上靠。读者比我们更聪明，读者的感知系统比我们预设的更高级。

最后给作者一个建议，写这类不好操作的题材，可以去读读鲁迅的作品，像《在酒楼上》《肥皂》等。看看《在酒楼上》如何写那种无所事事，甚至有点无聊的人生状态。《肥皂》里，如何写一个小知识分子面对一个乞丐少女的种种心理变化。好好地把自己写作的心态往回拉一拉，往地面上拉一拉，不要离地面太高太远。苏童有一句话说得很好，我们的小说就是离地三尺的飞翔，要接地气，但又不能完全陷在泥土里，还要能飞起来。

胡学文：我不知道作者写过多少年小说，什么时候开始写的。我觉得这是一篇上路的小说。有的人一开始就上路了，有的人很多年才上路，有的人很多年也未必上路。这个开端还是好的。小说题目是一个亮点，一个好的题目可以把小说拔高，可以把小说照亮，所以题目很重要，这个"刺"，从汉字本身就能想到尖锐、疼痛、隐秘。画家画画，画一棵树一定要画影子，小说有实的一面，也一定要有虚的一面来对应，才有立体感。这篇小说，你特意强调了从身体到心理的那种感觉，是有立体感的，能想到这一层作品就要厚一些了，我觉得这是很难得的。

小说的题目是"刺"，那么我也挑一点刺。首先说语言。为什么把语言放在第一位？语言是文学的第一要素，无论写散文，还是写诗歌，要是语言不好，其他的可能就没法进行。我对语言的定义就是第一要准确，第二要形象，第三要有意味。小说中的有些语言确实很形象，也很有意味，但是准确度不够，一个体现在叙述上，一个体现在对话上，特别是对话。还要重视标点符号的运用，它也是很重要的语言。八千字的小说，我画了好几个用错的标点符号，不清楚是疑问的语气，还是陈述的语气。其次说视角，这篇小说用的是限制视角。为什么要用限制视角？可能是为了限制，但作者没做到限制。再次就是人物关系。我梳理了一下，有五组，一个短篇小说，五组人物关系是比较危险的，一般人不敢这么写，太多了，抓住其中的一组把它写透，其他的人物关系就可以暗示出来。比如说去上海寻找母亲，可以暗示出来，可以放远一点，或者把它舍弃掉。这五组人物关系，我觉得作者是有考虑的，因为它有逻辑关系，比如说严华为什么是现在这样的性格？这跟家庭是有关系的。但这么多关系写起来容易乱，抓住一组把它写透就好了。短篇小说的对话极难写，可以少写一点。人物关系要典型，不能看到这个舍不得，看到那个舍不得，抓住一种把它写透，就好了。整体上舍弃一些，这篇小说就有意味了。最后，不要轻易让小说人物死亡，特别在短篇小说里边。

本期实录由郭亚群整理，
首发于《青春》杂志2022年第3期，收入本书时有删改。

刺 /吴敏

一

下午四点刚上班的时候，铅色的云越积越低，越低越黑，车间的灯越发亮。

严华瞄了一眼她面前的万能铣机床，空荡荡的。严华松口气，倚着工具箱蹲着，缩在机床的阴影里，躲着车间里的其他人。如果可以的话，她愿意像空气一样，做一名隐形人。

流言和这个冬天一样，眼看春天要来了，还不肯退，不时地裹挟着北风，阴嗖嗖地，让人穿上最厚的棉衣也感到寒冷刺骨。严华不时听见自己的名字被人在舌尖咂吧，喝粥就咸菜式的咂吧。严华看了一眼自己平坦空瘪的腹部，咬着牙，苦笑笑，又垂下了头，头抵在膝盖上。

时间会稀释一切，无论是被人唾骂还是嘲笑都得熬着，人得为自己的任性买单。父亲的目光比他的话还有分量，是经历过岁月的，也是洞悉一切的，严华羞愧万分。她低下了头，连腰背都要佝偻着了。错就错了，给我直起腰来！父亲朝着她吼。她打了个哆嗦，泪流满面。

那个男人是谁？答案一日不能大白于天下，似乎永不得安宁。她曾经的朋友被好事者认真地梳理了一遍，梳得一丝不剩，离她远远的。好事者说最大的嫌疑是陈青川。

这个名字如风一样掠过耳际，她心尖上像是被什么东西刺了一下。严华站了起来，四下看了看，她揉了揉蹲麻的腿，依然侧着身子躲在机床后面，她在等车间主任从办公室里出来巡查，和他说一声，回家。

车间主任背着手，踱着步，朝着严华空荡荡的机床一扫，看见躲在后面的她，招招手，把她叫到车间的过道上。过道顶的灯很亮，接近耀眼，车间主任唇角一扯，左眉那么一抬，她就知道了结果。

去把油泥铲一下，算你10小时。车间主任的声音和车间里的风一样。

10个小时的工时，应该是待料人员补充工时的最高值。严华听得出这话里的居高临下。她抬头看了车间主任一眼，说，我要回去。

车间主任肿眼泡里射出的眼神忽远忽近，但清晰有力，无声胜有声。

严华眼一红，吸了一下鼻子，换好工作服，提着一把小铁锹，蹲在地上，开始清铲机器周围被踩实的地面。浸透了油的黑泥，厚实实的，一铲就是一片，像是黑色的鱼鳞。

这时，过来了一个不太熟悉的男青工，打断了严华手上单调机械式的铲泥动作，他说，他们让你过去一下。

严华抬眼看去，前面机床围着几个人，在这些穿着蓝色工作服的人里，有一个白衬衫领子的人特别显眼，身高也比周围人超出半头。严华一眼认出那是陈青川，他的肢体是动态的、激越的，也是熟悉的。他们在争论什么。

再不过去，他们就要打起来了。来人说。

严华说，不去。她说不去，可她的耳朵、眼睛和手开始不听使唤了，耳朵竖了起来，睫毛和手开始微不可见地颤抖。她听见那边在起哄，荤的素的，打翻了席面似的，飘进她的耳朵。

你们不知道，这叫遗传，听说她妈也是这种货色。那些人夹杂着猥亵的笑，越发说得没边了。她头埋进了膝盖间，咬着牙，就着裤腿蹭掉了眼泪。

开玩笑没这种开法，你们谁都没有权力胡说八道，谁都没有权力任意侮辱人。陈青川的声音大起来，和着机器的嘈杂传过来，他的话和他穿在里面的白衬衫一样，有点苍白，过于单薄。旁边的人哄笑了起来，像是一群可笑的假面人。那边不知谁又说了什么，他胳膊一抬，把那人推了一个趔趄，另一只手指着周围的人。那个人有不甘心，蠢蠢欲动。

严华的小铁锹在地面用力划拉，她的划拉开始不成片，成了无序线条状。她提着小铁锹，站了起来，奔过去，把小铁锹砸在那些人面前的水泥地上，甚至飞溅起了几粒水泥点儿，着实吓了他们一跳。其实她早就愤怒了，缺的只不过是压死骆驼的那一根稻草。

严华上前一步，泼辣地用脏兮兮的手指拽着陈青川白衬衫的领口，把他拽离了那些人。松开手，白衬衫的领尖上已经不成样子，皱巴巴的，还沾着手指上的泥污。陈青川涨红了脸，头一低，褐色的污渍蹭脏了他的一块皮肤。有人笑起来。

严华像是看不见手是脏的，她帮他抹平他的白衬衫领子，越抹越黑，惹得周围的人又是一阵哄笑。

严华头一横，挑衅地瞪着面面相觑的这些人，哈哈笑了起来，大声说，你们说我是什么，我就是什么，不过有种你们再当我的面说一遍我妈！难道你们就没妈？她抡圆了眼睛逡巡了一圈，周围的人悻悻地，有的甚至有了怯意。

她看着陈青川脏了的白衬衫领子，眨了下眼，用只有陈青川能听见的声音，笑着说，你这时候帮我有什么用？早干吗了？她的笑是妩媚的带着钩子的。她接着说，那天，为什么你不来？这时候，她的眼光很硬，眼眶很红，像是锥子把陈青川扎了好几个洞。

严华目不转睛地看着被自己弄脏了衬衫领子的陈青川，有些怅然，有些跳脱了思维。她搞不懂，这还是她曾爱过的陈青川吗？她很认真地追求他的时候，他没有正眼看她，怎么到了倒霉的时候，他倒是巴巴地过来了。

此刻的陈青川脸上是不解的、羞惭的，是恨不得挖个地洞的。严华就是要给他颜色看看，给那些人看看。不过陈青川说的那句话是对的，谁都没有权力任意侮辱人。如果她不同意，谁都休想。

二

瞎说容易但不能造孽，船的帆不能扯得太足。对严华熟悉的厂里"老人"会这样说。前半句是公道，后半句是哲理，再思忖就有了各打五十大板的味道了。

高中毕业就进了东方机械厂上班的严华，如同脱了缰绳的野马。严华严肃地对时任副厂长的老严说，我已经成年，你不可以再管我了，我可不是你，我要快乐地生活。

老严歉疚地看看严华，单亲家庭的孩子比别的孩子敏感些，这丫头更是鬼灵精得令人心疼，也头疼。小时候的她，从不提她母亲夏竹，若有人不识趣地问，她就板起小脸来说死了。和男生打架，也不带怯的，用拖把柄打破了人家的头，哪怕被叫了家长，她也昂着头死不认错。回到家，老严的巴掌还没落下，她就抱着他的腿问，爸爸，他们凭什么骂我是杂种，有娘生没娘管的那种？说着就号啕大哭，哭得他老泪纵横。尽管他那时并不老。他狠狠给了自己一耳光。

好些人给老严介绍对象，让他再成个家，好照顾孩子。要么那些女人不是真的喜欢严华，要么这丫头总是捣蛋或是几天几夜地哭，时间久了他也就息心作罢。

想起往事，老严就没好气地笑，一边笑一边摇头，二十岁的大姑娘像逆风的风筝，再拽着，怕是要断，何况他也实在没空管严华。他的生命里除了女儿严华，怕就是机器能让他闪光。

严华说，汉语真伟大，她喜欢快活这个词，她就是要快乐地生活，要把小时候没做过的一一填补空白。

老严理解包容着严华说的"快乐地生活"，无论是名词的、形容词的，还是动词的快活，谁不曾年轻快活过。

"快活"像是一台鼓风机，将严华二十岁的船，扯足了帆，开足了马力。

严华的头发一会儿是直的，一会儿是卷的，这一季哪样最时髦，她的头发就会变成哪样，常被老严笑骂，又变了回来。电影院、卡拉OK、舞厅和溜冰场，年轻人能去的地方，都有她和围绕着她的青年的身影。

爱情像是三月的春风，吹开了厂里的桃红柳绿。厂里追求严华的青工特别多，她一个都没动心，唯独对那个才来的大学生陈青川情有独钟。长得帅的，厂里有的是，但严华从没见过一个人如此钟爱白衬衫，也没有一个人能穿出陈青川的清爽。

有的人说她言过其实，但她坚持各花入各眼。陈青川性格沉稳，多才多艺，会弹吉他，会打篮球……不过最先在人群里，让严华心里咯噔一下的，还是他穿白衬衫的样子。

陈青川一年四季都穿着白衬衫，春夏秋三季穿旧了，冬天就穿在深蓝工作服里面，隔着羊毛衫和内衣，也隔着一层别人看不见的世界。如非必要，他不爱扎堆。

和爱情相关的，厂里有一种类型的人，就是"站岗人"，他们不是传达室的保安。厂里青工大多性子直，没太多心机，看哪个人不错，有话没话，就过来机床边试探、搭讪，若是两厢有意，就直接站在那人机床边陪着，边聊天边工作，有的直接动手，替她把活干了。

严华是反过来心甘情愿"站岗"的那个，陈青川在哪儿，她就会追到哪儿，所以厂里的"老人"说她高调也没错。就她追陈青川这事，她确实是高调的。厂里的篮球场边，叫好的嗓门最大的肯定是她。陈青川鼻子被球砸出血了，跑过去递手帕送水的肯定有她。她还扒过陈青川的宿舍门缝，陈青川桌上有几支笔，白衬衫有几件，吉他放在哪个位置，甚至床上被子是什么花色，她都知道。

被人窥视，没有隐私的感觉很是不好，这让陈青川很恼火。全厂也就陈青川不买严华的账，他不吃这套。这让严华很头痛，快要无计可施了，朋友们都说她中了陈青川的毒。

和陈青川一同进厂的大学同学李全告诉严华，陈青川以前并不喜欢白衬衫，而是他大学里的女友喜欢，一纸各回原籍的毕业分配，给他的爱情彻底画了句号。没有画上句号的是那一件又一件的白衬衫，还留在他的生活里。严华清清嗓子，请记住，是前女友。

严华打定主意，总有一天她要让他脱下白衬衫，穿上她买的格子衬衫。格子，格子，她要把那个前女友从陈青川的生命里格式化掉。

三

打听到陈青川的生日，她真的送去了装着一件蓝白格子衬衫的礼品盒子，她固执地相信滴水穿石，她要用格子衬衫开启属于她的承上启下。

严华的目光是大胆的、直视的、诚挚的，只要长眼睛的都会明白。严华看见陈青川的眼神开始柔软，如果不是那通电话叫走陈青川的话，她相信她的新纪元正在开启。

严华站在原地等，等他回来接收她的承上启下，等到天黑，他都没有回来。

谁给他打的电话？是不是忘了她在等？严华心头的火蹿上来了，倔脾气也上来了。

严华深一脚浅一脚地摸到陈青川的宿舍前，他的宿舍亮着灯，轻快的《致爱丽丝》被他弹得缓慢而沉重。一遍又一遍地，她的失意和委屈涌上来了。

你不知道我在等你吗？严华闯了进去，话说了一半，哑了。陈青川抱着吉他，手指一片殷红，这哪里是弹乐曲，他弹的是自己的血肉，他的手指血肉模糊。

你疯啦！她抢过吉他丢在一边，用手帕裹着他的手指，血还是沁了出来。

她结婚了！陈青川闭着眼睛说，他的睫毛湿润着，一开口，两颗泪珠就滚了下来。

谁？严华摁着陈青川的手指，问出了声。陈青川不出声。

那天起，他们的关系开始微妙，严华仍然能感觉到陈青川的若即若离，但至少不拒绝她的殷勤了。

没几天就是严华的生日，老严偏偏要出差。面对老严的歉意，严华暗自高兴。她邀了好几个朋友在家里聚会，这一天她要宣布一件大事，她要给陈青川一个惊喜，她要宣布她的决定。她千叮咛万嘱咐陈青川一定要来。

那天好些朋友都来了，有的朋友还带了朋友。严华看着名单上的人，不该来的都来了，可陈青川久久不见踪影。她盯着家里的大门，盼着下一个进来的是陈青川。朋友们说，陈青川不会来了，让她别傻等。话里话外都是她的一厢情愿，有人还露出了不明含义的嘲讽。

等待是折磨人的，她喝了多少啤酒，她也不知道，她都有些晃悠了。你来啦，我等你好久了，每次和朋友照面，她都以为是陈青川。

散了。严华晃着脑袋，倒在沙发上，哭了，笑了，吐了一地。还有一个穿着白衬衫的人没走，他走向她，拥着她，帮她清理呕吐的秽物，他说，陈青川不会来了。

不许你胡说，你就是陈青川！严华惺忪着眼睛，唤着陈青川的名字，拽着他，吻向他，纠缠着他，不让他走。

醒来，家里空无一人。家里被收拾得干干净净。如果不是浑身的酸疼和床上的印记，她会以为是一场梦。

四

陈青川对严华的态度，又恢复到从前，甚至是躲着的。严华心里颇有微词，但想着自己反正已经是他的人了，这想法压住了心底的不满，可严华的肚子快压不住了，厂里的风言风语飘到了老严耳朵里。

是不是陈青川那小子？老严阴沉着脸问。严华拎着心思，察着言观着色，然后点点头，她认为是用得着老严这张牌的时候了。看老严的态度，他对陈青川还是满意的。可陈青川的态度，让老严上火，提上裤子走人，丢的是他老严的脸面。

老严来不及等到周末，就打了电话给陈青川，让他下班到家里来一趟。

严华买了卤菜，还备了好些个菜。酒过三巡，老严见陈青川还没有表示，有些不满，想了想，兜圈子还不如直截了当摊牌，小陈呀，你和严华什么时候办事？

严厂长，您这是什么意思？陈青川睁着一双眼，纳闷地问。

你看看她肚子都快显怀了，你几个意思呀？脱裤子的时候没糊涂，这时候装什么糊涂？想赖账呀！老严放下酒杯，吼了起来。严华两边都不敢得罪，有些着急，眼圈红了。

陈青川站了起来，涨红了脸，说，严厂长，您是说严华怀孕了，是我的？怎么可能？我哪里晓得呀？

严华，你给我说说咋回事？老严用力一拍桌子，酒杯里的酒都溅了出来。

你怎么可以这样？那天我生日，明明是你……严华实在不知该说什么，站起来，胸膛起伏着，委屈涌上来。

陈青川皱眉想了想，说，那天你是约了我，但我没去，我的前女友来了，我和她在一起。不信，你问李全，我让他带信给你来着。

严华脚下一个趔趄，翕动着嘴唇说不出一个字。老严看看陈青川不像撒谎的样子，又看看严华，气不打一处来。他深吸一口气，站起来，举起酒杯，小陈呐，如果不是你，今天的事对不住，还请你多担待，也不要说出去。

陈青川连忙说，我晓得的。他一边说，一边仓促告辞。

老严一支接一支地抽着烟，他的脸色阴沉到极点，声音呈阶梯式增高，给我说，到底是谁的？

严华蒙了，浑身哆嗦。她是真的不知道是谁，怎么可以不是陈青川？

糊涂的东西！谁的种都不知道？老严的手一直在抖，他站起来，狠狠一掌掴在严华脸上，眼睛都急红了，骂道，死丫头，怎么和你妈一样！丢人现眼！他从来没有这么骂过严华，更没动过她一根手指。

这一巴掌很重，严华的耳朵嗡起来，嘴角也开始流血，一滴接着一滴，滴在衣服和微微凸起的肚子上。我妈？不提严华妈也罢，可严华爸偏偏提了，严华愤怒了，扭头直起嗓门，回道，你还好意思说我妈，别人都有妈，就我没有，从小到大，我连我妈长什么样都不知道！你们既然都嫌弃我，为什么要把我生下来，我就是多余的……

严华低头拉了拉衣襟，咬着破了的唇，摔门而出，爬上沧浪桥上的栏杆，纵身一跃。七月的沧浪河水包裹着严华，她感觉自己像极了母亲子宫里的一条鱼，记忆源头的母亲，是好看的，她轻轻唤着，妈妈！妈妈！

沧浪河的渔民救了她。她闭着眼睛都能感知到肚子平平的和说不出的钝痛。幸好！她庆幸地吐了一口气，又恨起来，无所适从地恨，眼里沁出了泪。

父亲的头发竟白了！这是最让她震惊的事。那个争强好胜了半辈子的父亲，顶着一头杂乱的白发，笨拙地小心翼翼地给自己送汤喂药。她不吃，他也不吃，她看着他一天比一天憔悴，他的一头白发，比他的巴掌还让她疼。

她哭了，哽着喉，哭自己，哭父亲。泪大滴大滴地、不受控制地滚出来，这比号啕大哭还让老严难受。老严守在严华的病床前，寸步不离，不再追问那个男人是谁，他说，只要想活，口水和唾沫就淹不死人。

出了院，老严给她请了假，强迫她在家坐小月子。老严不准她碰水，不准她不穿袜子，啰啰唆唆地强调这，强调那。

往后生活的意义在哪里？既然活了，她必须盘算做人的问题。做人，不外乎做好人，或者干脆做坏人。

做坏女人，从学抽烟开始，她背着父亲，一支接着一支，烟顺着嗓子眼儿，还没进入肺就已经很难受了，比河水入肺还难受，关键是烟味熏了她的头发，看着老严探究的脸色，她只得作罢。酒，她是绝对不敢也不愿意再试，喝了酒，她就不是她了。其他的，她想着心里都抽搐。做好人是最难的，严格意义上来说，她从心底觉得自己没资格，出了这档事，保存体面似乎都难。

这期间陈青川来过，严华没让进门，老严的态度也很明显。她恨他。本来严华并不恨陈青川，甚至觉得是愧疚于他的，可陈青川打架了。当陈青川和李全脸上都挂着彩到了严华家的时候，严华崩不住了。谜底浮出了水面，严华想再死一次的心都有。

老严气急败坏，又不敢声张。问他们俩，为什么？

陈青川张了张嘴什么都还没说，扑通一声，却是李全跪在了老严面前，他说都是他的错！他喜欢严华，他要娶严华，他要对她负责。

严华看着这个长相平平，什么都平平，连在她的印象里都是平平的李全，一阵恶心。

她一巴掌扇了过去，却是扇在了陈青川的脸上。

陈青川的脸颊红了，他怔了怔，说，你打吧，只要你别再折磨自己了。

李全还跪在那儿。

你们都给我滚。严华看着这两个人，恼了，怒了。

想体面做人，难了。

五

人不能两次踏进同一条河流。当严华意识到这点时，她已经到了上海。都说上海路难认难找，她没费多少事，有句话说得好，世上无难事。

严华瞒着父亲，到了才打电话告诉老严，她必须跨出这一步。老严什么话都没说，他在电话那头，静静地听她说完，只一字一句地回她，记着你姓严，要好好地回来。

这是一栋嵌在弄堂深处的二层半的西班牙式建筑，倚着墙壁长了一排青竹，闹中取静，透着生机。

严华仔细端详照片上的女人，相貌和年龄与她相仿，柳眉凤眼，眼梢有些上扬，戴着一顶蕾丝礼帽，显得娟秀典雅。

准确地说，严华从老严抽屉里的日记本里翻出这张照片时，她就知道那是谁，就下定了决心要去见一见夏竹，她的生母。

严华深吸一口气，按响门铃。请问夏竹在家吗？

我妈不在家，你找她有事吗？开门的是一个女孩，眉眼和严华颇像。

严华心跳得很快，她去哪里了？多久回来？

应该就回来了，对吗，爸爸？要不，你进来等。女孩很有礼貌，回头问道。

谁呀？楼上传出浑厚的男声，下楼的男子身材魁梧，头发向后梳着，一身墨蓝镶边的家居服看得出生活品质。看见严华，接着猛地瞅着他自己的女儿，他原本和缓的脸色，像六月的天变得极快。

不好意思，我们不认识你，请离开。云宁，你怎么让陌生人进家了？男人恶声恶气地关上了门。

爸爸，那姐姐很面善呢，会不会是我们家亲戚？女孩说。

别管闲事，做作业去。女孩的话被打断。乡巴佬……听了这话，严华的神色像被狂风碾过似的。

你说了不算，已经九十九拜了，不差这一遭。严华暗道。她执拗起来，干脆晚饭也不吃了，她不信夏竹不回来。

没多久，一位化着淡妆穿着浅蓝色连衣裙的女人，由远及近。没错！严华反复比对着照片。

请问是夏竹吗？严华试探地大步上前。

女人点点头，说着一口上海话，侬有啥额事体？

严华的眼睛甚至是整张脸都发着光，呼吸都有些急促。

夏竹换了普通话温柔地说，孩子，什么事呀？

严华得了鼓励似的，声音里充满了希冀，妈，我是华华！

华华？夏竹被这声妈惊呆了，皱着眉，看着严华的脸，脸色狐疑，却又目光莹莹，她伸出手触摸严华的脸，突然想起了什么，手一推，捂着口，一溜小跑进了门。

妈，我是严华，严华紧走了几步，停住，嘶吼了起来。那边的门里，寂静着可怕的沉默。

严华的脸色煞白而平静。她从背包里掏出纸和笔，写上"我明天下午离开，如果可能请来见一面"，末尾是旅馆房间号。严华把字条从门缝塞进去时，她看见一轮圆月挣脱了云层。

这是个老式旅馆，落地大钟每小时一次的钟鸣，让严华一夜无眠。到了第二天上午，大钟敲了十下，她的门也被人敲响了。严华心跳得飞快，她跑过去打开了门。门口站着她想了无数次的母亲。严华张了张嘴，刚准备再次唤她，夏竹躲闪着她的目光，快速进了门。

严华倒了杯水给夏竹。夏竹尴尬地接过来，笑了笑，说，华华，严华，昨天我没想到是你，我真的没想到，你长得很好，很漂亮，我很高兴。你不知道，我……

夏竹"我"了半天，停在那儿，只不停地看手腕上的手表，像是有人催她似的。只见她从随身包里摸出一个大信封，她一叠一叠摆在桌上，也好似有了些底气，她说这里有十万块钱，给你，女孩大了，总要打扮，也要嫁人，这个给你做嫁妆。

我不要。严华明白了，心沉下去了，她看见夏竹又看了看表。

夏竹说，我现在的家庭，对我很重要，这些钱给你，希望能弥补你些。紧接着她又看了看时间。

不要说了，你的意思我明白，着急想走，是吗？不就是想和我做个了断吗？他们对你很重要，那我算什么？既然如此，当初为什么生我呢？严华一连串的质问，夏竹有些招架不住了。

严纯德和你说了什么？本来我不想说的……严纯德不是你爸！他挑拨离间。夏竹尖着嗓子说。

严华笑起来，笑得斯文，笑得镇定，严纯德不是我爸这事，在我从他抽屉的日记里拿到你的地址时就知道了！我是你私生女这事我也知道！我只是想看看你的样子而已，没想到你和这钞票一样好看，但无耻！严华的声音很大，她说着，扯开桌上钞票的所有封条，一把接一把掷向夏竹，像是下了一场红雨。

下一步，何去何从，严华不知道，她只知道有一个人告诉她，她姓严！

本文为毕飞宇工作室第21期小说沙龙讨论作品修改稿，

首发于《青春》杂志2022年第3期。

第22期：让观念着陆，让小说发声

庞余亮： 我读完这篇小说想到了残雪，想到她写于20世纪80年代中期的《山上的小屋》和《污水上的肥皂泡》，这两篇小说对我来说冲击力很大。在我有限的阅读范围当中，当今青年作家能够延续残雪小说脉络的已经很少了，但这个同学很可贵地继承了残雪小说的精神，以及对整个世界的不确定性的描述。但无论什么样的小说，它再有不确定性，也要回到它落地的那个地方。

如果让我来写，我肯定从第一部分的第四段开始："热气球就是在我刚睁开眼时猛地出现的。"如果这样写，整个小说的空间会一下子建立起来。另外，作者在写的时候总是在强调一个梦，整个小说一直在抽空现实。抽空不要紧，但最大的问题在于没有把这个"抽空"和现实之间设置一个临界点，这个临界点就是，人物之间的相互关系在哪里？所以，我期待年轻作者在写的时候，一定要找到关系和时空观，最好放在一个具体的时空里面。

其次，整个小说的视角有很大的问题。第一部分是"我"的视角，第二部分一下子跨到小芸的视角。比如"小芸进到我家时，一眼就瞧见了门外的一处土包"，请问这个"一眼瞧见"是谁的眼睛？后来又到了那个青年人，第三部分最后："哦，那个孩子。她叫小芸，是吗？"整个小说的视角很混乱。作者在修改文本的时候，用同一个视角会更好一点。

何平： 这几十年，中国的先锋文学可能更多地发生在很多写作者的学徒期或者说青春期。我们现在讨论的这个文本，作者也是处在一个写作者的学徒期。这样参照，并不是否定这篇作品，而是尊重文学评价的规律，或者说事实。这篇小说如果让我来概括，它显然是由预设观念推动的成长小说。这些预设的观念，比如天空与大地、飞翔与囚徒，并不一定来自写作者的经验，而是一个观念的东西，然后写作者以预设的观念作为结构框架，来满足写作者表达的欲望。这就能够理解这篇小说为什么用架空、模糊、象征、预言的方式，因为写作者很难把那些预设的观念落实到具体的文学细节中。

此外，我看一篇小说，很注意小说的语言。小说第一部分第三段讲泥土，第二行讲"潮湿的泥土"，第三行讲"成堆的泥土"，这一段倒数第二行又讲"泥泞的土壤"，最后一行又说"抛起的泥粒"，在同一段里面，能明显看出写作者对词与物以及小说叙事逻辑的表达不是很精确。一个好的作家，无论是观念还是文学细节，都要落实在语言的精确性上。

当我们把这样一篇小说放在写作者学徒期来看，作为毕飞宇工作室小说沙龙的选择，某种程度上也反映了目前大学生写作的症候。年轻的写作者在写作初期，我认为怎么写都是可以的，因为这一时期属于自我扩张和自我摸索的阶段。我并没有按照一个经典化的小说样本来对应这个小说，只是从大致的写作路线和呈现，指出文学的表达最后要落实到具体的语言文字、细节、结构和人物关系等上面来。

大头马：第一个问题，我觉得这个小说的信息量太少了，一万字左右的小说所呈现的内容，无论是情节还是语言和叙事上，密度都是比较低的。

第二个问题，为什么很多人刚刚都提到这个小说读起来很梦幻，我不觉得梦幻是一个好的描述。给人造成这种感觉，本质上是因为作者有很多逃避叙事的地方。

第三个问题，就是关于热气球的描写。现在网上信息也很丰富，很容易搜索到关于热气球的知识，而且小说从标题到内容都是以这个为主题的，在我看来这里面有很多硬伤需要注意。比如写到热气球的材质，"胶皮质感的红色布料"，而热气球应该是一种耐火的材料，类似于尼龙或涤纶。再比如一开始小芸出现的时候，文中说这个热气球是一个粗麻绳编成的篮子，但热气球坐人的那个部分不应该是麻绳编成的，应该是类似于藤类的东西，粗麻绳只可能是吊着它的部分。

李玮： 在叙事时间上，这篇小说大量地使用场景化、叙事时间停滞的表述方式，可以说是一种诗化的小说。它不注重整个经验的陈设，或者是时间序列的编织，它的每一个表述都以排斥经验性来阻止时间的流动。时间的发生和现代性有很大的关系，我们为现代的时间赋予发展的意味，但是诗化小说更像我们所说的本雅明意义上的"资本主义时代的抒情诗人"，通过把时间向后转，让时间凝固，来实现审美的超越。

我从这篇小说中读到了作者对于文学的志向和野心，既然从事这种诗化小说的创作，自然就要遵循一些规律。

首先就是使用的语言，要以一种非经验化和排斥经验的方式来呈现，否则就会出现左右矛盾。语言并不是一个孤立的存在，它有许多演绎性，比如当你用到"远方"，我们就会想到轻盈的散文，当你用到"肆意生长"，我们就会联系到这些词所携带的历史和它的意义场，这会对你所构筑的凝固的时间形成巨大的干扰。

其次，小说运用了许多意象。"我"不是叙事者，更像一个诗人的意象性本体，小芸也不是一个单纯的情感伴侣，更像是"我"的一个分身。我比较欣赏的是这个作品中"吃药"的环节，"吃药"在文学作品中是一种隐喻，乖乖吃药意味着对于灵魂飞升的压抑和规训。这里我要称赞的是作品表现出一种非常好的"物感"能力，就是把主体的情感移植到物中，或者让物呈现出一种具有发散性的、与人间诸多奥秘和人性特征相联系的东西。

但也有这样一个问题，当作者处理这些叙事和经验的时候，怎样来处理历史化和哲理化、经验化和抽象化之间的关系？我希望改稿的时候，作者能够再思考一下通过这篇小说到底要为这个世界呈现怎样的意义结构，这个结构对于这个世界来说到底有怎样的价值。哪怕是最为抽象的象征诗、最为哲理化的散文诗，都会使所有扭曲的表达、不合常理的语言变得有意义、有价值。

朱婧：这个小说读下来，观点比较明确，承担的概念也是很清晰的，所以它很容易被拆解开来。但回到创作者的角度去看，一个作品被生产出来的过程并不是它被拆解的那个反过程，它可能包含得更复杂，比如创作中一种渴望征服的欲望。

小说的开头，作者试图为人物的出场置景，文气让我想起沈从文的《月下小景》，但又有一种疏离感。究其原因，小说里大量的风景或者物象是一种被文学化和历史化了的对象，有大量前人指涉的痕迹，包括开头那样一种刻求精微的描摹里，小说的风景却成了一种景观。它是先验的，却不是观察的产物。这里面就有一个很核心的问题，那部分可能缺失的是什么？什么东西能够移进去？我觉得可能是一种自我跟对象之间彼此交融的情感和感知的能力。这种东西一旦失去，会加速外部描绘的景观化的情况。

李樯：我们年轻的写作者，甚至成年的写作者都存在一个通病，就是作者本人在文本里发声。这个很没有必要，的确应该让文本自己说话，让小说中的人物、物象自己叙述，通过语言诞生语言。

本期实录由南京师范大学陈倩阁整理，
首发于《青春》杂志2022年第5期，收入本书时有删改。

热气球飞向天空 /邹江睿

一

热气球就是在我刚睁开眼时突然出现的。

模样很大，和天空一样，蓝颜色，中间位置点火燃烧，冒出灰褐色的烟。它是从南边飞来的，顺着海风在连绵的桉树林上飞过，像一只飘飘忽忽的风筝，晃悠悠地，打着转落在坡前的空地上。

很难说明白热气球突然降临这里的缘由。或者说，为什么偏偏是这里，而不是其他更加肥沃的土地。

关于这个问题我问过小芸，不止一回。热气球是她的。当然那时候她还不叫小芸，准确来说，她没有名字。当我询问她时，她靠在篮子沿边，低下头去思考了一会儿，然后很费劲地摇起脑袋。

"没有名字，也从来没有人问过我。"她说，"我不需要这样的东西。"

"那你从哪儿来？"我问她。我平生没听过什么不用姓名的去处。

"很远很远。"她说着伸手指过去，"那儿是我完全瞧不清楚的云端之上，有老鹰盘旋的地方。"她告诉我，热气球和她就是从那儿来的。后来我就开始叫她小芸。当然，我晓得，应该叫小云才对，但是她非得改成这个"芸"字。"喜欢草木这类东西，不成吗？"她这样说给我听。

我很好奇她来这儿做些什么。既无美景，也缺人烟，哪有人没事往这种地方来？

她不回答我，眼睛四下乱瞟，似乎在找些什么，嘴里说些无关紧要的话。

"飘了好几天哩！"她边用手拍着热气球篮边抱怨，"带的面包全都吃干净了，现在肚子饿得快瘪下去咯！"

出于好意，我邀请她去家里吃点东西。她欣然接受，推开篮子一侧的门，我趁机仔细瞧了瞧她的模样。说实话，我看不出她的年纪，也许只有十一二岁，也许比我还大，我分辨不出。她说话的语气也令人捉摸不透，自言自语的时候我时常什么也听不懂。我扶她从篮子里下来的时候，摸到她胳膊上冷冰冰的肌肤。它们几乎贴在骨头上生长，我仿佛能嗅到血液流淌时的颤动。这让我又回忆起晴朗的午后，那些抛向空中的细碎的泥土，以及随之而来的一幕幕梦境。

我一向喜欢做这种无意义的梦，有关远方、飞翔和天空。我记不清自己是在几岁那年第一次梦见这些的。我只记得那片了无边际的蓝色，一朵望不见瑕疵的云在头顶绽开。那背后深不可测的地方，新鲜的阳光透过雾珠，折射出绚丽的光，落在我张开的双臂上。那儿的皮肤被晒成褐铜模样，像是姥姥晾在屋子外头的红茶碎，太阳一照，就反射出幽幽的黄色。

印象里我不是这样的皮肤，也没见着身边有这样皮肤的孩子。年轻的肌肤向来是水嫩的。我又想起红茶碎旁弓起腰走路的姥姥，每一步都深深踩到泥土凹陷处的姥姥。她才是那样的肤色，和碾成末儿、晒得卷边的茶叶一模一样。

我问过姥姥，我们全家是否都是这种肤色，包括爸妈。她没说话，只拿两只睁圆的眼睛瞪着我，像看怪物。

"他们不在这儿。"她说，"你没必要知道这些。"

姥姥是从不肯和我提及他们的下落的，她说过最多的一句话就是"你没必要知道"。我曾经发疯似的在家里寻找有关父母的一切，从书柜的每一个角落里渴望找到哪怕是一根毛发、一丝气息，甚至在静悄悄的夜里，我会趴在水泥墙上，敲击墙壁，听听里头是否传来回声。然而一无所获。没有照片，没有物件，回忆也一概全无。他们存在过的痕迹无证于世，仿佛我生来就是孤儿。

后来有人告诉我，人末了只有两个去处，要么衰老，要么腐烂。在那样的年纪，我不懂这两个词的意义。它们就像我站在土坡顶上遥望大海时那样遥远。然而我却在那时开始做梦。梦里我毫无预兆地变成了干茶叶一般的肤色，皱巴巴，树皮似的随着呼吸起伏。脚趾间，有个什么东西在延展伸长，往泥土深处蔓延。我感觉自己正在变成一棵树，树皮已经长成，根部正在膨胀。它永永远远离不开大地。一棵囚徒似的树。

身旁不远的地方，有人在很小声地喊我。是姥姥。她已经干枯、瘦瘪，一片叶子也瞧不见，脚下是冻结的土壤，身前一片了无边际的林木一直延伸到看不着的地方。空气里弥漫着一股死灰的味道，我只喊了一句，姥姥便失去动静。她活到头了。而我的牢笼才刚刚落下。

反反复复，我将这个奇怪的梦来回做了七遍。生长、挣扎、渴望离地，然后精疲力竭。我近乎无助地望向幽远的天，看着那儿绽放的云和太阳，想象云端新鲜自由的空气在我的身体里流淌。然而我始终没能逃离那片阴沉的林木。那儿的空气格外浑浊，我在呼吸中逐渐失去了记忆。

每天六点钟一到，夜幕刚刚褪去的时候，我就从那可怖的梦里惊醒。惊醒的第一件事就是确认自己的身体有没有长出枝丫藤蔓。实际上从那时起的每个早晨，我都会以这样的方式来分辨梦境与现实。

那一周时间，身体变得格外沉重。午后爬上土坡的过程简直要了我的命。然而正是从那时起，我每天一定要坐在那大叶桉树下休憩一阵。只有在那儿，身体的疲惫才得以消减。我不晓得是不是有什么特殊之处，视野开阔或是空气清新，我只知道自己逐渐灰蒙的瞳孔，唯独在那坡上放出光来。我站在树下，把口腔鼓成球，唱着没有含义的旋律。树顶有鸟儿被惊走，我竭力向它们飞去的方向张望，然而我什么也瞧不见。

一无所获。

那段时间我过得浑浑噩噩，集中不了精神，也不主动跟任何人交谈，整日瞪着一双血丝密布的眼珠神游。午饭一过，就从学校里溜出去，跑到没有人瞧见的山坡上。首先发现不对劲的当然是姥姥。我已经整整一周没有认真吃饭了，浑身泄了气似的没劲。

"什么时候开始的事？"她显得很不安，紧张而焦躁，甚至摔碎了手里的瓷碗，双脚在凹凸的地上来回踩，发出嘎吱嘎吱的声响。

"一周前。"我回答，"连续七天，一天也没有断过。"

嘎吱嘎吱。

摔碎的瓷碗片正在断裂，姥姥的脸上出现一种我从未见过的表情。像是在数九寒天里把人丢进冰窖一样，没错，就是那样的感觉。她一句话也没有说，就直直地盯住我。我感觉她粗糙的手在我的树皮上摩挲，两只脚踩在我凸出地面的树根上，一根，一根，折断我伸向空中的枝干，将它们整摞丢在泥里。嘎吱嘎吱，死去的树枝在脚下呻吟，我瞧见姥姥泄出嘴角的笑。

那以后我明白，这些梦是不能随便说给别人听的，尤其是姥姥。即便之后她再也没有露出过那样可怖的表情，但我仍时常想起那令人毛骨悚然的笑容，以及她踩碎树枝时嘎吱嘎吱的声音。

改变也是从那时开始的。梦境在第八个夜晚发生了变化。我发觉自己的枝干变得格外长，被姥姥狠狠折断的地方纷纷长出新的枝丫，比先前的更粗更大。这是不是某种巧合，我不得而知，但事实的确如此。我感觉梦里的我正一日比一日高大，空气愈发清新，灰暗的阴霾正逐渐散开。有时抬眼望去，似乎有种即将腾空而起的错觉。甚至那些鸟呀雀呀的，也会飞来我的四周，落在树梢上叽叽喳喳。它们此前从未接近过我。

每一夜，我都变成那棵不断长高的树，枝干生长不止，苏醒的我也愈发精神。我的身体再没有像先前那样疲倦过。我感到那里面有东西在燃烧，烧得滚烫，简直要冒出火来。我说不上来那是什么。谁也说不上来。

我更加频繁地跑去那棵大叶桉树旁，有时候想象自己从这儿扑腾翅膀飞起，逃离这片黑黝黝的大地。也有时候什么都不想，脑袋里的一切全都消失，就那么坐在树下，一整个午后动也不动。

那天是不寻常的乌云天气，大风十分猛烈地从海上刮来，太阳夹在那些迅速掠过的云里，间隔着露出光。两只鹰正逾越光与暗的分界，朝云层彼侧展翅飞去。就在那画面出现的一霎，有种感觉猛地钻进我的脑海，针扎一般，越发强烈而清晰，但我说不上来这种感觉。

嘎吱嘎吱，声音源源不断地从我身体里流出。树后面有动静传来，我瞧过去，谁也没有看见，但我知道是姥姥，一定是姥姥。她正站在谁也找不到的地方，死死地盯住我，目不转睛。

天空中，两只老鹰发出尖锐刺耳的啼叫。

二

从我带着小芸走进家门以来，她的眼睛就没有离开过窗外那处半人高的土堆。

我以为她是不会注意到的。那地方到处堆着干枯腐烂的红茶碎渣，阴雨天时，总发出令人作呕的气味，夜晚还时常有老鼠爬行弄出的吱吱声响传来，如果不仔细点瞧，恐怕谁也发现不了那儿的土地陡然多出一块。然而它最终还是被瞧见了。

她是从屋子里面透过正对着院子的木窗户看见那鼓包的。说起来是木头窗户，实际上已经朽得不成样子，风一吹就摇摇欲坠。昏暗的屋子里头到处是这样的家具。缺一条腿的红木椅子，遍布污渍的茶几，整个屋子静悄悄的，几乎没有声音能听见。

"你也没有亲人，对吗？"她望着门外的鼓包，仿佛自言自语。

我想了想，什么也没有说。

既然是自言自语，当然也不存在什么答案，哪儿都不存在。

姥姥去世的那天晚上，也问了很多含糊不清的问题，大部分我根本听不明白。她瘫在木板床的一角，弱小的身体在硬床板上缩成一团，像只被人戳破的气球，皮肤干瘪粗糙，黑成了泥巴的颜色。我一眼就断定，姥姥很快就要咽气了。因为我见过这副模样。在梦境里，那棵姥姥变成的树也是如此奄奄一息，就这样耷拉着躯干，没多久就死去。

"你恨我吗？孙儿，你告诉姥姥。"她已经几乎张不开嘴。说话的时候，僵硬的手指微微抬起数秒，指尖颤动，仿佛想要抓住我的衣角，但她已没那个力气。

"姥姥给你熬药吃，你别怪姥姥。"她说这话时，我正盯住她的眼睛。那里面有什么震了一下，就一下，但我看得见。

直到最后，我都没有张嘴回答姥姥的问题。惊奇的是，离世之前，已经彻底无力移动的姥姥竟猛地伸出手来，一把掐住我的胳膊，将我死死地往下拽。我惊叫一声，拼命想要挣脱，手腕处一阵剧痛令我皱起眉头。那力度，简直可以拖住一只正要起飞的老鹰。她终究是没了力气。拔出手时，我看见贴近腕骨的位置有一道鲜红的血印。

那天夜里我翻来覆去想了很久，直到现在我也搞不明白，姥姥是从何时开始断定我生了病的。

或许从最初发现我每天做着奇怪的梦时，她就已经觉得我病了。现在想来，她那时急促不安的神情、审视似的目光，似乎都可以印证。

那之后很长一段时间，在我每天午后穿过一整片桉树林，往土坡顶上前行时，我都感到有人在背后跟着我。是姥姥，毫无疑问。在密林深处，最不起眼的草丛里，一双苍老的眼睛正一动不动地注视着我。她的目光企图扒光我的衣服，将我的每一寸皮肤裸露，从我的身体里取走什么无比重要的东西。我绞尽脑汁也想不出那是什么。我的姥姥，从小独自抚养我长大的唯一的亲人，像幽灵一般窥探我的行踪，这简直像倒着写字一样荒唐无比。然而它的的确确正在发生，并且正以一种我从未想象过的方式持续下去。

我已经记不清楚姥姥是在哪天傍晚突然开始熬药的。我只想起那天暖和温润的太阳，云层沿着阳光照射的方向整齐排列，我一整个下午都没有离开土坡，坐在那儿畅想自己变成一只海鸥。海面上乌云密布，暗无天日的暴风雨即将来临，我展开翅膀穿行其中，简直乐此不疲。

咕噜咕噜噜。回到家里时，一推开门就听见这样的声音。姥姥在厨房里烹煮东西，那是我平生从未见过的容器。泡菜坛子那么大，像是用红土糊上糯米制成的，表面因为加热，有水珠从瓶身的裂缝里渗个不停。我在滚滚而起的水雾里瞧见姥姥窃窃的笑，转瞬即逝，很不起眼，但是我看得一清二楚。屋里弥漫着一股焦土的气味，我跑进厨房去开窗户，直到这时我才瞧见姥姥正把一整盅的稀泥倒进容器里，用一根铁棍粗的树枝来回搅拌。我瞟见壶里满是热得滚烫的泥水，表面鼓起一个个灰褐色的气泡，然后又在高温的紧逼下一个个爆掉。

"你病了，我在给你治病。"她没有瞧我，甚至头都没抬，就那么一边搅拌泥水一边警告我，用一种毋庸置疑的口吻。我受了惊吓，捂住鼻子跑出了屋子。那是我第一次看见姥姥熬药。

"你真的生病了吗？"当我跟小芸说起这段经历时，她这样问我。

"我不知道。也许病了，也许没有，我一点也弄不明白。我只是经常做梦，比别人多那么一些。这就是姥姥所说的病。"

"做梦？"

"对，做很奇怪、很奇怪的梦。梦里我变成一棵树，所有人都变成了树。我不停地长呀长，枝干朝着穹顶之上，躯体尝试着拔起树根，飞向云层深处看不见摸不着的某处。"

"关于飞翔的梦，是这样吧？"她想了想说道。

"没错，关于飞翔的梦。"我重复一遍，"飞上天空，离开这片湿乎乎的土地，这就是我想要的。所以我每天去到那土坡顶上，幻想自己变成飞鸟苍鹰。实际上我根本飞不起来，我的根深深埋进土壤，永永远远也飞不起来。"

听我说这话时，小芸没有反驳。她瞧向窗外，望着远处的热气球一言不发。我也扭头看过去，看它投射下的巨大阴影攀附在地面。它真的很高大，比我平生见过的一切都要高大。我想一定是这样雄伟的东西才能够飞上天空，毋庸置疑。

姥姥喂我吃药的那天晚上，我把混杂着沙土和泥浆的药水艰难地吞下去。味道太难闻，以至于中途我无法控制地呕吐了两次。姥姥一直在旁边安慰我，拿着瓷汤勺，一边舀一边和我说话。

"有病一定要治。"她吹了吹滚烫的药，一股死蛤蟆气味随之飘来，"这病是要命的，会死人的，可不是唬你。不吃这药的话，几十天就没命了。"

汤勺伸进我的嘴里，药一口接一口地被灌进喉咙，她当着我的面，头一回说起我的父母。她告诉我，他们也得了病，和我一样的病。每天都需要从靠近树根的地方取最为新鲜的一瓢土，丢进冰冷的井水里，煮上整整三个钟头，熬成一锅治病的药。

"生活在荒野上的人们时常会这样不幸。"姥姥说，"从古至今就是这样。它们像瘟神一样在草原和田野间游荡，钻进人们的身体，吞噬灵魂、篡改思想，迫使人们做一些奇奇怪怪的梦。人们受到蛊惑，尝试离开大地，呵，最后呢，连肉体也消耗殆尽，就这么白白死去，谁也救不了。"姥姥说着就大口喘着粗气，我看见她的脖子上藤蔓似的血管一张一合，像在吞噬什么。

吃完药的那夜，我的身体烧得滚烫。姥姥拿来冰毛巾帮我擦拭，我瞧见自己的皮肤变成难看的红褐色。姥姥说这是在排毒，把瘟神从身体里赶出去，说着就用毛巾在我身上来回摩挲、按压。我疼得快要叫出声来，然而一双手紧紧捂住了我张开的嘴。

我没有做梦。我在那晚骤然失去了做梦的能力。身体里那种燃烧的感觉正渐渐消失，我感到一种从未有过的饥饿。翻箱倒柜之后，我吃光了屋子里所有的麦粒和面饼，把一切能塞进肚子的东西全都吞下，然而我还是饥肠辘辘到站不起身。身体里有样东西被剥夺了，虽然我也说不上来那到底是什么。我干脆窝在床上，把自己用被单裹住，一言不发。好几次我都尝试着让自己重新回到那片梦境，我知道自己回到那儿就一定可以摆脱这种局面。然而它再也没有出现。我像得了肌溶症似的失去了力气，整日里瘫在床上，等着姥姥准点送来食物和新熬好的药水。她像照顾瘫痪病人一样扒开我的嘴，咕噜咕噜噜，难闻的汁水贴着我的食管流进胃里，我感到一阵呕吐的欲望，却怎么也吐不出来。我连最后的这点力气都已丧失。

"乖。良药苦口嘛。"姥姥对着我的耳朵轻轻地说。

几乎可以肯定的是，如果不是姥姥突然间病倒，已经失去做梦能力的我永远也不会再有机会做梦。

那是她开始熬药以后几个礼拜的事。要不是因为一整天的饥饿迫使我不得不爬下床去寻找食物，姥姥恐怕当时就没了命。那时我已连着两天没有吃药，身体明显变得更有力气。我把奄奄一息的姥姥拖到床上，她半眯着眼，颤巍巍地指着药罐。

"快去煮药，快。"她喘着粗气说道。

当我毫不理会地把药罐砸碎在角落时，她用近乎哀求的语气和我说话，脸上爬满痛苦的神情。碎片在地上发出嘎吱嘎吱的声响，姥姥望向地面发出绝望的呻吟。我从来没有从她的嘴里听见过这样的声音。

收拾遗物时，我从姥姥房间一处桉木柜子的夹层里翻出许多东西，几件破衣衫，四处可见的缝补工具，一张红色的胶制大布和几张老照片。衣物看上去都不像是这个年代的产物，上面缝缝补补添了许多处补丁，其中一条灰色的涤卡裤上沾了像血一样暗红色的东西，还有针线残留在修补处没有取走。老照片有好几张，我全都没有见过。其中一张上一个穿着涤卡裤的男人抱着怀里的婴儿和女人合影，他穿的似乎就是柜子夹层里的那件染上血迹的旧裤。他们站在大树底下露出笑容，正是那棵山坡上高高大大的大叶桉树，我一眼就瞧出来。一种难以言喻的感觉击穿我的大脑。我一言不发地瞧着那张照片和照片上的婴儿，就这样什么也不说，什么也不做，整整一个下午。

那天晚上我终于又一次做梦。距离我上一次做梦已经过去了太久，以至于我几乎忘记梦境与现实的不同，想不起那特殊的触感。果然一进入梦里，我就感到身子轻飘飘的，仿佛被托在空中。再朝四周仔细一瞧，这竟不是先前梦境里的画面，周遭成片的树林不见踪迹，只看见雾蒙蒙的云在穹顶之下悬浮。我站在麻绳绑成的篮子里，头顶上燃起熊熊火焰，庞大的气球被滚烫的烟撑成椭圆状，几乎大半个天空都被遮蔽。这是我头一回梦见热气球的模样。嘎吱嘎吱，木柴燃烧发出干燥裂开的声音。不远处的云层之上两只老鹰正盘旋不止，尖锐的啼叫刺穿一整个梦。

那之后的每个夜晚，我都梦见自己坐上热气球，飞跃云层到达最接近太阳的地方。我和小芸说起这段经历。"实际上那时候我从未见过热气球，甚至连照片都没看过一张，直到你飞来这儿，"我说，"我才算是人生里第一次看见热气球。它在梦里就这么凭空出现了，和你那只几乎没有分别。"

姥姥的那堆遗物被我放在屋子一角。小芸翻来找去把那张红色布料拎了出来。

"用来做气球皮的，这是。"她把它对准阳光瞧了瞧。很古老的材料，已经淘汰很久了。而且上面残缺了几处洞，应该很早就报废了。

它为什么在姥姥的柜子里？我十分不解。姥姥一辈子活在大地上，双脚一分钟也没有离开过土壤。她憎恨飞行，憎恨一切尝试脱离大地的举动，我看得出。她比任何人都更不可能飞翔。

关于这个问题我思考了很久，从傍晚到午夜，一言不发地想，却找不到任何可能来解释。这种无法解释的事使我头痛欲裂，仿佛有细小的尖针扎进我的头皮。

在那种沉默、痛苦的触感里，我听见黑暗中传来隐约的说话声，像是做梦，却又的确在我耳旁。

"乖。吃药。"她摸着我颤抖的脸说道。

三

小芸是在冬天即将降临的某个深秋夜晚不辞而别的。

我根本没有来得及和她举行任何道别的仪式。一起身，透过刚刚天明时雾蒙蒙的天朝外看，那时已见不到热气球庞大的身躯。我发了疯似的跑出去，冲上土坡，对着云端大喊她的名字。没有回应。我知道，她也许再不会回来。

走之前，我曾经送给她一份礼物，当然那时我并不知道她正准备离开。是那棵大叶桉树的一粒种子。我费尽周折才把这颗最大最圆的挑出来，对着阳光瞧过去，竟还熠熠地发出亮光。我翻箱倒柜，从家里找出一个玻璃罐子，把反反复复洗了七遍的种子放进去，然后亲手拿去给小芸。

"送给你，最大最圆的一颗。"我说，"是从桉树上摘来的，树的孩子。"

在那之前的几周时间，她一直窝在她那只蓝色热气球的粗绳吊篮里，用树林里捡来的桉树枝排列成竹排模样，把它们垫在吊篮底下来加固。她把自己的手弄得伤痕累累，我拿来屋里的白酒给她消毒。

也是在那段时间我开始跟着小芸学习热气球的制作工艺。到这时我才意识到她会的东西比我想象的多得多。比如迎着海风的树上常常挂有许多摇曳的藤蔓。小芸懂得如何将这些几乎作废的植物编织成坚硬的绳子。又比如哪些果子好吃又能存，哪些树叶可以碾碎了抹在伤口上消炎，她全都知道。

从那些千篇一律的桉树林中她甚至能识别出几种隐匿的木材，并把它们一一斩断，扛在肩上。她扛着木头穿行在丛林当中就像扛着一把宝剑。我在她的指导下也开始认识什么样的木头适合垫在吊篮下充当砧称，什么又可以当作柴火燃烧。在我第一次拿起镰刀亲手砍下一排矮灌木的时候，我不知怎的忽然就记起梦里那些弯曲、延展的枝干。我愣在那儿半天没动，直到小芸拿树枝戳了我一下，我才恍然回过神来，继续拿着镰刀挥向树丛。

小芸将所有材料都备齐是在某个午后。深秋的天气，温度不高，我和她拎着整堆的木材、藤蔓编成的绳子和四处寻来的干粮水果，累得浑身流汗。她把拽住热气球的巨大粗绳固定在树干上，不知是幻觉与否，整棵树看上去似乎被提起来，仿佛下一秒就要拔根而起。梦里那些竭力向天空伸展的树的模样在我脑海里浮现。在我回忆那些扭曲枝干和茂密树叶时，小芸已经悄无声息地爬到绳子末端，接近气球顶的地方。她朝我挥舞手臂，我清楚地看见阳光洒在她的脸上。

"那你准备去哪儿，接下来？"我抬起头大声问，云层上传来阵阵回声。

"我不知道。"她摇头，"这事谁也说不清楚，或者说，它压根就没有定论。我也许会一直在路上，直到死去，就是这样。"

"一直在路上，直到死去。"我在心里重复默念这句话，翻来覆去很多遍。我那时还不明白这句话的分量。我认为人注定是要叶落归根的，无论你飞翔在多遥远的天空。

直到很多年之后，在我快要将这一切遗忘的时候，我遇见另一位乘坐热气球遨游天空的旅行者。我和她说起小芸，那个生来就没有亲人的姑娘。

"哦，那个孩子。她叫小芸，是吗？"他望向远处冉冉升起的太阳，"我见过她的，在一个暴风雨将至的前夜。发现的时候，她闭着眼躺在吊篮里，手里紧攥着一颗叫不上名的种子，已经失去了呼吸。"

四

小芸离开的那天晚上，我做了梦，一个匪夷所思的梦。

奇怪之处不在于无厘头的梦境，相反，这次的梦格外真实。它没有半点浮想联翩的成分，真实到几乎让我分不清这是不是正在发生的现实。

天气格外晴朗，差不多有十几分钟的时间，天上一朵云都见不着。远处成片的桉树静静伫立，最高最大的那棵生在土坡顶上，枝干直直地向上生长，从坡底瞧过去，几乎把半边太阳都遮住。

穿涤卡裤的男人牵着女人往这边走，步伐很轻、很慢，好一会儿才走到坡前。因为他们怀里还抱着孩子，男人伸出手去，把刺眼的阳光挡住，以免小小的美梦被惊扰。孩子睡得很乖，没发出一点动静，细小而愉悦的呼吸声在胸脯间跳跃。

"你说，这小子是不是也在做梦？"男人说。

女人咧开了嘴："当然，他一定在做梦。我们的儿子嘛，八成也在梦着飞上天空呢。"说完两人的笑声就荡漾开去。

一家三口的身后，老人缓缓地跟着，每一步都在结实的土地上踩下印记。是姥姥。那时候她年轻得多，但她扎实的行走模样却一直没变。

她着实走得太慢了。那对年轻夫妇已经走上土坡，正站在树荫下朝她兴奋地挥手。阳光底下，四处明亮的地方，姥姥朝那儿望过去，笑得很开心，比印象中的任何时候都要开心。她也朝他们招手，周遭升起温暖的气息。

男人女人挽着手站在树下，怀里的孩子还在安详地沉睡，姥姥终于慢悠悠地爬上坡来，端起一架看上去很旧的相机给他们照相。快门按下，机身发出抖动的声响，画面被永远定格在一方胶卷里，只有时间还在流逝。孩子就是从那时候开始哭闹，谁也不知道原因，年轻夫妇一番折腾，竟吵得更凶了。姥姥见状赶紧接过手去，把孩子温柔地揽在怀里，夫妇俩束手无策地站在旁边，这时姥姥哼起古老的歌谣。

潮湿的大地上
幽灵在游荡
树根盘踞石头
杂草肆意生长
蔓延啊蔓延
黑色的泥土里黑色的血液
铺满天空后遮蔽光明
孩子在角落里哭泣
人们把古老的歌谣传唱哟传唱

在土坡的背面，红色的热气球伴随姥姥的歌谣逐渐升起，男人和女人站在吊篮边，朝着地面高声呼喊。它庞大的身躯在地面投下巨大的影子，然后逐渐缩小、缩小，小到谁也看不见的时候，就代表它已飞向天边。

接下去发生的事我几乎一样也记不起来了。梦境变得混乱、颠倒，记忆像倒转的沙漏再也分不清左右上下。发生过的历史正一点点侵入未来，当下这一时刻在那种境地下变得不复存在。我只能想起哭号与尖叫、气球爆炸时清脆的声响、涤卡裤上沾染的血迹和一小片破损的热气球布。

除此之外，还有两只老鹰在高空盘旋，我看得见。它们努力嘶吼，尖锐的鸣叫却还是被扭曲的痛苦掩盖。

整个世界，连同天空和大地一块儿，只剩下无穷无尽的哭泣声回荡，永永远远。

五

小芸离开以后，不到一周时间我就造出一只几乎一模一样的热气球。

她留下的很多材料我都用上了，包括树枝、藤蔓和多余的热气球皮。我也不知道自己是如何在没有图纸只剩记忆的情况下，一点点拼凑出一整只热气球的。记忆里只剩下一些细节，比如首先编好的是竹篮，外头敲上一圈细桉树枝加固，接着是一根根粗过手臂的藤蔓绳子绑在四角上。姥姥柜子里那块残缺的皮也被我缝了上去。我将它缝在整个热气球的最高点，用大浆果的黏液和两颗铆钉牢牢地固定住。那上面破旧的痕迹相当突兀。但我毫不在意。

热气球造好的那天，我看着它仿佛做了一场梦一般。它几乎就是小芸那只热气球的翻版。唯一不同的是，这一只的外皮被染成鲜艳的红色，从远处看过去更加显眼。我轻轻踏上吊篮，晃晃悠悠，仿佛踩在航行的甲板上。

绳子就是在那时突然断裂的。

谁也说不清楚当时到底发生了什么，或者说，也许什么也没有发生，是我自己解开绳子的。当我缓过神来的时候，热气球已经载着我升到比山峦更高的地方。云层就在我的四周，伸手即可碰到，空气里散发着一股雨水的气息，我深吸一口气，感受它们在我的身体里流动、吸收，然后消失不见。

我想起很长时间以来一切关于飞翔的梦。那些云端的呐喊、身体的飘浮，阳光顺着缝隙缓缓洒落，我都一一想起。它们和眼前的情景没有分别，一点也没有。

没错，简直像梦一样。

恍惚间，我听见姥姥的声音。她在呼唤我的名字，一遍又一遍。四下里我没有看见她的身影，但我知道她一定在那儿，在某个看不见的角落里瞧着我，目不转睛。父母亲和她在一起，我感受得到。他们互相搀扶，跪倒在地，用最虔诚的方式祈祷，似乎整个世界即将不复存在。

极远的天边，太阳升起的地方，三只老鹰在那儿飞翔、遨游，自由自在。我直直地望过去，冲着光的方向什么也瞧不清楚，只看得见他们的影子翻飞不止，仿佛映在水里。

远处传来悠长的一声鹰啼，刺穿一整个梦。

本文为毕飞宇工作室第22期小说沙龙讨论作品修改稿，

首发于《青春》杂志2022年第5期。

第23期：从生活中来，到生活中去

朱辉：这篇小说构思精巧，完成度很高，作者基本上达成了自己的表达欲望。还可以改进的地方有：首先，家庭面临着更崩坏的情况，没钱买进口药是最后一根稻草，小说对药的有效性强调不足。其次，层次不够明显，波折、悖反、呼应都是可以凸显的。三次与茶艺老师的交集中，作者已经注意到层次的变化，初识、相熟到最后有一点暧昧，但层次还不够明显。写小说"三"特别重要，比如《红楼梦》里刘姥姥三进大观园、《水浒传》里三打祝家庄、《西游记》里三打白骨精。虽然规范等待着突破，但"三"自有道理。另外，时韵儿子出车祸变成盲人，家庭崩溃显而易见，但这个灾难跟"我"的困境之间的呼应表现得不够密切，两个世界关系不大，除了都是灾难外，最好还要有一种隐秘的联系。

何同彬：这篇小说从题材选择到完成度来看还是较为成熟的，小说观念和最后的文本呈现避开了以往青年写作经常出现的雷区或程式化，作者把中年男性到了一定阶段的那种进退失据、倦怠又心有不甘的状态把握、描摹得非常好，很难想象作者是一位"00后"。

不过从一个文学编辑的角度来看，作品的"整洁度"还不够，出现了较多错字、病句或逻辑不通的地方，作者对标点符号怎么用才能更丰富作品的叙事也没有认真思考。这些细节非常重要。整个文本就像一个系统、一个人，要保证每个部分之间是协调的，每一个字、每一个标点都要对整个文本负责，恰当、准确地处理细节是作者应该注意的。

张怡微：小说的优点在于比较明白流畅，基本上也能感觉到作者书写的意图。但这篇作品太沉闷了，其实中年人的情感生活比三十几岁的人要复杂，小说也可以虚构，可以加很多冲突、复杂性。一个在单位里待了这么久的、这么聪明的男性，他降维地看年轻人的生活，除了觉得他们都是好的之外，应该还有一些别的想法，可以互相讥讽、有情绪稳定的偏见，但这里处理得太常态，我更希望看到的是他的历险。一般情况下，我们来看这个苦闷的大叔，自己的生活有大量没办法解决、沟通的问题，就期待他要变成"绿巨人"，期待他去另一个次元，去杀伐、挑战自己，但他又回到了自己的生活。如果是在金庸的世界里，他会是萧峰或者其他大侠似的一个人。

季亚娅：现在的年轻人很喜欢写这样的主题：什么样的人生才是理想的人生，平庸的日常到底是怎么回事儿。我能理解作者的立意，就《茶艺》这个小说，实际上是把喝茶当成日常生活之外的，尤其是婚姻生活之外的一块飞地，一个逃避性的爱好，结尾主人公从仪式性的喝茶回到了喝饮料，这个蛮有意思的。就这个立意而言，小说的完成度还是比较高的。但一些小说常见的问题我觉得没有处理好。

小说分两部分，第一部分写喝茶的起因，主人公日常生活中出现了一些危机，基本上可以算退休将近的综合征。这前史的部分写得比较满，比如主人公升迁的往事跟主题没太大关系，可以裁剪。再一个，我注意到作者这部分几乎全部在用概括性叙述而不是具体描写，这种叙述的交代可以用，但不能满篇都是，应该用语言、动作、细节去写主人公的婚姻生活到底哪个地方出现了问题。平铺直叙不如写个细节，请多观察生活。第二部分开始写茶艺，讲"我"通过茶艺培训和一位女性交往，包含了一个传奇性故事，而这个传奇是有契机和起因的。但这里有一个悖论，作者把茶艺当成一件特别的、需要外在动因推动的事物，但我总觉得生活不应该这样。我们自古就有柴米油盐酱醋茶，茶并非外在于日常生活的不一般的事物，茶应该就是日常生活本身的一部分。那么茶艺这件事里既有它刻意为之的仪式性的一面，同时也包含了自然而然的成分，而不仅仅是传奇。作者其实还可以处理得更复杂一点。

还有一个问题是知识性细节在小说里应该如何写。写一个以茶艺为背景的小说，要有背后社会学意义上细节调查的功夫，这可以增加小说的信息含量。但这许多关于茶和茶艺的知识怎么嵌入文本，有的地方我可以选择不讲，有的地方我可以巧妙地讲，有的地方我可以用一段互文性材料来介绍，笔法是有差异的。为了让知识性的细节同时变得好看，用一些浪漫主义或者传奇的方式来讲授会引人入胜，比如《猎舌师》就牵涉很多厨艺知识，作家用类似"高手比武"的方式来呈现。

再一个，大量的对话都不像对话。尤其是女茶艺师的部分，完全是小资文青的书面语。对话确实难写，要符合人物性格，不能把作者的话直接搬到小说里。要贴着人物写，平时多训练。

关于小说高潮，前面我们说，作者有一个"茶艺"外在推动的假设，那么女茶艺师为什么学习"茶艺"也有一个谜底，但铺垫和揭晓不应该用一问一答这样的方式说出来。要注意自我克制，注意语言的节制、细节的逻辑性这些基本功。我建议作者可以从诗歌开始训练自己的语言。

房伟：写小说要有一定的经验性，作者一定要做一个生活本身的细致观察者，从细致的生活观察出发，才能将自己的体验写得真实鲜活，才能让人家有更强的信任感。

李振：一个写作者如何跳出自己生活经验的边界，去彻彻底底地塑造出一个自己从未经历过的人生？我觉得最重要的就是观察。我们知道作家们喜欢谈一手经验和二手经验。一手经验其实永远是有限的，观察和阅读其实在很大程度上构成了对之后写作的非常重要的积累。阅读不是一种语言的或故事上的体验，而是把阅读或者观察当中的经验逐步内化，来实现自己的再一次构思和构想。

本期实录由苏州大学孟庆宸整理，
首发于《青春》杂志2022年第6期，收入本书时有删改。

茶艺 /顾仁杰

我可以申请提前退休了。同批参加工作的同事们陆续上交了材料。只有我在犹豫，拿着表格没动笔。退休金到手约四千，是现在工资的三分之一或更少。人到这个岁数，对金钱的想法不多，不过是想放下工作，捡起自己的生活。

年初，岳父因病住院。县城医院检查无果，转入省会。最终确诊小细胞癌症，是肺癌中最为凶险的一种。我从单位赶回家中，孩子陪着妻子坐在沙发上。她情绪崩溃，反复喊着岳父。辗转多地，她求来多种靶向药，一天两粒，每粒近千元。她问："你能出多少钱？"我说："钱不是问题，救人要紧。""靠你那点工资吗？"那时，我感觉岳父的病似乎没那么严重。

当我被允许看望岳父的时候，他已经失去了意识。癌细胞的侵袭让他失去了自主呼吸的能力。复杂的腰带紧紧地捆住他的下腹，呼吸机拼命地将氧气塞入他的肺中。妻子还在尝试给岳父喂药，三个月前辛苦代购来的药看上去还是新的。如果没有开封的话，还是留着看看能不能退掉吧。但是这个话我能说吗？我听到妻子的哭泣声，跟前来看望岳父的人说："这才三个月啊，怎么就……"我坐在客厅的角落里度过了漫长的下午。

我说："人反正是没救了，这样拖着也是穷遭罪，还不如早点走。"又挨了几天，她才同意签字。办完丧事后，她就变得茫然了，但只要看见我，就死死地盯着，仿佛是我拔的呼吸机。我在家里实在是坐不住了。

我去找朋友们喝酒，因为心事重重，频繁和朋友干杯。精神已经麻木，酒的味道越来越……恶心。我醉得很厉害,拉着朋友问他,为什么生活会变成这样?

我曾经想过规划自己的退休生活,想过和妻子和解。我想过和她真诚地道歉,宽慰她"这么多年,你为了这个家辛苦了",幻想多年的恩怨能够就此暂时放下。我们之间没有背叛,也没有不可挽回的事故——只有长期的语言暴力在折磨着我们的关系。如今家中最细小的生活细节沟通——我请她随手关灯——都无法达成。

和妻子冷战的日子非常难过,因为家里只有她会做饭,我始终面对着冷锅冷灶。儿子有自己的解决办法,点外卖或者干脆出去和同学吃饭。我时常趁妻子回房间时去冰箱里找找速食:包子、水饺、汤圆。妻子不在的时候,儿子会过来给我点一份外卖。难得聚餐时,我忍不住问他公务员考试准备得如何了。他满脸厌烦,端着外卖回到自己的房间。但我总算是有饭吃了。

老同学在人社局工作,看到单位组织了技能兴趣班,过来询问我的想法。课程主要有烘焙、茶艺和插花等。老同学喝茶十余年,自称"业余",来了兴致想要学习茶艺。成班尚缺一人,我欣然同意,权当每个周末出去散散心。

授课老师是评茶师。她是本地人,姓时,单名一个韵字,三十来岁。身材娇小,在女伴中并不显眼。面容清秀,是茶汤浸润而出的江南气质。初次上课时值细雨绵绵,竟有难以触碰到的诗意。看着她从容地布置茶席,我很喜欢。

课程设置在每周日,上午讲授茶知识和茶艺的基本规范,下午品茶。她很愿意跟我们分享自己收藏的茶叶。漫漫下午时光,我们会细细地品上三四种相似而不全然一致的茶叶。时老师委托我带些点心来。我喜食凤梨酥,但容易冲淡茶叶的本味,并且吃凤梨酥时的相貌大约是不雅观的。时老师笑了我很多次,可我还是愿意吃这个。

　　她觉得学习茶艺的方式应是逐一品过。洞庭碧螺春是本地特产，我们即从此喝起。很喜欢看她泡茶时轻柔的身姿，我根本学不来，入门的"凤凰三点头"也被我搞得一团糟。我只能默默欣赏时老师的纤手一抬一落。早春的碧螺春，外形条索纤细，卷曲如螺，色泽银绿隐翠。看见茶叶在杯中沉浮，颇为有趣，时常愣出神。

　　品茶的时光总是怡然自得。我们身处楼宇之间，茶叶并不能改变现实环境，但可以偷换彼此的心境。更换新品种的茶叶时，她会细细地讲述茶叶的产地、由来和最好的出汤方式。时老师也是个活泼好动的女孩——在我的眼里她还是女孩。品茶的时间，她往往会走下来坐在我们中间。她会直接问我，这款茶好不好喝。我还故作严肃，谈入口的感受，谈似有些不足的回味。她就直接打断，只想知道好不好喝。那我只得说不好喝。从她的脸色来看，这应该是想要得到的答案。上午的课程，她教我们如何分辨茶叶的味道，会告诉我们可以用哪些词汇来形容茶的风味。想起她严肃地说"香气清新高锐"，或者是"滋味醇厚，汤色金黄"，真是有趣。

　　在学习的过程中，我们发现时老师是素食者。比较奇怪的事情在于，从早上九点到下午四点，每分钟她都愿意和我们一起分享生活的趣味，唯独中午例外。我们所能够做的十分有限，就是尊重她的选择。

　　课程结束之后，我们之间就没有联系了。像是青春懵懂时的无知，我不知道应该说些什么。若是关于茶叶，恐怕她是没有兴趣和我交流的，我还是没有喝出茶里包含的意蕴。跟她交流茶叶之外的事情，又仿佛离题太远，用意不明。不知道有什么方式可以找回上课时的那种感觉，就是人与人之间最朴素的那种沟通。

　　喝茶的习惯被我保留了下来。我不敢在家里铺开喝茶的器具，也不敢在家里收藏稍有些名贵的茶叶。在领导的默许下，单位成为我喝茶最好的地方。领导知悉我业余学习了茶艺，还有证书，爽快地邀请我去他家喝茶。我和领导讲起了正山小种，讲起了洞庭碧螺春，感受到了如数家珍的快感。和领导熟悉起来，言谈之间也就免不了提起过往的职位调动。他很好奇其中的因果，而我却一时语塞。我不愿意把罪责都归结于妻子，归结于家庭，但这又好像是事实。他把自己的妻子支走，和我继续喝茶。像是喝酒，杯杯入口；也不像喝酒，安静得似是无人。临走时，他拍了拍我的肩膀，夸我最近工作很不错。

半年以后，时韵邀请我去安徽宏村采购茶叶。她在当地有许多熟识的茶厂老板，每年春秋两季茶叶上市，都会择机前去购买最好的茶叶，顺便在那个景色宜人的地方放松放松。为避免误会，她强调会有多人同行，可以自由行动。我说，我想继续上她的茶艺课。她说："那很好呀！"

九月初我们一行数人到达宏村，在热闹的古村落里穿梭。顺着溪水穿越了村落，我们缓步上山，在半山腰抵达住处。这民宿由古旧的雕花楼改造而来，一进二进门窗上的雕花都被很好地保存下来。据民宿主人说，宏村中心的雕花楼雕工更加细致，人物更加生动，但是后来遭受了比较严重的破坏。相比之下，倒是这偏安一隅的小楼更具整体的美感。

两进院落的侧边有小花园。居于中心的是一座古朴的亭子，前方是正方形的池塘。民宿主人精心养护的几条鲤鱼自由来回。他和我们说，曾有女孩带着自己的猫咪来玩，住在这里一连几天。临走时不知是什么缘故，女孩的心情变得极差，就把猫留下了。老板随手一指，我们才发现亭子旁边的树丛里，还有一只橘猫，它好像也在欢迎我们。时韵很喜欢这样的场景，叫我快去休息，明天早上来亭子里喝茶。

我有些贪睡，醒来的时候，她已经在亭子里玩了。她蹲在地上逗小猫咪，甚至直接坐在地上，把它搂在怀里玩。我下去的时候，她拿出一盘当地特色的霉干菜饼，有比脸还大的，也有小小圆圆的。我笑她，这霉干菜味道这么重，喝茶还有味道吗？她不想睬我，愤愤地说就是喜欢吃这个。整个早上我们就坐在亭子里喝茶，顺便看她一个又一个地吃霉干菜饼。作为回击，她逐一拷问我茶叶的特性以及具体产地。她把茶叶装好，往我面前一推，让我来泡。我自然只能推托。她俨然以高中老师的面貌敲打我："上课的时候，在想些什么呢！"

喝茶已毕，我们就在村落中散步。宏村的溪水从山上流出，分流到各家门口，徐徐流过。我们就沿着溪水向下走。古村落在中国并不少见，家乡的周庄、同里还有甪直都很有名，只是过多的商业元素影响了村落的生态，就有一种不自然的感觉。宏村则不然。我们散步的时候，碰上许多美院的学生来写生。沿着小路排开，用黑色线条勾勒映射到他们眼中的景色。沿路走过去相当于把景色看了数十遍。我喜欢这种感觉。

小路两侧的居民主要是闲散的老人，他们搬出家里炒茶的铁锅，在门口现场制茶。当地炒茶并不用任何工具，而是直接用手在锅中翻炒。她很有兴趣，征得老奶奶的同意后，自己动手翻炒起来。我问烫不烫，她却直接抓了我的手埋进茶叶里。品茶的手也有了制茶的温度，很奇妙的感觉。路边的毛豆腐，十块钱一份，入口绵密，有腐烂食物的触感。为了掩盖气味，辣味、酱味压得很重。我难以接受，她就能吧嗒吧嗒全部吃掉。她什么都想试试。

站在宏村的任何地点向外看去，都是绵延的群山，渐变的青绿色浓妆淡抹。当我感觉到身心自然放松时，就会想是什么因素触发的。我坐在茶厂门口的石头上，若有所思。回头看她在认真挑选茶叶，现在倒是恢复了几分上课时的严肃，不像是刚刚顽皮的样子。她从工厂里出来，问我要不要再买点茶叶带回去。工厂经理随行而出，期待我会报出更大的数字。但我不行，没有这么多钱，也根本没有地方存放。她让经理在原先的量上增加四分之一。她说："那我就多买一些，你想喝的时候，单独找我要吧。"

晚上回到民宿时，感觉到这一天是充实的。吃过晚饭，她迫不及待泡上今天新购买的茶叶。我记得她曾经说过，有很多水平更高的茶艺师会推荐睡觉前喝茶，但是她接受不了，因为喝了就会难以入睡。我也试过，那个夜晚看着星星清醒异常。静谧的夜晚不入睡，仿佛在白天的十二小时外，又抢下了稀少的时光。既然喝茶注定要晚睡，我就拿起茶杯走到外面，坐在溪水长流的岸边，对着夜色中矗立的群山。五十五岁，青春年华不复存在，老年生活才刚开始。至少有二十，或者三十年时间我需要独自面对。

坐在外面很舒服。不算很久，她也来到外边，就坐在我的身边。我们靠得不算很近。是我主动交谈起来，片刻的感觉很梦幻。她就像是突然变成了多年的知心老友，对我知根知底。

我说出了与妻子之间的矛盾，尝试获得理解。"我不想回去，我也不知道回去了该做些什么，该说些什么。"

"至少你还可以去找她。是吧？"她说，"我和丈夫的情况比你们复杂得多。"

"所以你选择了喝茶是吗？"

"那倒不是。喝茶是因为我的父亲。他是个文人，热爱写作、书法还有绘画，是个有趣的老头。"提到自己的父亲，她却哽咽了，"是他喜欢喝茶，从小带着我，也就养成了习惯。我原先也有固定工作。可能还是因为喜欢吧，就辞职了，专职做茶叶相关的工作。我在培训机构上课，也会自己收购茶叶出售，包括泡茶的用具。"

"没有想过单独开茶室吗？"

"我有想过的呀。最好是上下两层的，楼下是店铺，可以售卖茶叶和各种器具。楼上就按照我的想法设计茶室。如果可以的话，我还想隔出一间小小的书房。"

"你会觉得，喝茶可以帮你逃避一些什么吗？"

我对于茶始终有误解，认为修身养性地品茶，能够改变自己的生活。事实上，养成喝茶的习惯都很困难，有的时候甚至是累赘。我不能放弃喝茶，否则前功尽弃，可是又缺乏动力，与茶共处的时光，并不会让我感觉到什么。

"我也会怀疑。我父亲时常会说，人的一生要有稳定的兴趣爱好。它会让你的生活充实起来，会帮助你克服生活中的困难。但我觉得并不是这样的。我始终热爱喝茶，但已经不会抱有什么期待。它就是生活的一部分，仅此而已。"

她给我倒满茶水，接着说："毕竟如果它可以有那么大的效果，我也不必坚持素食了。素食会让我的身体产生变化，会感觉到自己真实存在。"

"所以你为什么坚持素食呢？"

"我的孩子出事了，所以坚持吃素。"

"你愿意和我讲讲吗？"我确实挺想知道。她沉默了几分钟，我侧过身来，面对着她。她还是看着远处的群山。

"我的父亲是一个好人，是一个全家都喜欢的好人。那天他带着我的孩子出去，是骑电瓶车的。回来的时候为了方便，逆行了一段路，撞上了对面的电瓶车。本来还不太严重，但是后排的孩子因为惯性甩出去的时候，眼睛重重地砸在了路边花坛上。送到医院的时候，两只眼睛都没有能……"

我有些不知所措。

"我的丈夫没办法接受现实。他跟我说不可能在这个家继续待下去了。我们可以不离婚，孩子住院、后续康复乃至上特殊学校他都负责，但就是一定要离开家里，哪怕我的父亲回老家也不行。他甚至不想看见我。我的父亲也不能接受现实。如果哪天他选择结束自己的生命，我不会觉得意外。"

"你的孩子现在是？"

"孩子状态也不好。他是看过蓝天、看过白云的人啊。他是会说话、能听见、会写字的孩子啊。把他送到特殊学校之后，他就经常说，妈妈那里太安静了，安静得可怕。他们都不说话。"

我示意她喝口茶再说。

"因为好多同学只能用手语。我怎么和他解释这一切呢。我自己都没有体验过的事情,更不可能安慰他了。"

这也是我的问题,从没有体验过这样巨大的痛苦,也就不知道怎么安慰她。安慰也可能根本就是无用的。我只好坐在那里默默地等着,等着溪水流干,等着密云散尽,等着高山消失在远方。

"我只好逃出来,当然任何事都没有因此改变。早晨起来喝再多的茶,以往的感觉也一去不复返了。"

"你要坚强一点,生活还在继续。"

"不是的。我很清楚,生活已经彻底改变了。我注定是一个盲人孩子的母亲了,注定是一个破碎家庭的受害者。从孩子摔下电瓶车的那刻起,我的生活就彻底逆转了。再也不可能回去了。所以我开始坚持吃素。既然生活已经变化,我也不能是从前的自己。"

"所以坚持吃素,有意义吗?"

"没有。"

我们的对话就到此为止,也没有进行下去的必要了。回到民宿,我听到她的手机响了。我站在门外,静静地听了一会儿。接通电话后不久,她就泣不成声。只能从断续的对话里听到一些:大概是孩子因为双眼难受,在家里闹到半夜都不肯睡觉,哭着喊着要妈妈。挂掉电话后,哭声并没有任何减弱的痕迹。我站在门外徘徊,想着自己是不是需要做些什么,可以放任她这么哭吗?

我推开房门走到她的身边,不知道应该说些什么。我就静静地坐着,递递纸巾,打扫地面,轻声劝慰几句。她可能已经暂时失去了意识,甚至不顾我在身前,多少有些失态。时间过去了很久,哭声起起伏伏。我是透明的人,在房间里无关紧要。夜晚慢慢走到尽头,这样下去不合适,不管明天的行程是否继续都要早点休息。我没有太多其他的办法,尝试轻轻地抱了她一下。她立即推开了我，擦了擦眼泪。

清晨起来，我们收拾物品准备返程。天光尚未铺开，我们沿着来时的小路走着，村口的桥隐匿在雾中。我走在队伍的最后。站在桥上，总感觉什么都结束了。至此一别，恐怕再也不会有合理的理由去找她。

所幸回家之后和她尚有断续的联系。我没敢问孩子的事情，也没有勇气询问她的境况。相反，她更加开朗大方，询问我能不能找到合适的出租店铺。她想把设想化为现实。我们一起出去看了几个她心仪的地址。

回到家中，我开始在网络上学习如何做饭。从最简单的香菇青菜开始，折腾了很久才意识到煸炒香菇的时候，放一些酱油才能提起香味。肉丝炒西芹，这是妻子手艺里我很喜欢的一道菜。耗费良久，才意识到肉丝也要浸泡料酒去腥，才不至于毁掉一道菜。我都是偷偷摸摸做这些的。再后来逐渐熟悉如何炖汤，从拆解一只完整的鸡，到焯水、放凉、煸炒，再到大火煮沸逼出汤色，转为小火慢炖。也是在烧饭的疲惫之中，我忽然发现了一些喝茶的意义。烧饭之前泡壶好茶，随时间慢慢降温。烧洗完毕，一饮而尽，似乎比饮料有更多爽口的感觉。

后来我尝试为妻子和儿子做一顿丰盛的晚餐。至少在食物面前，妻子的戒备心是放下了。我不清楚事后他们会如何讨论这件事情，或许会为我的行为找出某种奇怪的动机。我不是很确定自己能改变多少，能不能有机会再和儿子沟通。这次我是聆听者，不发表意见，不评论对错，单纯地了解孩子的境况。可又担心自己会忍不住，脆弱的联系尚在建立，一有风吹草动就会消失。

我专门挑选了一个周末，亲手泡拿手的茶叶给妻子喝。棕黄色的茶汤在阳光下熠熠生辉。我略显突兀地告诉她最近去学茶了。看她没有明显的抗拒心理，我试着多说了一些自己的感悟。妻子似乎被激发出一些兴趣。顺着话题我说出了退休生活的设想，试着得到妻子的认可。可惜这种交流并没有得到想要的结果。妻子还是倾向于隐藏自己的真实想法，可以听我诉说，但是不想把想法表达出来。和妻子沟通之后，我意识到任何试图和解的行为，可能都是徒劳无功的。

喝茶的习惯在生活的惯性中渐渐消弭了。还是在上茶艺培训课的地方，我又尝试了些其他课程，最主要的就是烘焙。半年多的时间，我就能够熟练地制作蛋糕、饼干等了。谁能想到，做饭居然会成为我的兴趣。早晨醒来后，我就会期待一天的三餐，期待自己能够做出些新奇的菜式。寒暑假长期在家的儿子，因为吃饭这件小事，逐渐和我熟络起来。我开始谨慎地期待，也许最后能够修复和儿子的关系。

生活就这样过去了一年。依旧是立秋时节，时韵发来信息。她的茶馆预备开业了，邀请我去参加典礼，茶友之间继续喝喝茶。她说："好久没有联系了，我并不是故意的。"仿佛是我有些故意遗忘她。

茶馆装修花了很多心思，江南水城文化在僻静的茶馆中再现了。典雅的铺面与园林式的装修，模糊了生活的界限。走上二楼，她已经在座位上等候了，茶叶也已经泡好。

我们互相寒暄。我以为会有些尴尬，因为不太知道可以说些什么。祝贺恭喜的话显得过分庸俗。反而是她先开口了："我最近状态很不错。茶馆开业，感觉人生中一件很重大的事情完成了。也许我一直都在期待这间茶馆，但是从没有意识到。所以我也想清楚了很多事情。"

"如果不介意的话，中午陪我去吃碗焖肉面吧，都快成为年少时的记忆了。"她轻轻地递给我一碗茶，"喝完这杯茶我们就去。"

我推开茶杯，说："既然如此，这杯茶我就不喝了。想必你不会介意我在吃面的时候，多点一瓶汽水吧！"

本文为毕飞宇工作室第23期小说沙龙讨论作品修改稿，
首发于《青春》杂志2022年第6期。

第24期：想象落地，变调突破

乔叶：这篇小说的突出优点是语言很好。我在读第一段时就蛮惊喜的，没有一句废话，节奏感、韵律感、张力感都很在线。非常简洁干净，同时又有弹性，可见作者的天赋和才华。再就是对于风土人情的书写带来的美妙的陌生感，如写到打野鸡，主人公"我"问那个人怎么打野鸡，那个人就教她说拿尖尖的树枝走到屋子后面，想要吃什么你就念什么，还有把树枝插在泥地里，怎么样安安静静地等，这些情节很迷人。作者的想象力也很奇崛，如结尾的时候在山的海中坐木舟航行，很有魅力。

问题当然也有，比如题目太大了。大题目当然有大空间，却也容易空旷，容易大而无当。怎么把握这个"当"的分寸很微妙。比如迟子建的小说《世界上所有的夜晚》虽然也是大题目，主语却是"夜晚"，是一个时间指向，就有一种虚幻的美感。另外，在文本中实践想象力也有一种风险。想象力如同飞机，你可以飞得很高，前提是要有合适的机场可以安全降落。这篇小说在让读者信服的逻辑合理性上，可能做得还不太够。

还有里面的女性故事，我不清楚作者有着怎样的素材积累，虽然在大方向上能感知到深切的情义，但读起来还是觉得夹生，这可能是因为作者对素材消化得还不太够。我们容易被素材触动，但素材毕竟是素材，被吞食下去后还需要再做足够的转化酝酿，使其充分生根发芽，再以另外的面貌生长呈现。这个小说里的夹生成分还是有些明显，不过没关系，作者还很年轻，一切都有可能。

弋舟：吸引我的首先是语言。以第一段为例，它是没有主语的，叙述者把自己隐去，我们却能感受到他的存在。通篇读下来，"人的脚就是刀子，要找准山的开口一鼓作气地切下去"，这样的好句子俯拾皆是。但是，文章里的确又存在硌眼睛的句子，作者想有点小戏谑，让文风更活泼一些，然而过度了，就会显得油滑令人生厌。

对这篇小说我有个基本的判断：弱故事，强意象，强语言，强氛围。这样的小说显得特别高级，正是我们心目中那种所谓的"纯文学"。整体上些微存在着现实逻辑的破绽。小说充满了巫术般的气韵，迷离惝恍，但警察这个角色的介入，难免让人产生对于现实逻辑的要求，因为这个职业本身就带有强烈的现实感。怎么解决呢？可以看看卡夫卡。《城堡》《审判》都出现了强现实的法务角色，但对于卡夫卡我们却不会纠缠现实的逻辑。这篇小说是不是也可以弱化"英姿飒爽的女警"，以"法务工作者"这个更为抽象的身份来阐释？"法务工作者"本身就是一个意象，蕴含着我们对于法学伦理的思辨。用一个抽象的符号来定义主人公，这篇小说的文学性会更强。

我会对这样的作品多多少少心生嫉妒，因为我写不了。这种小说对作者的现实经验要求特别高，云贵高原山地的风物不是凭书本知识就可以获得的。这种特点鲜明的小说也会有风险，因为容易惊艳，不免就会给写作者带来路径依赖。所以，我给这位同行的建议是：要有另辟蹊径的自觉，有意训练自己的另外一套笔墨。

张莉：首先，这部小说在语言上拽住了我，它十分有趣，生动跳跃，同时内部存在着违和。但我恰恰觉得"语言的违和"本身，就是这个小说的调性，它并不完全属于那种日常化、地方性的写作，叙述语言中不那么抒情、诗意的笔调，有着文本所能荡开、抵达得更远的东西。事实上，我们今天之所以能来讨论这部小说，就基于它的文学性。

其次，这部小说显然是一个关于女性命运思考的作品，但它跟我们熟悉的女性写作很不一样，并不是赤裸裸地向我们展示女性所遭受的伤害，没有哭号，也没有宣泄，而是非常隐秘地写下了那些伤害。她用另外一种写作，让我们感受到惊心动魄。这部小说里的几个故事，写的都是一位女性与一个男人的交往，而那些故事是被他人讲述的。正如那个出走的很飒的副厂长女性、突然消失的大山里的女性等，在这种简化的"被讲述"中，它吸引我们按照日常经验，重新还原、拼凑一个完整的故事，这些字里行间所流露出的错综复杂、矛盾百出，为我们昭示了男女关系中暴力的存在，这些蛮荒的、民间的暴力被作者写了下来。

当然，这部小说是一个好的胚胎。但我觉得它完成度还不够好，如果说小说要走三个台阶，那么这部小说现在走了两个半。整个故事的铺叙很充分，填海作为核心意象的象征意味，以及叙述时虚实结合的笔调，我都很欣赏。但我也明显地感觉到作者就差那么一点点，才能最终翻转我们的认识。

本期实录由北京师范大学张高峰整理，
首发于《青春》杂志2022年第7期，收入本书时有删改。

填海的女人 /焦典

没得人讲话，噼啪噼啪，柴火跟洋芋皮鱼死网破的声音。各自闷头啃洋芋，呼呼吹，外面凉了里面还是烫得很，舌头又麻一小块。

过了一会儿，李猴儿抬头说："我想起来了，她是往打浪那边去了。"

"打浪在哪里？"我问他。

"你不晓得打浪？好大的，从村子那边过去，翻过一座山就是。你小时候在这边，没去捡过菌子？"

我笑笑，继续啃洋芋。洋芋，标准点喊土豆，再标准点喊马铃薯。生在云南的山沟沟里，焖煮炸炒，都是洋芋，麻辣香咸，还是洋芋。考个学校走出去，蒲公英似的，追风逐日扎不了根，还是飘回来啃洋芋。

家门口当个社工，东家猫跳墙，西家偷窥狂。电话比冰雹砸得密，一颗一颗，让人提心吊胆。其实比谁都上心，想除暴安良是真的。既如此，好不容易撞上个事儿就不能放。拿出心气儿，迈开腿，一定追到那位四十多岁还玩离家出走搞失踪的叛逆老姐姐。

用手掰两半，又抓一把辣椒粉满满地撒了。山里的舌头，不嫌烫，三口吃个精光。李猴儿伸手还想给我拿一个，我摆摆手："不吃了，再过会儿天更黑了。"

我走出去几步，李猴儿又追上来，说："我记得你老外公，天天爱去小卖部打麻将，把你老外婆都气跑了，现在他个还在打？"

"他去世了，前年。"

李猴儿小声讲了一句很偏的方言，我没听清，问他："你讲哪样？"

他跟我道别，微微驼着背，皱着眉，一副比我还着急的样子："莫耽误你找人啦，小心得点，受伤么屋里头难过。"

我心里受用，跟他讲不怕得，已经报过案，警察马上就会来的。

最后他还告诉我，不是翻过一座山，而是要翻过两座，或者是三座。

我知道，山的数目是不要紧的，最关键的是别迷路，要顺着山的纹理走，有时它会在一棵树的年轮上显现，有时则是一只蝴蝶翅膀的花纹或者是一块石头的朝向。就像打开一只蚌取珍珠，人的脚就是刀子，要找准山的开口一鼓作气地切下去，不能迟疑或者畏惧。否则山就会紧紧闭合，像一个核桃，沟壑纵横，永远把你困在里面，再也走不出来。

李猴儿告诉我诀窍，不能一直低着头看地上的路，要抬头往上看。"看天上的路，云的流向，山里人从小都会的嘛，出去了几年么，再怎么也还是云南女娃娃，不会走错掉。"

我的老乡告诉我的就是这些。听完我又喝了半瓶水，把顽固的洋芋顺下去。喉咙通畅，肚中踏实，正适合出发。进山，有路可走直须走。先是盘山公路，一段段，谈恋爱的心思似的，百转千回弯弯绕，已经尽可能减缓坡度，还是陡。走路的把背高高拱起，走油的一脚油门得踩到底，最危险的，刚轰隆隆冲上顶，接着就是一个大折弯，横刀夺命，连人带车冲下山。李猴儿说得没错，再怎么我也是云南人，不怕得。不认得路，但骨子里有一种向山里野果子学来的技术，一根细细的枝吊着，在轻与重、生与涩、坠落与腾起之间维持一种恰到好处的平衡，一路也还算顺畅。

再往前走就没大路了，剩下的全是天然泥巴路，碎石头垫个百八十米，做个过渡。我小心地寻了个山路凹处，把车板板正正地停进去。侧方有树荫遮蔽，不至于等我回来时如进蒸笼，把自己蒸成白面馒头。后视镜也收起来，公家的车，免得擦碰，越不是自己的东西越要爱惜，不能养成小人习气。

脚一落地，使劲踩两下，把懒洋洋睡在土里的山野气压出来，气息顺着小腿往上升，整个人都精神些。我弯腰习惯性地检查鞋带，依旧紧实整齐。我会跨过山沟沟和水湾湾，再踩扁毒菌子和百脚虫，我会不辞辛苦深入大山克服所有艰难险阻，我会不负众望找回我亲爱的女同胞，我会证明一个普普通通的社区工作者也可以是女英雄，我会……我会的。

不走山路，直接往上爬。虽然数日不曾落雨，但土壤松软，后跟一踩一个小小的坑，这是山岭富含水分的表现。人家说山其实是海底的褶皱，看来是真的。在海水里泡了上亿年，即使露出来晒了这么久，还是饱满湿润。

不小心脚底打滑，慌忙拽住蔓生的杂草。抓到根浅的，连人带草摔一屁股蹲儿。根扎得深的，草叶子都快被拽断了，还是紧紧抱着土不放松。人屁股没事，手划道血印子，被野草咬的。走了还听野草在那儿骂呢："哪儿来的瞎眼两脚动物！我长这么高容易嘛！"我很不好意思，赶紧加把力气往上爬。

过了半道岭，前面隐约有一开阔处，一扇锈迹斑斑的大铁门，隔开灰黄与墨绿。旁边挂一白底黑字长门牌，"国……西南……水机……"字本来有些脱色，枝叶又绿得实在浓，隐隐约约只捡着几个字。赶着爬了大半天山，实在有些渴了，想进去问问嫌疑人行踪，顺便讨口水喝。

抬脚一迈步，咔嗒一声，清清脆脆。不是枯叶子、干树枝，披风沐雨真实活过的东西，生前柔软，死了也留一口软软的叹息，我听得到。

这声音生冷艰涩，是金属在活动。紧张得牙齿根发酸，嘴唇一下子失去了水分，毛刺刺地划舌头。之前新闻里看到过的，一个人拿着医院证明去派出所，被地雷炸过两次，体内六十多块弹片，每年去医院取六片。后来说要自费，索性不取了，一坐大巴、火车，安检"嘀嘀"响警报，被抓好几回。之前跟着组织去走访调研过，我估计脚下的这颗是压发雷，炸开来没有弹片，踩中的人没有腿。这里本不在边境线上，也许是当时有散兵流窜到了这里？谁知道呢。我把手机从裤袋里摸出来，山石密林遮蔽了信号，人生和电影总是有相同的套路。一动不敢动地站了一会儿，腿开始痒痒地发麻，很想大声地哭。

树叶子不规律地响两声，长出一个老人。说是长，实在是因为他走得太慢了，从树后慢慢露出左手，又慢慢探出脑袋，慢慢地朝这边看。我有些恼怒，就像在河里呛水的人，生死攸关的时候，看见岸边有人正坐在小板凳上凝神静气地钓鱼。

我不是很客气地喊："快点去打电话报警！"

老人看出来："没踩到地雷，是山鱼雷，我埋的，不会炸。"

我犹豫地挪开那条早已肿成炮弹的右腿，什么都没有发生。四下里只有风吹虫鸣和我如释重负的喘息。

半是掩饰尴尬，半是好奇，我问他，什么是山鱼雷？他说，在水里用的是水鱼雷，在土里用的就是山鱼雷。山鱼雷特制的钻头能破土穿石，在土壤里自航、制导，直到完成攻击。可以把它理解为一种鱼，能在山石土层里游动的那种。我大为惊叹，没想到在这偏僻的深山里，科技已经进步到这种程度。不过他接着又说，山鱼雷不是很稳定，有时候如期抵达，有时候又半路溜走，游到不知道哪棵树下，藏在交错的根脉里。

说话间，他引我走到了那扇铁门前。站得近了，那些字也没什么法子再遮掩了，门牌上写"国营西南云水机械厂"。和现在的电脑字体不同，这牌子上的字似乎是手写的，蚕头燕尾，一波三折，想显示厂子的端庄威严。笔画间细微处又有点牵丝连带，故意透着写字人藏起来的那么点潇洒恣意。进门四方围着厂房，占地实在不算小，但看来都荒废很久了。还有个三层小楼，窗户上红纸贴着"职工活动室"，零星几块彩色墙皮尚未剥落，撑着当年热闹的面子。

老人带我走上三楼，拿出条凳给我坐下。从这里的窗户看出去，团团的山好像在流动起伏，也许是流动的云造成的错觉。没待一会儿，老人就起开一罐红烧猪肘罐头，绿皮军供款，上写"东坡肘子"。"坐得吃点饭再走嘛，再往里面么走半天见不着一家人了。"静下来才发现这老人实在有些瘦，皮肤、头发都枯得有些年头。老人先发问："你是镇上来的吧？"我拍拍工作证："货真价实考上的。"老人又问："来这山旮旯里干哪样？"我说："帮人找老婆，从家里跑了。"

然后老人说，他也要找人。

有时候，名字好像真有几分命定的玄机。汉字不是单纯的撇捺勾横，盯着往深处看，总能看见世物。说是象形字的特点，也是一方面。"云水机械厂"，"云水"二字就早已昭示出最终的命运。云波诡谲，水波荡漾，美则美矣，但都不是长久之物，流动易散。当年很是显赫过一阵子，在那个年月一口气投了两千多万建成，是三线配套的兵工厂，专门生产鱼雷。方圆几里外就有守卫，闲人一概免进，俨然一世外桃源。那些风光的日子还是发着亮的，像一个老核桃，越是难挨，越是委屈，手里捏得越紧，磨得越勤。日积月累，也攒下了一层厚重的包浆，风吹雨淋都不能把它摧毁。时不时拿出来把玩一番，想想曾经的快活时光，也能憋口气继续活下去。还记得他女儿刚上任技术副厂长那天，他在贺喜祝酒声中坐到天光大亮。那背后有多少咬牙眼红、闲言满天、鸡毛遍地全与他无关，培养出一个工程师女儿，这就是实力，这就是境界。

可惜时间支流纵横，岔路绵密，人站在时间里是看不清流向的。越是努力干活，全部人加班加点，厂子越是一天天衰败下去。这其中的缘由脉络，直到今天也没捋清楚。人说啦，那女的没当副厂长以前怎么好好的？工人阶级是领头羊，嫁人就要嫁工人。现在怎么变卦了？一定是她，天天组织什么文娱班，一群女人在那里拉手风琴。拉拉拉，把厂子拉倒了吧。嗐，反正就是有女人怪有女人，没女人怪没女人，古往今来都是这个鬼样子。只记得那段时间女儿经常半夜出门，不放心，偷偷摸摸在屁股后面跟着。倒是啥也不干，就在树下面"鲸、鲸"地叫。终于回头撞上，颤颤巍巍地问："干啥呢，我姑娘？"

那边女儿说，学外语呢："jingle、jingling（叮当声）……"

倒是好，没有精神上的毛病就好。

终于到了撤厂的那天，头脑灵活的早已在别处另谋了生机，气象更新。剩下他这样呆板的，事到临头也只好认命。老老实实地拿了工龄钱走掉了也好啊，不偏不倚轮到自己守夜时丢了一台车床。那么大、那么重的东西，在夜里好像蝴蝶一样，轻轻一扑，就消失了。

军工厂的机床，不仅是钱的问题。上面派人来查，自己颤颤巍巍把那晚上干了什么翻来覆去说了好几遍，连半夜尿尿的颜色比较黄，感觉自己有些上火都说了，还是只得到了一个嘴巴。那人比自己年轻好多吧，要是农村里结婚结得早，自己都可以当他爹了，这样一想，脸上更疼。

女儿不知道啥时候来了，指着那人脑袋说："你再打我爹一下试试？"

"你算什么东西。"又一个巴掌落脸上，脑壳嗡嗡响，鼻涕眼泪都被打出来了，"你和你爹赶紧交代，再狡辩，我连你一起打。"

从没见女儿那种神情，每一根头发丝都在冒火，对着那人，当胸一脚，踢了个嘴啃泥。

对面的人从地上爬起来，解衣唾手，左手猿飞，右手鸟落，腾跃移时，挥拳要打，又被一个闪躲，一脚踢在裆下。

后来厂里让女儿给人家道歉赔罪，女儿摇头不干："我没错，为什么要道歉。"

人家说，我们厂有你和你爹真是背时啦。一个小偷，一个母夜叉，两个背时鬼。

这世道，真是千变万化。

吃完饭，老人又给我倒了茶水："喝点茶，漱漱嘴。"

我盯着手里的搪瓷杯，里面几缕茶叶若无其事地旋转着，慢慢渗出红褐色的茶汁，大概是普洱。我问他："那后来呢？"他说："后来有个人说，之前看见有大车鬼鬼祟祟往山里开，防水布罩着，看不出装了什么东西。姑娘就进山了，她说她会把东西找回来。"

"你没有和她一起去吗？"

老人的脸尴尬地抽搐了一下，如果有面镜子，我想我也会在自己的脸上看见同样的表情。现在问这种话，仿佛在指责他这位父亲是那么不称职。

老人说："那时候我已经和现在一样老了。我走不动也没有心力再去走了。我想，实在找不到就把我抓起来吧，反正出了这厂子我也不知道可以去哪里。姑娘临走前说，她不是背时鬼，厂子垮了不是她的错。我告诉她，当然不是，她是万里挑一的工程研究生，是工厂最红火那几年的大领导，是我活着最大的盼头。"

茶水喝下去半杯，果然是普洱，茶汤滋味浓厚。我从小肠胃不好，工作后更是如此，饭后喝一点普洱，顿感冷冰冰的胃得到了柔软的安抚。我点点头，半是对老人说的话，半是对这茶："当然，当然，那个年代的研究生，绝对是人中龙凤。那最后她找到了吗？"

老人摇摇头："那天之后就再也没见她了。她是我姑娘，我最了解。从小无论做什么事，不到最后她不会放弃。等她证明了我们爷俩的清白，她一定会回来的。所以啊，我就在这儿守着这山门，等她回来了，我还给她做红烧猪蹄吃。我晓得你是好人，你们这些社工最讲良心了，你一定要帮我找到她，告诉她，她爹一直在这儿等着她呢。"

那才咽下去的爽滑的猪蹄筋，好像又噎在了嗓子里，我拍拍胸口："您放心吧，我进山以后一定帮您找，活要见人，死……嗨呀，那是不可能的，哪个云南人会在自己住的山里面死掉嘛。是什么情况，我出来就告诉你。"说完，我把剩下的半杯茶一饮而尽。

我从未来过这座山，或者小时候曾经来过，但那到处都似曾相识的树木与青苔石，早已在脑海中模糊成一团面目全非的绿色墨迹。我沿着大概是被进山捡菌子的人踩出的毛毛路继续前进，心里充满莫名的英雄般的使命感。我既不担忧迷路，也不害怕野物，当我不知道接下来往哪里走的时候，我就抬头看天。我的运气不错，今天太阳没有把云全部烤化。天上有许多云，它们的轨迹与形态就是地上的道路与预言。

比如你看到团团的绵羊毛洒落一地，像是天上发疯了的牧羊人把他的羊全都剃成了裸体，那你就要小心，今晚雷暴将至。比如天上常常预演战争，云间时常鲜红一片，血流成河。那地面上的生灵，也将在不远的将来爆发同样惨烈的争斗。涿鹿之战、长平之战、巨鹿之战、昆阳之战、牧野之战……这些历史中举足轻重的著名战役，早在天上的云里就已经演练出了结局，扣上了文明那颗关键的纽扣。只是人们不常抬头看云，错过了流向的预兆。否则曹操早已在某个漫不经心的下午，在天边火烧云的壮烈景色之中，看见赤壁之下遮天蔽日的浓烟烈火，看见自己那十余万伤病致死的士卒残影。

我把手高高地伸向天空，测量云朵的大小。如果"羊毛"跟我的拳头一样大，那它们就会柔软地膨起自己的顶部，在白日里慢慢生长，并且在傍晚安静地融化。不过现在它们只有我的拇指那么大，是高积云，晚些时候是要有雷暴雨没错了。为了躲避雨水与雷电威压下森林的极度危险，我不得不加快了脚步。

慌张不出意外地让我丢失了前行的方向，此刻再抬头，天空的纹路已经消弭，只剩下一片低低的黑灰色，仿佛海上漂浮的惑人迷雾。想问杉松苞树，路怎么走，杉树挺腰，树枝吹口哨，装无知不良少年。或者问米泡果儿，哪里可以一避，红红白白的脸，头低到草棵子里，做害羞淳朴少女。实在无招了，站在一尖尖石头角下喊："有没有人啊？有老乡没得？"

小小的石头壁长久地反射回声："有老乡没得……乡没得……没得……"自己的声音突然让我觉得有点羞耻，太蠢了，在这里像个山里走失的小孩子一样大喊大叫。

但很快有人朝我走过来，在蓬勃生长至大腿高处的杂草丛中轻松穿行。他神情平静地看了我一眼，招呼我跟他走。看来小孩子的方法是最有用的，小孩天生就知道怎样才能最快速地获得这世界上的帮助与善意。

屋里清爽，不似普通山里民居。吸一口气，感觉自己像被大山夹在了胳肢窝里。这家味道爽朗，四处无尘，角落放一簸箕地枇杷，正在缓慢熟成，散出甜甜蜜意。屋里还有一女人，对我的到来高兴万分，满脸溢出笑。不多时，雨和夜落下来。女人对男人说："你在屋头煮饭，我去给妹妹打只野鸡来吃。"

女人径直出门，我略感诧异："她现在去吗？一个人也太危险了，再说，这山上还有野鸡吗？"

男人倒来劝慰我："没得事啦，都是这样的。"

我仍觊觎墙角那堆地枇杷："那你们那地枇杷卖我一点嘛，走山路渴得很。"

男人看了一眼，摇摇头："等她回来你跟她讲吧，家里的东西，我做不了主的。"

然后相对无言，等饭咕嘟地煮好，女人果然带了一只野鸡回来。男人利落地动手杀鸡，野生鲜亮的羽毛，片刻扎成一毛掸子。其间女人跟我讲，当时她男人嫁她那天，里外找不到人，急得死。结果跑他家一看，正抱着家里的大柱子哭，说舍不得离开自己的家。"么就算啦，我就想，反正男嫁女嫁都是嫁，你不过来，我过来喽。"没想到嫁男人的习俗现在也还有保留，又想到那男人穿红红火火喜庆衣服，抱着柱子哭的样子，我忍不住笑起来。我一笑，那女人也跟着笑，毕毕剥剥，欢笑连连，一路聊到饭菜上桌。

夹一片树蝴蝶，越嚼越香，吃一块野鸡肉，山野滋味十足。我问："姐姐，你怎么打得到野鸡的，也告诉告诉我嘛。"女人说："我教过好多人了，这一片人都是我教他们的，其实简单得很。你就拿根尖尖的树枝，走到屋子后面，要吃什么，你就念什么，然后把树枝插在泥地里。要等。安安静静地等。不要去看。如果忍不住，你就盯着远处看。等到你越看越远，越看越远，都感觉要看到山的那边的那边了，你就可以回去捡来吃了。"

"一根树枝就可以？"

"可以。"

"想打野猪也可以？"

"可以，但是要根更粗的树枝。"

我丝毫不对这个玩笑感到愤怒，真正的秘诀不会轻易示人。更何况，那女人带着一种近乎神圣的庄严表情。她也许真的很想让我相信这个故事，而我点点头，说"厉害得很，姐姐你真有本事"，作为对她的小小报答。

雷雨不愿止息，二人留我夜宿。女人睡得晚，灯下缝衣裤。昏黄光照，佝腰低首，影影绰绰，令人发昏。眼皮一闭一合间听见男人说："明天再弄咯。"女人讲："明天你倒是有力气，我明天就不是今天的样子了。"窗口轻开一缝，女人时不时伸手出去，捻一雨线，穿针又织。男人又说："明天你清闲，再做不迟。"女人说："明天雨滴就小了，线太细，难穿得很，等天一冷，你们个个又要找我要衣服，催我的命……"我试图再进一步了解他们的生活，女人把絮絮低语一针一线，进进出出，都缝进布料纤维间，细细密密，难寻踪迹。

第二天醒来，一层黑在屋外尚未被吹散。女人不知何时已起来煮饭，真是勤劳得很。快至中午，男人带一新鲜野兔回来。我略感惊奇："今天是你出去啊？"男人扯嘴角笑一下："是嘞，今后她在家里做活。"我突然起一丝玩笑心，笑他："你今天用的树枝很细啊，只打到兔子。""不是哩，我不会用树枝，直接拿棍子敲晕的。"男人接着说，"有根棍子我啥都能打，山猪、老熊，人来也不怕。"我莫名感到有种庞大而透明的东西威胁着我，我心里默念：要谨慎，要警觉。

当然什么也没发生。手上的汗，很快就消散了。男人又要出门，对女人说："你在家照看，我去外面转转。"女人默声，视作答应，我回头看她，脸上好像有泪静垂。

山中雨水让人发困，精神都冻成一块四面打滑的冰，在水里越沉越深，一点想浮起来的力气都没有。昏昏沉沉，一觉又睡到傍晚。也真是怪，这个天，好像被捅破了一样，下了这么久也不停。我悔恨地敲了几下自己的头，人家找你来帮忙，你在这里住山间农家乐。我告诉自己，明天无论如何，即便天上下刀子下枪子，我也得走了。

第三天晴朗浸润了一切。但过多的睡眠像淤泥一样，已经淹没了我的膝盖，每走一步都要使出决心和毅力。男人将我从肥沃鼾声的梦里拉出来，告诉我，天晴了，我可以出发了。我迅速收好东西准备离开，在这期间一直没见到那个女人。出于礼貌我询问情况，说还想跟她道个别，这两天非常麻烦她。那男人却说，她已经离开了，不知道去哪里了。梦里那种在淤泥中的感觉再次拥堵住我的精神，那种深深的陷落感让我不安。我在心里想，你就撒谎吧，我会自己去查清楚她去哪里了。但在嘴上，我打哈哈说，如果需要，等我回去，可以帮忙报个案。男人露出牙齿，一笑，说不用了，他昨天去街上，已经找到了新的女人。出门前，男人在背后喊住我，说如果我想要，可以拿一袋地枇杷走，不用给钱了。

我没有回复他，打开门，飞速跳入密密麻麻的野草野树里去，脚下不停踩到被打落的树枝草果，响出一条噼噼啪啪的出路。我的心和水蚊子一样，在薄薄的水面上勉力滑行。滑啊，滑啊，我突然感觉那个创造了衣食、喂养了我们的女人，早就在几千年前，随着雨水的停息蒸发湮没了。

山在行走。

我拼命往高往深了爬，我口干舌燥嘴唇出血，我的水分在飞速蒸发，剩在身体里的全是盐粒，刺得浑身又痛又痒。我想起小时候听我爷爷讲的那个故事，一只巨大又贪心的青蛙为祸一方，人们利用它的贪婪拼命喂它吃盐，最终那只青蛙因为喝干了一口井的水，肚皮胀裂而死。但现在我愿意，如果给我一口井，我愿意把它喝干。不过我不能撑破肚皮，我还要爬。我爬得头晕目眩，左脚低，右脚高，整座山仿佛都行走起来，而我只是趴在巨大山神肩膀上的蝼蚁，随着山的步伐上下起伏。我拼了命爬。

直到我看到她，隔那么远，我都看见了。

一把土铲子，舞得像弯月铲，耍得像红缨枪，正在沙场短兵相接、金鼓连天。斜插入地，有力，毫不迟疑，迅速地没入土地的身体。再一舞，沉甸甸的土壤，沉甸甸地落在该去之处，发出雨落在草地上的唰唰声。如此插入、扬起，插入、扬起，如此耐心，如此愉快。仿佛不知道疲劳为何物，也不知道单调枯燥是什么质感。我知道她一定是我要找的人，虽然不知道她是谁，但一定是其中之一。

我走近她，她低头沉迷耕地武艺，不理睬我。我对她说："你真能干啊，像你这样的能耐，山都要被你铲平了。"她闻声抬头，见到我又惊又喜，铲子丢在一边，拉起我的手。她的手异常光滑，剥皮荔枝般丰盈柔软，让我有些吃惊。她说："相当好，相当好，又来了个人，一看就是城里人。"我一时间竟有些满足，有种衣锦还乡、老家人说艳羡话的小虚荣。我问她："你就一个人在这里种地吗？"她张口大笑，笑声滚烫，从她嗓子里一团团滚出来，笑得我脸上发烫，不知道自己说了什么蠢话。

她拉我到一旁聊天，问我城里生活好不好，我告诉她，城里哪里有山里有意思。云南总有那么一些小山坡，好像生来就是为了给我们玩耍的，树也不长，石头也被全部阻挡在外，光光滑滑，除了草就是软弱的野花。随便哪里捡一个轮胎，整个身子躺倒在里面，找个人背后一推，就唰一下冲下去，满耳朵都是风和草的呼喊。上上下下很多次，滑得草都累了，发出苦涩的青绿呻吟："别滑啦！再滑我腰就要断啦！我长这么高也是很艰难的啊！"这个时候我才会放过它们。

她又大笑，她的笑向四面八方漫射，像炸裂的流星碎片，又明亮又尖利。我想真好啊，山野劳动让人快活，之前何曾听到过有女人如此放肆不羁的笑，像斗牛场上得胜的女斗士。我想更多地了解她，判断她究竟是我要寻找的哪一位。我跟她说："跟我讲讲你吧。"

然后她开始了漫长的讲述，那些人生经历有新有旧，有忍辱负重的农村中年妇女，在杀鱼时切破了手，把血流进鱼汤，一锅端上桌，也有青涩坚硬的少女，翻墙躲避相亲，站在喜欢的人楼下画粉笔画。有真正的幸福，体量沉重，复杂难辨，不能与众人分享。也有很轻很轻的快乐，谁听了都能吹一口气，一直飘到天上。她说她读过很多书，是厂里大家信赖的文化人，她还说她骑过六脚马，就在从家里跑出来那天，踢踢踏踏就翻过了几座山，她说之前爱吃地枇杷，后来不爱了，因为发现树枇杷更加清甜，她说……尘土的故事呼啦啦刮在脸上，又很快呼啦啦吹走，山石的故事冷涩不移，不小心就磕得头破。故事茫茫无边，但各有各的去处。我努力在缠绕的故事里找出线索，但最后却发现她谁都像，又谁都不是。

我实在忍不住了，问她："你是谁？"

她反问我来山里干吗，我告诉她我的工作，我的委托，我的怀疑，她又问我为什么非要把她们带回去，我说那是她们的家，她们的亲人，她们的来处。她只是说，不是。然后她站起来，拍干净身上的草屑，不知情的蚂蚁被吓一跳，在裤子上胡乱腾细脚。她用手指引路，放归野草荒原。拿起铲子，继续挥土如雨。

我看了一会儿，问她："你准备种什么？我帮你一起吧，小时候在老家，也下地干过活。"

她这回没再发笑，回我："我在填海。"

"填海？填哪里的海？"

"你看这一片，都是我填平的。"

我顺她手指的方向望去，不知所云。她教我："你望大处，望开处，别让眼睛限住你，你越过表面，看那深的下面，黑的下面。"我努力让瞳孔失焦，尽可能决眦入山野，不再局限于一点一线。果然发现这一大片山地沟壑平坦，略有高低起伏，也只是静水微澜而已。

她说，雨起来了，正正好。

引我坐上一小木舟，木舟安稳，静静停在松软土壤上。她说这小舟是从一老巫医手中所得，头头尾尾木兰木，坚硬耐腐蚀，话中掩饰不住两分得意。

雨从高高的天上坠下来，滚一身风。噼噼啪啪吹在地上，大圈小圈波纹散出去。她告诉我，水积成的海里，行船靠风，土堆成的海里，行船靠雨。雨大处重处，海面湿滑，行得快，千里西山一日还。雨小处轻处，海面干瘪，只能耐着性子慢慢游。学风的样子，雨也左蹬右踢，小舟土上晃三晃。要是再猛烈些，我要晕船也说不准。

小舟跑起来。雨水帘帘，荡开土面，波浪一层一层将我们推出去。真是很辽远，很宽广的海。经由她填补过的海面，平整顺滑，无暗礁水底埋伏，也没有漩涡诱人下坠。船行过青碧碧山杜英礁，花鸟百无聊赖栖于上方。转眼又至麻母鸡菌丛，吓得我慌忙两手划舟，冒出两串气泡。臊腥味愈发浓重，灌进鼻脑肺腑。一只土黄色大豺冷幽幽盯着，我浑身汗毛奓起，将要掏棍自保，那大狗又懒洋洋舔毛，摇着清瘦屁股离去。

航行中，她告诉我，附近几乎所有女人都会在这山海里溺死，所以她誓要将这海填平埋软。以后，女人可以在这海上四面八方地行，不会倾覆。

我试图问清楚那几个女人的下落，离家的去了哪里？寻找的去了哪里？消失的去了哪里？

她只是告诉我，她们都在这山中，和她一起填海。

最后，我问她，填完这座山以后要去哪里呢？

她说要去填下一座，下下座。

山野树木在小舟两边快速地后退，野草低伏，我感觉我三十年来已知的很多东西都正在远去。一些目标，很多规则，若干话语，这片海上的波浪轻而易举地击碎了它们。我乘着土壤的浪，摇摇晃晃，好像正从母亲的身体里滑出，去到一个未被命名的世界。

山的海内部是固体。它永恒又坚实地矗立着。过往的时间被冻结在里面，不像人类制作的博物馆展柜，里面的东西永远等待着被人观看、驻足。它们谁也不等，就自由自在地凝固着。我随手捡了一块石头，表面一摸，糙糙的，像骨头，我想里面大概就有一个上亿年历史的生命。

坡子很大，女人把桨捏得很紧。遇到一团团浓浓的雾和鸟鸣，也不松手。很快，连时间都落在了我们后面。风湿湿地在我们背上爬，闷雷翻滚到很远的地方。

雨在追我们。

天空一半是浓浓的墨色，降下令人心慌的大雨。而我们的前方却是柔和的落日景象，云暖暖的，树林子也很清亮。

女人招呼我看，又有好几个女人，照样挥铲子，在前面闷头填海。不管是即将移到她们头顶的暴雨还是划舟经过的我们都没有引得她们的注意，她们填海，偶尔直一直腰。

女人一个字都没有骗我。我想当年东海上也不只有精卫一只鸟在衔木投石，而是一队、一群、一片天空那么多的鸟。她们彼此照拂，在海上往返不息。

我们划啊划，木桨摩擦着土壤沙沙响。我们的小船一半漂在湿滑的海面上，一半没在干爽清亮的风里。我想起以前也是这样，盘山路弯弯绕，人没有一个。我和家里人骑一辆红色油摩托，去街上卖空了的箩筐散发好闻的菌子味，让我们归心似箭。后面就是雨，唰唰啦啦落地，黑云甩着胳膊，在我们身后大踏步地追。就是这片土地，一个经常大雨只落下一半的世界。

很快我们就到了山底。她向我道了别，我祝她和其他人填海顺利。

我的车还是一如既往地停在那里，上面沾了不少泥，应该是这几天下雨的缘故。回去的路上街道打来电话，说我擅自进山不守规章制度，积压了好几个居民诉求，再不回去就开了我云云。

不过这些都不重要了，因为我一转头就能看见那座山。我知道有神农的女儿们，正在那里孤独地、不倦地、永远地填海。什么都没有她们手里的一把铲子重要。

本文为毕飞宇工作室第24期小说沙龙讨论作品修改稿，
首发于《青春》杂志2022年第7期。

第25期：没有人是天生的小说家

育邦： 从我的认知来说，我对这个作品并不是很满意，但作者可以以此为起点。没有人是天生的小说家，都要经过阅读、训练、写作才能成长起来。

我觉得"漂流的帽子"这个标题是很好的，一看就是小说的标题，我们会想到"在河流上有一顶漂流的帽子"这个意象。这个小说虽然有好的意象，但没有围绕"漂流的帽子"这一核心意象做文章。这个小说的文本结构几乎是散架的，没有一个重要的核心的东西，没有围绕某个核心叙事、核心意象来构建一个和谐的文本。

作者整体上的小说意识还是很薄弱的。那怎么构建小说呢？标准是什么呢？很难回答，我只有一个建议，就是读更多经典小说。一个个作家、一个个作品构建了我们对小说的认识，而不是想当然地去写一个东西。福克纳讲，要想成为一个作家，需要三个条件：经验、观察和想象。这个经验我是这么理解的，一方面是日常的生活经验，比如一些不符合生活逻辑的，就不可以写到作品里；另外一个是阅读经验——只有充分的、丰富的阅读经验，才能构建出对小说的认识。

从这个作品看，作者对自己生活的提取工作还没有做到位，需要仔细去考虑怎么有效地构建叙述的整体。

周明全： 这个故事本身简洁平实，并无过多的戏剧性和布局性，但在这样的简单叙述中，又隐藏着作者在现实社会中的个体感受，对几代人似有不同又依旧相同的、没有归宿之地和安心之所的命运的叹惋和思考。这是一篇有着文学思想的小说。

这篇小说文本结构重心稍显平均，在学校生活和返乡两个故事章节之间的侧重不够明显，两者之间的隐喻关联也不够有力，同时也没有在两者间形成反向的冲突力量，使得整篇小说框架散弱，阅读时让人产生一种作者有边写边想、边写边改的感觉。

我有如下三个建议：

一是在学校生活和返乡之后二者间有较为明确的叙述侧重，让故事更为精练、有整体感；或加强学校生活和返乡之后的内在关联，让故事和故事的隐喻性更明确，更落得到实处。

二是在每一个故事章节中准确把握其内容指向，不能完全放任其发展。例如，对女友影子的描写带有较多校园文学的痕迹，而父亲在讲述爷爷和祖上遭遇洪水的往事时又倾向于乡土笔调，二者在文风上较不协调，可以适当调整。虽然作者想要由"我"的梦境和父亲儿时经历的重叠来弥合二者的不协调性，但因为"我"的梦境过于孤立，父亲的讲述相对单薄，导致难以支撑整篇小说的精神内核。建议作者协调故事和语言指向，加强"我"的梦境和父亲经历的描述和内在关联性。

三是我明显能够感觉到作者想要用"帽子"隐喻中国人的身份或命运，"漂流的帽子"暗讽现实生活中的一些状况。"帽子"作为个体身份和命运的一个隐喻物无可厚非，也较为妥帖，但在文学作品中过多掺杂对社会现象的批评则显得过于情绪化和简单化，建议节制并添加更多思想性的内容。

项静：从个人的阅读感受来讲，这篇小说给我的印象还是不错的，因为有很多作品我是读不下去的，但这篇我可以比较顺畅地从头读到尾。读完之后掩卷沉思，有点落寞的感觉，总觉得好像一件事儿作者没有说透。

这部作品的第一个问题来自风格的分裂。小说有现实主义和现代主义两种风格，这两种风格没办法黏合在一起。这篇小说就有一种断裂的感觉，或者说它有两种叙事方式，一种是现实主义的，另外一种是现代主义的。这两种叙事方式作者没有有机地结合在一起，而是有点杂糅和错乱。写到某一个细节的时候是现实主义的，写到下一个细节的时候，又换一种现代主义的。小说当然可以跳脱，但叙事者不能跳脱；里面的情感可以变化，但讲述这个情感的叙述者要稳定。

第二个问题是"帽子"的意象问题。它在文中出现了五六次，这表明作者不断地使用同一种桥段来推进整个故事的发展。重复使用意象的表达方式是一种很方便的抓手，但一部小说中过多的重复会带来一种无力和冗余的感觉。作者应该给自己创造一些困难，不断置换表达去推进故事。

第三个问题是故事线的问题。小说的前半部分写了一个事件，女主角邀请"我"去垃圾堆附近做一件大事——踩冰。但在我阅读的过程中发现它几乎烂尾了。那么我的问题是这个情节重要吗？如果它不是特别重要的话，作者应该怎么处理它？如果它特别重要的话，又应该怎么处理？一个细节、一个事件重不重要，表达它的方式是不一样的。看起来重要的细节和特写的场景，作者花费了大量的篇幅去书写，但实际上简单地终结掉了，没有留下伏笔，也没有留下后续的空间。在这种前后的联系和比例上，感觉作者没有通篇仔细考量过。

徐放鸣：因为我长期在高校工作，不仅有教学和研究工作，还承担管理工作，所以我来观察这篇作品的时候，对于其中反映的校园生活的体察、感受就更有一种别样的滋味在心头。我想从两方面展开我的看法。

首先，我说的感受比较复杂，集中到一点就是青春文学的反叛性和解构性在当前的时代环境下应该如何把握一个合理的限度。青春文学本身作为青年亚文化的一种表征，是具有反叛性基因的，这种反叛性往往表现为对父辈、老师和学校的劝导及规训有着不以为然的反叛，并且以解构这种规训为乐趣。校园的写作者如何来表现他心目中的校园生活，需要考虑合理的限度。如何把握这样一种反抗规训的反叛性还值得更细致的思考。我甚至看到了与这种反叛性相对应的一种对老师和管理者形象的解构性意味，大体上说就是一种比较失败的管理者。从这一点来把握，如何在尺度上寻求合适的限度，还是值得作者去进一步思考的。

其次是关于小说中所写的梦境和现实的映照问题。作品中梦境与现实的对应性，还有一些意象的描写，可以说带有很强的隐喻性。在我看来，作者似乎在演绎弗洛伊德当年所写的《梦的解析》和《作家与白日梦》，但这种演绎又带有当今的时代特点和作者的情感寄托，比如人与故土的难以割舍的情感联系，包括儿子与父亲之间看似疏离，但实际上彼此关爱的那种情感。这是小说中让人感到比较温馨的一幕，让人感动。并且这个寻梦的过程串联起了地处苏北的大学校园与大西北的荒漠乡村之间的内在关联。虽然这种内在关联还显得有那么一点生硬，但毕竟这种联系拓展了小说的叙事空间，也赋予了作品更深层的意义。

杨洪军：作为一个小说写作者，我想从小说写作方面来谈一谈。

第一是小说的主题。作者基本上是以欣赏的态度来书写的，我感觉作者这样写，或许是想有一种调侃之意、反讽之意、诙谐之意。小说也不是不可以这样写，但这个度必须把握好。

第二是小说的逻辑。例如踩冰一节，他和影子到河边去踩冰，这时候，从对岸树丛中来了一个七岁的小男孩，看他的样子，是要过河。他赤着脚盯着他，想要踏冰而来，然后大黑墨镜来了，影子落水，小男孩下落不明，从此就没再提。作者可能是想表现某种象征意义，但这种象征意义我们没有看到。而短篇小说的主要特点就是干净利落，小说里出现的每一个人、每一件事，都要和你的主题、你的主人公发生联系，如果没有发生联系，是可有可无的，那么它的出现就是败笔。

第三个是小说的基调。一部好小说，一开始就要定准叙述的基调。我感觉《漂流的帽子》这部小说没有把握准叙述基调的主旋律。以回老家为分水岭，把这个小说分成了上下两部分，因为上部分所谓的欢快，已经在读者的脑海中形成了一定的阅读定式，从而弱化了下部分作品中涌动的某种疼痛，以及疼痛所产生的悲悯。

最后是小说的语言问题。作者在写这部小说的时候，其实已经在刻意地寻找语言的感觉了，但找的过程中，一是没有找准，二是没有找到，这使得整个小说的语感也和基调一样，产生了一种断裂。作者的语言功力还是可以的，但没有找到恰如其分的表现方式，语言显得赘余。

我想给作者一个小小的建议——在写作的时候要学会读小说，利用朗读的功能来斟酌小说中的字、词、句之间是否和谐。通过朗读，你可以发现小说中存在的一些赘词，并对写作过程中的语感加以判断，从而避免那些不通顺以及绕口的词和句。

韩松刚： 短篇小说要"精"——语言精确，结构精巧，叙事精练。这篇小说在这几个方面，都暴露出了一些问题。如果说在结构上，作者还显示出了某种匠心，但在叙事上，尤其在语言上，还是显得非常冗杂和粗糙。汪曾祺说，写小说就是写语言。由此看出语言的重要性，我们甚至可以说，是语言在重建我们与作品和世界的关系。如果语言出了问题，那么我们与作品的关系、与世界的关系也将变得十分糟糕。我对于语言有一种洁癖，阅读一部作品，如果语言没有和我达成审美上的共鸣，我是拒绝的。就这篇小说而言，我觉得它的语言还存在很大的问题。至少于我而言，读了前面几段，觉得十分别扭，以至于很难进入小说。在我看来，这也阻碍了它整个叙事的流畅性，这些过于直白的语言显然还不是严格意义上的小说语言。当然，这篇小说中也有一些很"小说"的表达，但基本上是一些碎片式的呈现。这种语言的不稳定，在这个小说中体现得比较明显。小说中对细节、人物心理的描写，体现出了作者的用心和用情，语言往往是妥帖的，但一旦脱离了这个叙事的频道，转而对这个小说进行一种整体把握时，我觉得他的语言好像又脱离了小说的氛围和轨迹。

小说的叙事方面作者一定有自己的思考，比如题目中隐含的象征意味，结尾处也点了题，但这种思考还没有达到非常完整的程度，这就导致了脱节。比如小说中大学校园与故乡之间关系的脱节，比如小说人物的塑造与整个小说意图的脱节，而这种脱节又导致作者在作品中所表现的他对世界的认识也是脱节的。

由此我想到了，当下的青年写作者该如何处理经验，并在经验中获得艺术上的共鸣呢？作为大学生，大学生活能不能写？当然是可以写的。但大学生不能一写小说就是大学生活，就是家庭生活。当然，我不是说这些不能写，问题是你如何去写出一种"陌生感"，写出超越日常生活和经验的某种审美质地。如果你不具备处理熟悉、日常生活经验的能力，可以去尝试另外一种写作。大学生也可以尝试通过阅读经典、仿写或其他方式来处理一些自己不太熟悉的领域，这对于一个小说家来说也是一种挑战，但对自身能力的提升是非常重要的。

本期实录由江苏师范大学肖逸文等整理，
首发于《青春》杂志2022年第8期，收入本书时有删改。

漂流的帽子 /杨广杰

昨夜没有睡好，躺床上十个小时，有九个小时都在做梦或回忆：那一年十一月的冬天，七岁的我光着脚，试着跑过二十米宽的河流。

做梦是睡着的生活，回忆是醒着的大梦。

昨夜我好像睡着了又好像没睡着，但有一个确定的事实是我没有闭眼，因为我盯着室友看他打了一夜的杀人游戏。没闭眼算不算睡着，我不知道。

今年苏北的冬天好像东北的冬天，老天毫不留情地降温。我每天早上按照习惯打开枕边的手机，查看天气，根据天气安排一天的校园生活。校园生活差不多被各路事务挤得满满的，说是安排，充其量只不过是晴天戴上一顶帽子，阴天就多带上一把伞。

突然想起，昨天晚上影子对我的邀请。她说："明天去做一件伟大的事情，八点见。"我给她回信息。我说："好。"她说："哪里见？"我说："四组团附近的垃圾堆旁边。"她说："为什么又是垃圾堆？"我说："有安全感。"

简单地往自己脸上泼几把冷水，并向头上扣上一顶黑色帽子，出宿舍门。帽子是影子送的，她说不洗头，就不要把气味散出来污染空气，所以她给我买了一顶帽子。是黑色的棒球帽，帽子前面印着一个白色英文单词"night"（夜晚），特别时尚。

快走到垃圾堆旁时，我看见影子，她今天也戴了一顶帽子，和我的一样，只不过英文单词变成了"day"（白天）。她被一件长款亮白色的羽绒服包裹着，脚上踏着一双最近流行的焦黄色马丁靴，她小心翼翼地站在垃圾堆旁，又与垃圾堆保持不可逾越的距离。我走到她身边，瞅了一眼她的帽子问："最近也不洗头了吗？"她打了我一下说："你以为都像你。"我问她去哪儿，她不说话，引着我向学校后山跑去。

那天多云没有太阳，是周末但不热闹，外面天气太冷，校园也被冻病了。几缕冷风时不时从北面蹿过来，继续蚕食苍白的梧桐树。影子在前面小跑，我漫不经心地跟在她后面。

影子和刚开学时相比没有什么大的变化，我和她认识也是意外。刚开学那天，我们班主任组织班会，因为我在外面和父亲吵架，就来晚了。教室很小，大家都坐满了，我只能坐在第一排。班主任说，谁觉得自己板书比较好？来黑板上写几个字，就写"开学第一课"。影子站了起来说："老师，我可以试试。"

影子小心翼翼地走上讲台。她单写"开"，就写了很多遍，写了又擦擦了又写。我说："可以了，写成这样可以了，已经可以媲美王羲之了。"班里面起了一阵哄笑。她转身把剩下的粉笔头砸向我。因为和父亲吵架，我心情本就不好。我让父亲回家时买个卧铺，他不愿意，非说要把钱留给我读书。我威胁他说，如果他不买卧铺，我就不读了。我家住在大西北，从西北到苏北，那么远该买个卧铺。可他就是不愿意，他这辈子就这样了，我不愿意和他说话。到最后，我说："你走吧，我要去上课了。"我转身走了，他走没走我不知道，过了很久，我听到有人喊我名字，接着就是，好好读书。

班会结束，她对我道歉，说她不是故意的。我说："你就是向我砸过来的，怎么能说不是故意的？"她说，她以为砸不中。接着她从身后给了我一包饼，说是家乡的土特产，做个慰问礼。

饼很好吃，我当着她的面就吃光了。自此后，影子和我就成了好朋友。

影子继续带着我往前走，大概走了有二十分钟。

路过一排排僵直的松树，前面有一条河，那是我们学校的外围河。河结了冰，像是给自己装了一层玻璃窗户。我问她："干吗到这里来？"她突然走到冰的中央说："踩冰啊！"

"你是不是没见过冰？在我们大西北哪个小孩不是抱着冰长大的。"

影子在河中央叫我下去，和她一起。

我突然犹豫了。

河对岸的树丛中钻出来一个七岁的小男孩，看样子是要过河。他光着脚，盯着河的对岸，河的对岸什么也没有，真不知道他到底在看什么。我的眼睛感觉像被光刺了一下，我抬起头，发现那个小男孩用他的视线砸向我的眼睛。他盯着我，想要踏冰而来。

影子喊了我一声，让我快下去，和她一起踩冰。

"你为什么和我买一模一样的帽子？你知不知道这样出去会被以为是情侣？你是不是故意先给我买一个，再给自己买一个？"

"快下来吧，你怎么那么多事。你是不是害怕了？"

我往前走了走，那个小男孩也向前靠近了些，但他一直盯着我，我很不自在。

我刚想要把脚放下去，踏上河面，两个"大黑墨镜"骑着巡逻车杀了过来，对我们吆喝，挥舞着半圆套杆要我们赶紧离开。我说："影子我们快走。"影子跑的时候突然摔倒了，重重地跌倒在河面上，冰面向四周裂开，发出咯咯喳喳的声音。刚到十一月，冰面还没有冻得很实。影子镶嵌在冰块之间，慢慢下沉，我看到冰块在她的喉咙间游走。她在挣扎，她每一次挥臂都把冰面搅开，最终附近的冰全部获得自由，在水面跳跃。影子的帽子从头上掉落，浮在水面上。我以为影子没了，被帽子压到水下面去了。

影子突然站了起来，水还不到她的胸部，帽子却飘走了。两个"大墨镜"赶紧下来，用半圆套杆把影子拉上了岸。我们被训斥了一顿。

影子回宿舍换了一身衣服，我们就去吃饭。我们随便找了一家餐馆，点了两份面。

"我掉河里面，你为什么站在岸上不动？"影子把冬天的气氛刻在脸上，十分冷漠。

"刚开学的时候，你没有听到一个故事吗？"

"什么故事？"

"一个女生因为考试作弊被抓，给她的监考老师打电话，说如果敢上报学院就去跳河。然后老师害怕了，就赶快给学校的保卫处报了个信。那个女生果真去跳河了，就是你刚刚掉入的那条河，结果她发现河水很浅。她在众多保安大叔的眼皮底下，自己走进河里又自己走上岸。"

"所以你才不去救我？"

"差不多吧。"

"差不多是差多少？"

这时，老板把两碗面条端上桌，影子笑着对老板说了声"谢谢"，又对老板说："元旦快乐！新年快乐！"

"你说的祝福再好听，老板还是会收你的饭钱。"我和影子开玩笑。没想到被老板听到了，老板说："小伙子，你这样想就不对了，人家小姑娘心地善良、热情、单纯，才会开心地祝福别人。你这样想就很俗，你懂吗？"

影子确实单纯，我喜欢她这一点。

我和影子还在吃饭，外面突然下起了雨，街上很快就没了人影，除了几个为生活努力的外卖员。

"影子，明年就要毕业了，你有什么打算？"我问道。

"我跟着你就行了。"

"明天职业规划分享会，你也这样讲吗？"

"差不多吧。"

"差不多是差多少？"

"你怎么学我说话。"

"你不是也在学我说话吗？"

明年毕业，明天是班级的职业规划分享会。吃完饭，影子去结账，她和老板在那里说笑。我没有听到说什么，影子结完账往我手里塞了一把伞，显然是从老板那儿借的。我说："我今天早上，看手机预报的是晴天，怎么下起了雨？"

在梧桐大道上，我撑着伞，影子走在我右边，店家的招牌亮起的灯光在雨中扩散，有店铺在放马赛克的《夜猫》，热闹的舞曲有着辽阔的孤独感。我把影子送到宿舍楼下，说："我有一句话要对你说，不知道你有没有准备好听。"影子说："今天天气不好，等明天说吧。"我说："明天天气也不好呢？"她说："那就后天。"

我回到宿舍，室友仍在玩游戏，而且好像到了生死攸关的时刻。室友请隔壁宿舍几位"大师"来帮忙，加一起共五个人，这在游戏里俗称"五排"。

明天分享职业规划，我有什么规划？父亲说让我好好读书，读那么多年只不过落得个"小镇做题家"。我闭眼睡觉，又看到那年冬天，我光着脚，想要跑过二十米宽的河。河面上漂着锅碗瓢盆、鞋衣衾被、桌凳床柜，甚至还有男女老少和一两声救命。我想要跑过去，光着脚，盯着对岸……在岸边一直试水并快跑……似乎想要一下子越过河流。

我终于跑到家了，当我打算推开家门的时候，一声号叫把我吵醒。室友正在气愤地骂着他的队友。

我起床先给父亲打了个电话，告诉他这个周末在家不要去干活了，我可能要回家一趟。我心里想着，这也要毕业了，回家和父亲商量一下，听听父亲的想法也好。接着，我把这个消息给影子发过去，她说要和我一起回。我说："你去我家，以什么身份？"她说："朋友。"我说："为什么是女的？"她说："那就是女朋友。"但她很快就把消息撤回了。我说："我看到了。"她发了一个蘑菇头表情包，表示"多大点事"。

分享会时，我和影子坐在一起。老师让我们一个接着一个，到讲台上去做职业规划报告。前面很多同学讲了自己的想法，有的人想当宇航员，说三年过后要登上月球，五年过后要登上火星，十年过后再回地球生活，做个普通人。接着，我室友上去了。他说，他要做一个伟大的电竞职业选手，然后说了他在大学期间有多么努力，对一些招数的运用已经炉火纯青，还说了未来展望，要成为一名电竞专家，为祖国的电竞行业争光。接着他又说了他今天怎么打游戏……

影子对我说："你室友真有意思。"我说："的确很有意思。"接着又有很多同学上去，想做的事五花八门……

分享结束后，影子用手拨了拨垂在她脸颊上的刘海，问我："昨天你想和我说什么？"我说："现在我还没准备好说。"影子说："你有没有订好回家的车票？"我说："订好了。"影子说："有没有我的？"我说："当然没有。"

晚上一直没有睡好觉。每天我都要在一条河里试水、奔跑，每一次都要跑上七八个小时才能停，而且每次的终点都是跑到家门口。每当我将要推门，就会醒来。总觉得我必须回家一趟，才能推开那道门，跑过那条河。我刚到车站，就看到影子。我问她："你在车站干吗？"她笑着回答："回家。"我说："你真不愧是个影子，怎么能让你消失呢？"她突然背起了鲁迅的诗句："我不过一个影，要别你而沉没在黑暗里了。然而黑暗又会吞并我，然而光明又会使我消失。"我觉得影子天生就是一个好演员。

"你买票了吗？"

"买了，和你一个班次。"

"你怎么知道我买了哪个班次？"

"你不是在微信上让我帮你抢票嘛，那个页面上有你到达的方向。我查了查，就只有这一个班次。"

"你可真细心！"

"谢谢夸奖！"

我们是硬座，要坐三十多个小时。我想起大一开学时我和父亲的争吵。父亲到家后，给我打电话说，他回家买的是卧铺，睡一觉就到大西北了。我相信了。

我和影子大一时就在一起，但我没有表白，她也不向我表白。大学前三年，我们就这样耗着，谁也不向谁认输。我们有一个共同的特点就是特别犟，她的犟是家庭宠来的，我的犟是父亲打来的。耗着就耗着，我们都觉得有的是时间。转眼到了大四，快要毕业了，我们两个突然着急起来，都想要把爱意说出来。但是由于一直不说，不知道该如何开口。每一次我鼓起勇气要说时，她总要说"明天再说吧"。我们就这样耗着，快要成了彼岸花。

火车裹挟着我们的身躯，钻入黑夜的笼罩，在铁轨上奔驰，肆无忌惮。窗外洒下的月光比晴日的太阳还要清澈。影子把眼睛瞟向窗外。我听得到影子的呼吸，她一起一伏的鼻息好像在嗅着月光的味道。我凑到她的耳朵旁吹气，她的鬓发飘到我的脸上，特别痒，但想挠又挠不到。

我说："影子，月光和你都好美。"然后我闭着眼睛说了句："我爱你，影子。"

她没有反应，我看到她托着腮睡着了，眼睛眯着，睫毛上挂月光。

我也睡着了。

第二天下午，我们到了车站，又转了辆大巴车到了小镇，父亲骑着他多年的踏板摩托车来接我。

　　父亲周围的地上，烧了好几颗烟头，摩托车踏板上也能看到新洒的烟灰。父亲已经等待多时。再一次立在西北大地上，暮色已经氤氲多时。我喊了声"爸"。父亲看了我一眼，又看了影子一眼，嘴唇哆嗦了两下，似乎想要问什么话，却被影子的"叔叔好"打回了肚子里。

　　父亲吞咽了一下口水说："走，我们快走，咱们回家再说话，外面冷得很，最近沙尘也大。"说着，父亲把摩托车点着火。父亲在前面开着，我让影子坐中间，我坐在最后面，我们三人挤在一辆小踏板上，一路上没有人说话。在路上，影子的两只手，不停地掐我大腿。

　　我们到家差不多下午五点，我先下了车，父亲给我钥匙，我去开门。我使劲推了推才把老铁门给支开。我终于推开了梦里的那扇门。父亲把我和影子让进堂屋，给我们倒茶，让我们坐在已经掉了漆的老椅子上。父亲说，锅里面炖了很多肉，他去盛，让我们先坐着歇一会儿。我和影子走到白炽灯下面，才察觉到身上铺满了黄沙。影子看起来老了十岁，但更有女人的韵味。

　　每一次回家，都像做客，父亲的殷勤让我很不习惯。自从母亲走后，家里就父亲一个人，或许在父亲那里，无论谁来，都是客人。只有母亲回来，他才承认是回家。但母亲不可能回来了，我上初中时，母亲生了一场大病，刚被送到医院，医生就说已经来晚了。父亲求着医生说"无论多少钱你都要救活她"，但医生说已经来晚了。父亲说，他有钱，他可以给母亲看病。他攒了一辈子钱，到现在还攒着，就是没来得及花。

　　我母亲的故事，在学校我就和影子说过。我碰了碰影子，用手指了指摆在案几上的黑白婚纱照。我说："影子，那个就是我妈妈。"影子说："你会像你父亲爱你母亲那样爱我吗？"我说："你怎么知道我爱你？"影子说："在火车上，你昨晚说的。"

　　父亲喊我去端饭，他盛了三碗炖骨头，里面什么都有，鸡肉、鸭肉、牛肉、猪肉。父亲做饭一向很简单，没了母亲更简单。他经常说，煮熟了就能吃。

父亲从饭桌下提出一瓶白酒，问我要不要喝点。影子抢着说："叔，我也喝点。"我们三人吃着肉，品着酒。

学校里的那个梦，涌到我的脑袋里来，一次次，在黑夜里，跑过一条二十米宽的河，但我的童年印象中从没有这条河。我试着问父亲咱们家附近有没有一条河，父亲说有。

我追问道："在哪儿，我怎么没印象？"

"就在咱家南边不远。"

"我怎么没看到过？"

"那是我小时候的事。你出生之后，河就干了。"

"咋干了呢？"

"风沙大呗。"

"我明年要毕业了，我想回家乡当个老师，你看行不？"

"当老师行，回家不行。"

"为什么？"

影子一直不说话，低着头撕咬父亲煮的肉。我问了"为什么"之后，父亲也不说话了。过了一会儿，父亲猛地向自己口中倒了半杯酒。

他说："小哨，最好别回来，咱们这儿天灾比较多。就说咱家南边的那条河，那是我小时候大洪水泛滥留下的，咱们的亲人都死在里面了。现在风沙没日没夜地压过来，过不了几年，咱们这儿就会被埋到地下。"

"什么亲人？"

"你爷、你奶和你姑。"

"我都没见过，什么亲人不亲人？"

父亲生气了，他拍了一下桌子说："那是我爹和我娘。"父亲顿了一会儿又说道："出去吧，别回来了，这里不适合人住，咱们这儿的人快走光了。"

各自沉默了一会儿，我觉得我应该介绍一下影子，我说："爸，她叫影子，是我女朋友。"影子脸上露出了拘谨的笑容，随后父亲问了她一些家乡、家人等最基本的问题，影子老老实实地应答着。

一直到晚上九点，父亲说："时候不早了，去睡觉吧。"我们三个从桌上散去的时候，各自都安静了一大会儿。

那晚，影子摘下我的帽子说："送给你父亲吧，这边风沙大。到了学校，我们再买。"影子就去给父亲送那顶帽子，很长时间，才从父亲房间出来。

第二天，我和影子就和父亲告了别，离开的时候，父亲要求我一定买卧铺，我答应了他。我走的时候和父亲说，等我在那边有着落了，接他过去。我和影子坐上火车，我问影子昨天和父亲都说了些什么。影子对我说，她问我父亲同意我们结婚吗？父亲让影子说说她和我的故事，影子几乎把我们之间的事情全都讲了。到了火车上，影子说："我给你讲一个故事。"我说："你说吧。"

影子说："这个故事是你父亲昨晚和我讲的，他说你还不知道，他让我告诉你。"我有些惊讶，眼珠打了个圈，心里想，为什么父亲不亲自告诉我？我对着影子点了点头。她继续讲道："你父亲说，在他七岁左右的那年夏天，黄河突然泛滥，你父亲还在睡午觉，水跑到炕上，他还以为尿了床。大水继续冲，你爷和你奶用手把你父亲托到屋顶上，你爷对你奶说，以后不要在这儿生活了。你父亲那时候吓得直哭，突然从前面漂来了不知谁家的床，直接砸到你爷和你奶身上，你爷和你奶就不见了。你姑，也就是你父亲的姐，你父亲一直都没见到她藏在哪儿。他们仨都没了，就剩一顶你爷的前进帽在大水上漂流。过了几天，大水慢慢退去，在你家南边形成一条河。那年，你父亲几乎天天去河边走。后来，你父亲跟着你二爷生活，你二爷每天都给你父亲讲各种武侠故事，说什么轻功水上漂，你父亲真的信了。他就在河边跑，天天跑，希望有一天能够在水上漂，如果练成了，他就永远不会怕洪水，等洪水来了，他就可以保护家人了。他有时也想跑到河的对岸，大概有二十米宽，但每一次跑不到两米就会沉下水去。冬天到了，差不多是这个时候，河上已经封了好几层冰，一天晚上，你父亲没有穿鞋，就跑了出去。他走到河边，踩着冰在河上跑，那种感觉就像在空中飞。他那时候以为他练成了水上漂，等他跑到了河的对岸，就找到了你爷的帽子。"

我问："那帽子呢，父亲怎么说？"

影子说："你父亲说，他做梦梦到你爷问他要帽子，说想顶着帽子漂流。来年春天，冰开了，你父亲把帽子扔在河流中，帽子漂走了……找你爷去了。"

我说："我明白了，我父亲让你给我讲这个故事，就是不想让我再回去呗！"

影子说："我觉得是你父亲想让你明白，人根本就没有家，大水冲到哪儿是哪儿，人漂到哪儿是哪儿。"我明白了他们的意思。

回到学校，我和平时一样按时上课下课。铃声响后，大家匆匆忙忙从教室跑进跑出。楼道里的阳光日渐熹微，空气中飘着散不开的雾气。在每天的晚饭后，暮云暧暖的时刻，我总喜欢去操场走走，夕阳和人群在身后布成磅礴而沉默的背景。有时候觉得生活没有意思，但又不知道要去干些什么。那不是在上学，而是提前体验了一把上班族的生活。

我对影子说："大学四年，习惯了打卡，习惯了逃课，习惯了空调，知道了KPI（关键绩效指标），适应了形式主义，也看够了世界。"

影子说："你好像一个中年人，但你不应该这样。"

其实我知道，这是年轻人的通病。第一次意识到，我们被抛弃在这个宇宙上，踟蹰在黑夜里，那个还未长大的孩子顿时害怕极了。

所以我告诉影子："你不要怕，我也不怕，我在哪里流浪、在哪里迷茫，就是在哪里寻找光。"

又过了几个月，我们毕业了。老师给我们每个人发个学士帽，大家拍完合照就散了。影子也送了我一件毕业礼物，不出意外，是一顶帽子。

我戴上帽子走进人群。我问影子："好看吗？"

影子对我说，她看不见我，只能看见一顶帽子在漂流，无家可归。

本文为毕飞宇工作室第25期小说沙龙讨论作品修改稿，

首发于《青春》杂志2022年第8期。

第26期：文学必须不可转述

张光芒：首先，小说的立意是深刻的，但这样一个比较大的立意，用短篇小说来讲，篇幅不够。小说中很多情节没有细节支撑，比如，女主人公陈灵均一步步从一个立志要获诺贝尔文学奖的女孩，变成一个世俗的姑娘。在转变的过程中，她肯定会经历很多心灵的搏斗和妥协。这个过程需要细节支撑，但小说中一句话就带过了。

另一个是小说语言的问题。小说的语言基本过关，娓娓道来，不急不慢，同时还有一定的展开、铺排。但在表述时，作者对语言的掌控力还需加强。短篇小说是精粹的艺术。这篇小说试图包含很大的生活容量，但在技巧上处理得并不到位。

傅元峰：我写过一篇青年作者的小说评论，题目叫《小说必须不可转述》。不仅仅是小说，文学必须不可转述。作者发现了南京作为"文学之都"，是一个文学存在，并让村上春树以被读、被体验、被对象化的方式融入南京的生命里。

村上春树有没有走进这两个人，是这篇小说给我最大的悬念。我首先在想作者知道村上春树是什么吗？我觉得他不知道。村上春树是这篇小说最主要的文学形象。作者试图说明村上春树，首先他使用了诺贝尔文学奖。村上春树确实离诺贝尔文学奖很近，甚至即使他没有得到它，他就已经在诺贝尔文学奖的精神里面了。这个身在南京的女主角是离诺贝尔文学奖最远的。诺贝尔文学奖、村上春树和女主角形成了一个空间维度。一个接受了高等教育的男生，他试图权衡两种关系，其中一种事物就在爱情诉求当中，另外一种事物就是世俗社会嘈杂的生活流的声音。

我觉得这种架构类似郁达夫《春风沉醉的晚上》，但这篇作品不如《春风沉醉的晚上》。这篇小说没有痛感。作者必须明白村上春树小说的精髓。村上春树的小说很棒，他从来不写故事，他就写生命片段中形成的一个竖着的生命漩涡。这个漩涡不存在于任何深刻性之中，它就是一个表象的漩涡。读了这篇小说，我认为作者还没有读懂村上春树。

何平：小说的题目叫《村上春树在南京》，村上春树的肉身不可能在南京。于小说而言，村上春树只可能是一个"幽灵"。那么，究竟村上春树的哪一部分跟南京发生了关系？我们在小说里面其实看不到，以至于村上春树就成了整篇小说可有可无的一个小道具了。所以从这个角度来看，这篇小说其实可惜了这样一个题目。

其次，小说篇幅比较短，九千多字，一个比较标准的短篇小说的长度。但是，当我们确定小说长度时，应该同时思考，在这样的一个长度中要讲多大体量的东西，讲些什么。这篇小说对情节的处理过于随意了。

最后，这篇小说主要叙述青年人在当下社会中所感受到的爱的无能。其实每个时代都有这种写作。这篇小说有些地方很像郁达夫的《沉沦》，在当下这一代的年轻写作者中，我看到了太多类似的内容或者说桥段。小说的第一段废话太多了。一个短篇小说是要有闲笔，闲不等于废话，写饱满不等于写得不透风。

黄梵：我觉得作者想描绘出他们这一代生活里面的那种不确定性，所以他讲了很多琐碎的事情。这样一种不确定性，用漫不经心的方式呈现出来，我觉得也合适。只是在描绘的过程中间，确实存在一个有效性的问题。尤其在小说的开头，我们看到了很多无效描述。

小说的人物设置是前后矛盾的。小说开头，男主人公的父亲要他找对象结婚，他不认为这是错的，他也去努力了，可是每次努力都差临门一脚。这里对青年一代的形象构建，我觉得有点问题，因为这是长辈希望你去扮演的角色。包括这个女孩，家里人催婚，她想得诺贝尔奖，这都是家长、课本希望你扮演的角色，代表了上一辈人的高欲望自我，这不是真正的低欲望一代的自己。因此矛盾出现了，小说中说"我"付出了很多努力，但实际上我们看不到他的努力。村上春树小说中的人物不是这样的，人物属于自己真正的内心世界。他不会把别人希望他扮演的角色当成自己。我们不应该把生活中的自己直接搬进小说里。在小说中，应该敞开真实的自我，低欲望一代的真实自我。

小说还有个很大的问题，语言不过关。口语也有精练的口语，比方说像海明威那样的语言，简练到极致，动作感很强。这篇小说运用了大量闲笔，这一点我是赞同的。对写作者来讲，闲笔的运用是一把双刃剑，用得好，能把人物整体的精神境遇非常准确地反映出来，但用得不好，整个结构就显得拉垮松散，没有重点。这个小说在使用闲笔方面恰恰就暴露了这个问题，特别拉垮。

袁文卓：某某在"南京"的地域书写，在我看来不应该仅仅停留在对某些地理标志的书写层面，而应该深入这座城市的某些人文内核的书写之中。作者要说出别的书写者不曾关注到的叙述层面，譬如一些属于南京本身的美学特质的东西，否则读者读完后，似乎也可以将这个所谓"村上春树在南京"换成"村上春树在武汉"，或者换成其他的城市，好像也没有太大的影响。

小说的不足之处在于语言太啰唆了。作品中很多地方，明明可以很简短地表述出来，但是作者选择反复强调。比如小说的开篇，作者很慢才进入小说中，前面几段其实没必要交代那么清晰，直接从第四段"大学毕业后，自己生活的种种不顺"开始写就很好。另外，小说中穿插了很多"我"和陈灵均的过往，但回忆和现实的衔接比较生硬。我觉得在叙事时间上，作者应该再思考一下，如何更加自然地呈现过去与现在。

毕飞宇：我今天想和大家做一个游戏，我们一起把《村上春树在南京》再读一遍。

读小说之前，我首先要讲一个基本的常识：小说要写人的关系、事件。人在哪儿？人和人的关系在哪儿？事件在哪儿？在时空里头。所以对任何一个写小说的人来讲，最基础的功夫是处理时空。任何一篇小说，它的第一重是时间，第二重是空间，之后才是小说里的人物，然后才能往下走。

我们写作的时候，如果沿着第一时空往下走，这个作品就是流水账，会很难看，作家一般不这样写。如果我们把第一时空全拿掉，完全把作品放在第二时空，那么，第二时空里面零碎的东西就有可能让小说失去基本的逻辑。无论是现代主义小说还是古典主义小说，说到底，我们都是把人和人放到时空里头。从精神上来讲，古典主义着重种群，比如国家、民族、社会，而现代主义更侧重个人。古典主义更习惯于依循时间和空间的顺序，而现代主义不再需要这个顺序。

《村上春树在南京》也是这样。小说的开头，从对一个作家的认识开始，既没有时间也没有空间，它与生活无关。到了第三页第一行：就这么扯皮了好几天，"我"决定去约陈灵均。到了这儿，才真正进入小说的第一重，也就是小说的叙述时空。前面这三页不要了。第一时空开始以后，作者哗啦一下潜水了，立即让小说进入了第二时空。他在第二时空里面写的东西特别多：第一，"我"和陈灵均的中学时光；第二，考上大学，父亲请客，两个人考上了同一所大学；第三，两个人一起回到了自己的中学；第四，两个人一起回到了大学。经过这么长时间，两人终于约定六点在新模范马路地铁口见面。他是五点四十五去的。陈灵均迟到了，七点十分才来，然后两个人吃了一顿饭，又去玄武湖逛了一下。

我们分析问题，一般是从第一时空开始的。这篇小说一共十一页，第三页约定见面，然后直到第八页的下面，两个人才见面。见面后就发生了这么一点事情，吃饭，逛玄武湖。当我在第八页往前望的时候，如果这个小说的体量不是一万字，而是十万字，读者已经记不得主人公干过什么了。换句话说，在小说的第一时空里，第一个点和第二个点之间，你给读者留下了巨大的沼泽地。再想一下小说写了什么，"我"和陈灵均约好了见面，她迟到了，"我"买了一点东西，吃了顿饭，在玄武湖逛了一圈，睡了一觉。假如我们把第二时空全部排除开，小说是不是就写了这个？这种小说谁看呢？就现在所有的这种东西，如果我来写，一点都不动，我只是把它调一下，这小说能多二十分。

到了第八页的下半段，"我"和陈灵均约在新模范马路的地铁口，约好六点钟吃饭。"我"去得特别早，时间太多，正好附近有一个商场，"我"就在那儿逛。那儿有许多手表，在这里可以插入对中学时代的叙写。"我"再逛，逛到鞋那儿，又可以写大学时代。结果她迟到了，她就得解释。他的现实生活就出现了。你看，什么都没有动，仅仅是一个时间顺序的调整，这个小说就变得特别紧凑。它好看多了。

村上春树和这篇小说关系不大。村上春树到底是一个什么样的作家，他的作品体现出来的艺术风格、思想跟这个作品合不合，和小说关系不大。至于《挪威的森林》，有两个人在床上读这本书那段足够。

另外，小说的叙述重点是"我"和陈灵均约好见面之后的事情。"我"去早了，有两个小时或者一个半小时。在手表面前，在鞋子面前，"我"产生了许许多多愿望："我"该不该送她一只表，该不该送她一双鞋，该不该送她一个包……最后，"我"决定送她一块表。这个表很贵，但"我"没那么多钱。到这里小说应该写出欲望，把那种面对物质的强烈渴望，到最后又是一无所有、有点无奈的那种躺平感表达出来，青年一代的精神特质也就显现出来了。

　　这样一调整，这个作品就"救"出来了。我为什么觉得能"救"出来？因为作者内心有一个东西，作者是一个有情感的人。写作者常常有这样的困惑，写小说写到一定的时候提不起来，怎么办？我的回答是，写不过去，赶紧走人，到第二甚至第三时空里面去，然后让第一时空和第二时空、第三时空混在一块儿，它就来了。为什么有时我们读小说会难过？对于作者来说，唯一的义务和责任是让读小说的人内心有波澜。作者应该让小说的人物和社会大背景结合起来，形成合力，冲击读者的内心。

　　　　　　　　　　　　　　本期实录由南京大学王馨悦整理，
　　　　　　　　首发于《青春》杂志2022年第9期，收入本书时有删改。

《村上春树在南京》梗概 /葛希建

　　大学时痴迷村上春树的我，在毕业后因为生活的种种不顺，与很多朋友都不再联系，但与同样痴迷村上春树的陈灵均还保持着若有若无的联系。父亲生病后，对我的逼婚越来越紧迫，所以，我约了在同一座城市工作的陈灵均。在去约会的过程中，我回忆起自己与陈灵均的点滴过往。吃完饭，两个人在玄武湖散步，之后一起回到出租房，被邻居家的争执声打断后，陈灵均离开。第二天，父亲告诉我，外公去世了。

　　　　　　　　本文为毕飞宇工作室第26期小说沙龙讨论作品梗概，
　　　　　　　　　　　　　首发于《青春》杂志2022年第9期。

第27期：通过语言感触不可见之物

李樯：关于这篇作品，需要强调的第一点就是作者要多注意断句。全篇几乎所有章节，都有断句的问题，逗号和句号的使用很混乱。说轻点，这是作者对文本的态度潦草，说严重点，这是作者对自己的劳动成果不负责，对编辑和读者不尊重。提醒年轻作者们，一是爱惜自己的作品，二是尊重读者、尊重编辑，我想这是一个写作者起码的职业素养。

二是用词的准确性和周全性问题。我遇到过许多类似的作者，会反诘我，说你难道读不懂这句话的意思吗？当然能，我或者其他读者当然能读懂。但作为作者，表达的时候不能仅仅停留在只要读者能明白我的意思就可以了这个层面。

走走：首先，这篇小说从写作技法上来说，就存在多处多余的修饰和不成熟的写作方式。举个例子，"一只死羊顺流而下"，这是一个很好的开头，但文章开头的冷峻并没有保持下去。第二句，"雪水精心的传送"，这就是不必要的一个修饰。而下一句"羊的身上系满了喀什河上游的纪念品"，其实就是在表达羊的身上挂了很多东西。后一句又说唐布拉要留住这个"精致的礼物"，"精致"在哪里？这些修饰是没有必要的。然后写到"这只羊因此结束了自己孤独的旅程"，这个"孤独"和前文的"精心""精致"等词语又产生了语义矛盾。这类问题在小说中多处存在，需要作者做减法。

作者有新疆生活的背景，很喜欢将动物拟人化。但我需要提示作者的是，成熟作家的作品中基本不存在这种拟人化。这是一种特别青春、特别文艺的写作方式，你完全可以很朴实地描述它。

另外，作者还要注意的是语言的节奏感和叙述重复的问题。比如"老鸦群在亚夏尔上学的路上近乎癫狂的欢呼声引起了亚夏尔的注意"这句中，两个连续的人名改变了阅读的节奏感。包括后面描写到树屋的场景时，也存在节奏混乱的情况。小说写出来要朗读一遍，重复太多会乱节奏。但在避免语言冗余的同时，还要摆脱概括性的语言。

同时小说中还出现了很多次作者代替人物说话的情况。作者写到亚夏尔在触碰白鹰的时候"感觉心里某一处坚冰正在融化，有一堵墙被凿开了"，这个描写没有问题，但小说真正的张力其实是这个在六月的雪天里生的白色的孩子与白鹰之间的关系。那么前面还要加一些他的孤独感，除了他父亲对他的粗暴、严厉，他在同龄人当中有没有感受到这种孤独？如果这部分在前面没有铺垫，那就是作者在替人物说话。

接下来就是视角切换的问题。视角问题是小说存在的另一大问题，作者自己甚至因为视角转换混乱还出现过错误。小说视角在多人间甚至动物身上跳跃。然而很多时候这些视角都是客观化的，能够被描述出来。

作者还需要注意语言的准确性。比如文中写到"伊力潘指甲缝里面积攒了他所有可以接触到的细菌"，亚夏尔可以看到细菌吗？作者可以选择描写颜色，但不应该去写细菌，这是不准确的。

小说最后捕捉白鹰这部分应该是重中之重，然而这一段开头就存在两大问题：一是不清晰，二是太轻易了。这对一个孩子来讲是人生中一次非常重大的选择，不能用一句话概括所有的压力。你需要让读者闻到气味，真正感受到杀气。人性的选择之艰难，之摇摆，之暧昧，之游离，要通过行动带出来。缺少了这一部分，小说前面铺垫的人与鹰的关系也好，草原上的人对神灵、对动物的敬畏也好，都无法展现出来。

桂传俍：这一类作品让我感觉在看古人的壁画，用詹姆斯·伍德的说法就是完全依赖一套象形文字式的寓意符号来表意，因为语言还没有发展得很完备，所以只能寄希望于后人能够洞察其中的深意。但这类创作中的意义和符号的对应关系又是很简单生硬的，甚至往往故事的核心就是要给你呈现某种确定无疑的对应和因果关系——在这里即是"我"与白鹰，以及"我们"相似的命运。这在当代小说中还是蛮忌讳的，却会给人一种史诗的幻觉。这类作者往往对文学性的理解有偏差，他们一般会把文学性理解为某种抒情性，而寓言化的写作和抒情性往往是捆绑在一起的，最后就导致朦胧、模糊、抽象、空泛，看似指向现实，实则却是完全架空的纯粹个人审美趣味的体现。典型特征是你会看到这类作品中缺乏现实细节，因为一点点真实的细节就会把整个意境破坏掉。

初学者一般只会临摹静态的东西，虽然人物好像也做出了一些行动，但整体更像是在播放幻灯片，不但时间、空间是凝滞的，你也看不到人内心真正的困境。就像这篇小说中的人物，每一阶段的状态基本感受不到变化。搭场景容易，通过动作呈现状态则很难，这是需要加以训练的部分。当代人对于自身的认知是随时可以推翻的，没有那么稳定，表面上的恒定或太有逻辑实则是观察力不够的表现。而除了视觉以外，其实作者也可以考虑听觉、嗅觉、味觉等，这都能使这个空间更鲜活，更有说服力。

就小说的视角来说，《白鹰》用上帝视角而非一个受限的人物视角来写注定很难取得好的效果。特别是小说存在多次视角的随意切换，这种跳跃增加了一开始我提到的那种寓言性的感觉。越是随意地切换视角，越是说明背后有一个掌控者，完全背离了小说人物的个人逻辑。我们现在很多小说和散文，因为写作者集编剧、导演、灯光于一身，就会写成戏剧化或诗歌化的作品。

记得美国一位在创意写作工作坊任教的作家曾归纳过关于写作的一种金

字塔式的结构：最底层是用语的精确、表达的合理，上去一层是口吻、声音这类东西，再上一层则是潜在文本，最顶层才是隐喻和象征。然而很多人已经注意到，现在很多青年作者是反过来进行实践的，先有隐喻和象征，然后再考虑语言的准确性。这也是值得我们思考和探讨的。

孙甘露：《白鹰》这篇作品我感觉大模样还是不错的，对自然和风物的描写，人由动物唤起的复杂感受，不由得令人想到安妮·普鲁笔下艰难的自然环境。我在想，作者的文笔是否多一点粗粝的感觉会更好？当然，不是要作者仿效安妮·普鲁，但那种严酷的自然环境会揭示出人为何如此生活。作者有一副作家的模样，也许在叙述的时候掉了不少东西，但重要的东西都还在，这些内在的东西一生都会跟着你，不会掉，记得好好珍藏。

徐畅：这篇小说里作者写羊的时候，他想把这只羊写清楚，其实这时候你表达得越多，反而传达出来得越少。有时候把这些强烈的情感做渲染，反而显得无力，相反如果直白地去写或者用省略的写法来写会更好。如果这个问题可以解决的话，作者的语言可以好很多。

这篇作品的另一个问题在于没有处理好生活经历和写作素材之间的关系，这种关系在这里有一点脱离。在小说里面我看不到自我的痕迹，不是说要有"我"在里面，或者说"我"有什么想法，而是那种自我感受到的情绪、情感的细节，这种自我的观照对小说来说是很重要的。

一个作家就是一口井，这个井挖得多深取决于你自己，并且这个井的外面是无法寻找到水分的。建议作者从这个角度来想一下小说的题材、故事。很多小说只写动物也写得很好，这个作者的处理还是有一点简单化，能感觉到故事与你的自我感受脱离得很远。

此外，这篇小说里面涉及的几个主题戏剧性特别强。较大的问题是父辈和男孩的矛盾很多没有展开。白鹰为孩子带来了快乐，而父辈的这些人却需要把白鹰驱逐出去，这种矛盾在小说里面没有表现出来。可以说小说前半部分写那么多，就是为了写最后捕鹰那一段，但这个过程作者只写了两三段。从编剧的思路来看，这里面值得写的太多了，所有人的反应都值得去描写。可以展开的内容有很多，但作者通过一种偷懒的方式交代过去了。

汪雨萌： 我有一个和大家不一样的观点。我认为这类小说的作者往往并不是因为过于随意，而是因为太紧张了，所以每一句话都过于雕砌，甚至在这个雕砌的过程中失去了本能的意识。

整篇小说的信息量不是特别大，充气却充得很满，遇到该填细节的地方，又很快滑过去了。这是因为作者可能还没有能力建立非常稳定和完整的虚构世界，对自己小说里写的这个世界没有一个整体的把握。

我觉得创意写作的一个方法特别好用，叫作"叙事曲线"。它是一个平滑的抛物线，这个抛物线可以让你在上面标出刻度和面积，比如起因用多少字，叙事设计成什么结构，哪一个结构最膨胀，这个地方要填多少内容，等等。这个方法可以在技术上为学生提供很大帮助。

另外从行文的思路来讲也有两点问题。

一是这个孩子在自己家处理羊肉的时候，小说里写"室内立刻充满了膻味"。孩子虽然把院子打扫了一遍，但这个味道是很难去掉的。然而到最后这个父亲并没有发现他之前在家里处理过羊肉，那么这个地方前期的处理就是有问题的，这个伏笔埋得不够好。

二是整个主题的格局到文末小了一点。一开始这个文章是由"我"和白鹰的同病相怜来发展的。但文章的最后我们并没有看出他对白鹰的期待或是两者的交融，这是一个比较遗憾的事情，包括最后的结局也没有交代清楚。

最后说一下语言。作者在前半部分用了太多夸张的描写，导致在最后想要强调这种非常震撼的场景反而显得没有力量了。因为前面很小的场景运用了非常夸张的语言，那么到大场景的时候便很难使出更大的力气，导致了从高潮到结局的过程不够平滑。其实整个行文应该是一个缓缓上升又下降的抛物线。

项静：《白鹰》这篇小说是非常有特点的，跟作品所表达的生活环境、地方风景和人文地理都有关系，在这一点上已经确立了一种个人特色，与此相关的是，作者的语言也在努力与作品风格相适应。这部小说的寓意和美学追求，在一定程度上是封闭的、向内的，追求一种独特而精致的造型，也有一定的完成度。如果有建议的话，我期望从作品中能够看到更多生活气息，这种生活气息不是说特别的时代背景，而是自然的非哲理化寓意化的日常表达，毕竟小说中的人和动物都是那个地方生活的常态。另外就是结尾的部分，转折太过急切，前面埋伏了非常多的内容，结尾没有拓展或者升华作品的内容，而是有点跳脱，脱离了原来的轨道，没有起到收束的作用。

黄平：这篇小说比我常见的大学生作品要好，很多地方的描写有成熟作家的韵味；但确实也像老师们指出的，作者似乎在小说中没有保持住稳定的水准，成熟的描写之后往往又出现比较幼稚的描写。这也是青年作者的常态。我个人对青年作者的期待，用一个比喻来讲可能更清楚：我们现在是某家足球俱乐部的球探，去选拔有天赋的青年球员，整场表现中规中矩的球员是不合适的，合适的是那种在球场上充满想象力的球员，这种球员往往因年龄的原因好一脚坏一脚，但未来的上限值得我们期待。如果一个球员每一脚都是神来之笔的话，那就不是球员，是巨星了。我们期待青年作者们经由老师们的批评指正，未来成长为巨星。

本期实录由华东师范大学姚晓宇整理，
首发于《青春》杂志2022年第11期，收入本书时有删改。

白鹰 /姚晓宇

一

一只羊顺流而下。

雪水的传送形成了一个新鲜的冰棺，它的皮肤被浸泡得白而细腻。经过长途漂流，羊的身上系满了喀什河上游的纪念品，而唐布拉注定要留住这个从上游漂来的礼物。一枝被积雪压断的松枝借助毛茸茸的针叶勾住了羊的一条腿，它的前蹄高高翘起，指向天空。这只羊因此结束了自己孤独的旅程，它和所有覆满积雪的石头一起，在布满冰雪的唐布拉山口迎着冬日清晨微弱的月色闪闪发光。

老鸦群在亚夏尔上学路上近乎癫狂的欢呼声引起了他的注意。他从公路上翻下来，在黑暗中摸着马蹄踩出的小路往河边走。草地上的积雪瞬间消解了公路上来往的车辆声，喀什河奔流而下的声音也越发清晰。这样的场景似曾相识，他握紧了书包肩带。

冬季的河面在黑暗里腾起一圈一圈乳白色的蒸汽，一只羊的影子被融化在水雾里。

"死羊。"

亚夏尔抓了一把雪，朝羊的肚皮扔过去。雪球弹跳了一下，碎成一片晶莹的星光。他又抓了一把雪，抛向几只没有眼色的乌鸦。乌鸦尖叫着飞离了羊的身体，它们嗫了声站在松枝上围观这个白色的男孩，紧张地观察着亚夏尔的一举一动，以推断自己是否还有机会分享这一份从天而降的厚礼。

亚夏尔抖抖肩膀，把书包甩在地上，顺势滑下河坝。他靠近死羊的前蹄，用力一勾，将它拖上岸来。他拍了拍羊的后腿，那条泡在河水里的后腿以有力的回弹传达了令人兴奋的信息——这只羊的肉依然新鲜。亚夏尔掀开它的牙床，暗红色的下颚生出来两对牙齿，中齿又白又小。这是一只不到三岁的羊。

在野鸦惊慌的交涉声中，亚夏尔镇定自若地将羊的尸体在雪地上拖出一条银灰色的凹陷。

雪季是属于亚夏尔的季节，雪地回射的光很好地掩盖了白色的羊和白色的亚夏尔。

亚夏尔到学校的时候，第一节课已经下课了。他一直走到学校门口才把斧子斜放进书包里，把围巾从脸上拉下来，对着铁门喘气。他出汗后结了冰的头发像一片白色松林立在头顶，苍白的脸上渗出的血丝像雪地里交错流淌的红色小河。

校门直对着的一排红色砖房是教学楼，伊力潘正蹲在门口。他专注地吮吸着自己的拇指，直到亚夏尔走过来在他头顶敲了一下，他才抽出手在背后擦了擦。伊力潘皮肤黝黑，又瘦又小。他的指甲缝里积满了泥土，两个拇指却在他常年的吮吸下显得格外白嫩。伊力潘跟在亚夏尔身后推开教室的门，昏暗的教室里两根灯管正以最快的频率闪烁。

"你到河坝上干吗去了？"伊力潘盯着亚夏尔结了冰疙瘩的裤脚。

"冲下来一只羊。"亚夏尔没有回头，低声自语了一句。

"我家的羊。"

亚夏尔快走两步跨坐在座位上，把作业从湿漉漉的书包里掏出来。

他现在想起早上那只羊，觉得不可思议。他似乎从中品尝到了"定命"的意味，不然怎么解释这只出现得恰到好处的羊呢？他好像终于体会到了

"钻进花蕊的蜜蜂"的幸福感，这是恰尔根最常说的一句话。

这句话伴随着亚夏尔的出生，也伴随着唐布拉对群鹰的驱逐。这个曾经盘旋在唐布拉上空被奉为神明的物种，在十几年前突然被人为驱赶到了草原深处，以至于今天的峡谷地带几乎成了乌鸦的国度。

亚夏尔就出生在那年六月。

那天恰尔根和往常一样，清晨驱赶羊群往空中草原走。六月的牧场，万物升腾，四处涌荡着生命的绿意，恰尔根的呼吸都变得轻盈起来。然而在离目的地还有一公里左右的时候，他忽然听见了混乱的口哨声。恰尔根第一反应是遇见狼了。紧接着便看见鸟群如子弹一般从空中俯冲下来，精准地射向自己身后的羊群。那天几乎所有上了空中草原的牧民，都遭到了鹰群的袭击。牧民带着羊群四处逃窜，鹰群追在家畜后面发出尖锐的恐吓声，一直把他们驱赶到公路上。老鹰成群袭击家畜是一件极其罕见的事，从那天起大家几乎上不了空中草原了，路上鹰群围追堵截，甚至有羊羔被啄瞎了眼睛。有人说是鹰群在赶人呢，不让人上空中草原去。可空中草原是唐布拉夏牧场最核心的位置，不能上牧场意味着可能错过羊群生长最重要的阶段。牧区联系了相关部门，浩浩荡荡的驱鹰大队就组建起来。不到两天，空中草原上空就再看不见一只鹰的影子了。

其实对鹰的驱逐让他们心头蒙上一层愧疚。毕竟他们将鹰类奉若神明的习惯由来已久，就连饭前的祈祷都是这样说的：家庭幸福，身体健康，雄鹰翱翔，眼睛雪亮。但也正因为这样，他们才更无法忍受这种不附加任何说明的背叛。

同时另一件事也在酝酿着，可以说是恰尔根最先发现了事情的苗头。早晨恰尔根去老鸦林打水的时候突然发现林子里安静得出奇。他四下观察，竟找不到一只乌鸦的影子。下午的时候，老鸦群突然遮天盖地飞过牧区，引得所有人都探着脑袋看。有人说是会地震，弄得人心惶惶。牧区唯一的超市被哄抢一空，商店老板锁了门，急急忙忙开车赶回尼勒克县城。当天太阳一落山，突然起了狂风，夜里生生的冷，冻得恰尔根起来三次检查门窗。没几个小时妻子被疼醒，恰尔根抱着她拦下一架哈迪克往卫生站赶。天上的云层青一块紫一块，风也刮不出一条缝来，只能看见太阳面色惨淡地藏在后面。恰尔根觉得这天气不太对劲，他把双手叠在心口，在沉默的祈祷中听着马车的铃铛跟着风叮叮当当作响。一团蒲公英种子被吹落在恰尔根膝盖上，他伸手抹了一下，随即化成一粒水珠，接着大雪就铺天盖地落下来。白色的棉絮跟着狂风在空中搅成一团，被风压着的暴雪一层叠着一层，成片成片地织，像成千上万的人在天上剪羊毛。

那天的夏牧场堪比经历了一场屠杀，恰尔根家一百五十多只羊被冻死了三分之一。整个牧区的家畜成群冻死，小家伙们脑袋挤在一起，它们都刚刚剪过毛。牧民们搂着羊脖子坐在雪地里哭，这些在山上花了一个夏季的人们哭得上气不接下气，低头哭一阵就仰起脸把掌心摊开伸向天空，好像在向上天索要什么，但这些请求统统没有被采纳，只有大片的雪花俯冲下来。恰尔根仰头看着这些针似的雪粒在视线里逐渐放大，觉得整个唐布拉好像一个深不见底的巨坑，外面有人故意往里倾倒这些白色的棉絮。他站在坑底，除了仰望天空的尽头外什么也做不了。

恰尔根坐在救援车上，后车厢载满了被冻伤的家畜，他不知道该怎么把家里的损失转告给疲惫的妻子。雪撞在挡风玻璃上发出噼噼啪啪的声音，满眼都是白色，白得雾蒙蒙的，像是眼睛害了病。整个唐布拉都被淹没在白色里。

办完所有手续，恰尔根走进病房的时候天已经黑了。窗外的雪有要停的迹象，室内架着炉子，妻子睡得很沉，孩子被裹得严严实实，室内的暖光把那个惨白的世界隔在窗外。恰尔根今天再也不想看到任何白色的东西了，哪怕是一根白头发也不想，他现在要享受的可是他此生最重要的时刻。他抖了抖肩膀，把冷冰冰的夹克脱掉，又把手在脸上搓了搓，然后把这个小家伙揽在怀里。越是贴近孩子的脸，恰尔根越是怀疑自己的眼睛。嫩嫩的脸颊从襁褓里露出来，像一片铺了白雪的冰层，白得生出了寒意，白得能看清孩子脸上的血丝像红色小河一样流淌。恰尔根开始怀疑是不是自己的眼睛里下了雪，不然怎么连儿子都是这个颜色。

连续三天，大雪封了山路，但家家都囤够了食物。那天起，人们对那日下午成群飞过的乌鸦充满了感恩与敬畏。很多人笃信那天下午乌鸦的哀号是上天的告诫，乌鸦的离开警示着唐布拉的无妄之灾，它们的归来也带来了夏日的复苏，而老鹰则成为夏牧场终结的代表，从此人们带着疑虑向它祈祷。

"或许鹰在一周前就想告诫他们呢？"恰尔根有时也会这么想。

除此之外，亚夏尔白得脆弱的皮肤也成了恰尔根的心病，他每每看到这个弱不禁风的儿子，就想起自己这半辈子最狼狈的一天。在那一天之后，恰尔根一家很久没有从巨大的经济损失中恢复过来，连预期要的第二个孩子都被推迟到了无期的未来。那个白色的夏牧场像是一个永恒的阴影笼罩着恰尔根，从此他再也不像别的牧民一样用双手盖住脸乞求草原上水草丰茂，祈祷自己家的牛羊健壮。他觉得眼前看似无私的充满生机的草原，实则正在计划着向他们索要点什么。

"一头钻进花蕊的蜜蜂，会忘记天黑被裹进花瓣的危险。"恰尔根用这句古老的谚语说服了全家。他身体力行地拒绝把自己的身家寄托在靠不住的草原上。夏季，他抽空帮牧区的管理部门打草；冬季，他就到尼勒克县城里卖羊奶。每天天不亮，他就把亚夏尔从被窝里拎起来，亚夏尔困得坐在塑料桶前点头，恰尔根就开始往三轮车上装奶桶。羊奶一天能挤三次，亚夏尔只需要承担这一次的工作。挤羊奶需要一股巧劲，可对于亚夏尔来说，让羊奶落下来简直比登天还难。他屏住呼吸，用虎口紧紧钳住羊奶头，但每次刚挤出来一点，羊奶就像是在故意和他作对一样缩回乳房。当他不得不在临近迟到时，把花了很长时间挤出的那薄薄一层羊奶交给恰尔根的时候，恰尔根都会极其粗暴地像倒垃圾一样，把羊奶磕进半人高的奶桶。塑料桶碰撞的声音就像恰尔根的咆哮，亚夏尔吓得不敢睁眼睛。

恰尔根对亚夏尔说："狼吃的是离群的羊。"

亚夏尔知道爸爸的用意，他也深知自己异于常人的肤色给他带来的不公待遇。特殊的颜色没有给他带来任何益处，反而夸大了他的笨拙。每当亚夏尔在一切反光体上看见自己白色的影子，他都会感到恐惧。他想方设法去改变自己的肤色，但就连阳光都好像会在接触到他皮肤的一瞬间被蒸发掉。白色夏牧场那天出生的白色孩子，人们有意无意将两者联系起来，他的肤色在众人眼中天生带着一些隐晦的含义。他讨厌这种看似严谨的推论，尝试用自己的思路去寻找真正的答案，却始终没有头绪。

直到白鹰出现。

二

伊力潘用亚夏尔的钱买了一包辣条，他跟在亚夏尔身后，一边走一边就着草地上的雪一起吃。亚夏尔像一只猎犬一样走在老鸦林里，林中一片寂静，夕阳的光在喀什河上跳动，像一层流动的黄金。亚夏尔数了一圈，在一棵树前停下。阳光被挡在松树后面，他站在阴影里冲着伊力潘挥手。伊力潘把手上的辣油嗦进嘴里，双手在棉衣上抹了一把，快步走过去。

"羊在这下面。"亚夏尔说着用脚踏了踏被踩实了的雪地，"不会坏的，这么冷的天。我们带回去给鹰吃。"说着他把书包扔在地上，把手套叠好放进口袋，徒手挖了起来。伊力潘没有吭声，他在亚夏尔对面蹲下用力刨开冰层。

羊被埋得很深，而且每一层雪都被踩实了，它们包裹着羊的尸体，形成无数层结实的冰壳。当一条羊腿终于露出来的时候，伊力潘一屁股坐在地上，他看着自己被雪水清洗得格外干净的指甲盖说："你埋的时候咋没想过这上面会结冰。"亚夏尔重新戴上手套，他把书包拉开，抽出斧子对伊力潘说："砍偏了概不负责。"

伊力潘惊讶地吹着口哨拍掌，屁股挪出一片空地。亚夏尔照着羊腿抡起斧子，羊腿上溅出冰碴，斧子也传来砍到骨头的回力。亚夏尔铆足了力气，用力一砍，羊腿利索地脱离了身体。他把斧子在雪里蹭了蹭，收回书包里。

"我的书包已经重得不行了，"亚夏尔说，"你要帮我把羊腿抱回去。"伊力潘皱起眉头，正准备还嘴。

"明天我还请客！"亚夏尔抢先一步说。

院子的大门还上着锁，亚夏尔推开门后，伊力潘熟练地从他胳膊下穿了过去冲向厨房。明知道家里没有人，亚夏尔还是蹑手蹑脚地绕到柴火后面，把斧子轻轻地靠墙放下。厨房里，伊力潘一边尝试剥去羊腿上残留的外皮，一边烧了一大盆热水，等着把冻硬的羊腿烫软。浸泡在热水中的羊腿浮起粉白色的泡沫，没有放过血的羊肉气味格外刺鼻，室内立刻充满了腥膻味。两个人目不转睛地盯着逐渐软化的羊腿，窗外的光线渐弱，院子里渐渐铺上了一层淡紫色。亚夏尔用筷子戳了戳羊腿，然后把羊腿抱到厨房的台阶上。他蹲在台阶下，尝试把肉从骨头上剔下来。外面的羊肉已经快被烫熟了，但里面还带着冰碴，削起来很费劲，在两个人共同的努力下，羊肉还是渐渐在塑料袋里堆成一座小山。

已经九点多了，亚夏尔把厨房打扫干净，又把院子扫了一遍，直到看不出有人回来过的样子，他才背上书包关了灯从院子里退出来。伊力潘提着塑料袋等亚夏尔锁门，太阳已经完全看不见了，西边还泛着一点光。伊力潘转头看看昏暗的马路。"亚夏尔，我想回了。"伊力潘突然小声说。

亚夏尔把锁子合掌按在胸口，他一用力，锁子咔嗒一声合起来，他拍拍手从伊力潘手中把羊肉夺过来说："我作业给你抄。"

伊力潘的脸上立刻绽放出笑容。

白鹰被亚夏尔藏在树屋。

这个建在树上的房子是以前供游客使用的，属于宾馆老板所有，后来政府出于保护草原生态的目的，划分出保护区和旅游区的界限。以前成片建在牧区的白色宾馆都被拆掉了，树屋也只留下了几间。废弃了两年的树屋，在经过去年夏天恰尔根的重新修整后，变成了一个不错的空中仓库，用来存放一些平时用不上的工具，包括一些旧毡毯、没用完的汽油以及待使用的新轮胎等。今年夏天恰尔根把这个树屋的钥匙作为生日礼物送给了亚夏尔。树屋的东边连接着老鸦林，北边是奔流的喀什河，视线越过河水的粼粼波光后，是唐布拉高山牧场，再远处是连绵的天山山脉。层叠的河流和山脉拼接在树屋的窗口，形成一片只属于亚夏尔的风景。

当然，现在也属于白鹰。

一周前，唐布拉降下一场暴雪，亚夏尔和伊力潘结伴走到学校被门卫告知临时停课，让他们回教室和同学一起等父母来接。然而两人对视一眼，又逆着暴雪往回走了。路上雪花打得他们睁不开眼，身旁往来的车辆在大雪中突然出现又突然消失。亚夏尔把伊力潘从公路上拽下来，拉着他沿公路两侧的草地走。路过老鸦林的时候，乌鸦们正成群地从空中落下来，在雪地里格外显眼。它们激动地扇着翅膀，一层叠一层聚起又弹开，像在和雪地搏斗。

伊力潘眯着眼睛冲亚夏尔喊："它们在打群架吧？"

亚夏尔没有说话，他看得很清楚，这些乌鸦不是在打群架，而是在分食猎物，对手是一只白色的大鸟。在老鸦群猖狂的叫声中，亚夏尔突然感到一阵恐惧，他生怕老鸦群最终会击垮这只白色的鸟。他来不及做过多思考，一边挥舞着书包一边大喊着冲过去。亚夏尔发出的声音格外尖厉，是他通常用来呵斥暴戾的牛犊和野狐狸的声音。伊力潘也跟在后面发出怪叫，他把这当成了一场和往常一样捉弄老鸦群的游戏。老鸦见两人发疯一样冲过来，纷纷尖叫着四处逃窜。但那只人鸟一动不动，像一尊白色的雕塑。它瞪着眼睛偏头立在原地，翅膀向两侧展到最大，每一根羽毛都像箭一样从翅膀里刺出来。亚夏尔放慢脚步，在不断靠近时蹲下。他俯下身子细细地打量这只白色的生灵，这是一只鹰，一只白色的鹰，白得要被雪地吞没。亚夏尔的眼眶软了一下，他在白鹰的眼睛里看到了自己，白得要消失在雪地里。在亚夏尔的注视下，白鹰缓缓收起翅膀，它的羽毛散落了一地，左侧翅膀上生长出一条殷红的藤蔓，顺着羽毛的纹理落在地上。

"这是老鹰吧。"伊力潘围着它转了一圈，"乌鸦一会儿肯定还要回来。"

亚夏尔揉揉眼睛，把围巾解下来，小声说："带它到树屋去。"他用围巾把白鹰的头轻轻蒙住，白鹰顺势倒下。见它安静得像晕厥了一样，伊力潘才过去抓住它的翅膀。两个人缓缓站起身，迎着高空浇下来的雪沙把白鹰带回了树屋。

白鹰与亚夏尔的那一眼对视似乎达成了某种共识。亚夏尔坚信他们从对方的眼神中辨别出了那种罕见的共性，相似的颜色消解了彼此的恐惧。像亚夏尔一样，它有着与众不同的颜色，又脆弱又笨拙。但不得不承认，一开始白鹰并不接受亚夏尔的好意。大概是因为和老鸦群的搏斗耗尽了精神和体力，才使它无法反抗亚夏尔和伊力潘的绑架。白鹰被带回树屋没多久就折腾起来，它虽然一直被蒙着眼睛却还是十分激动。鹰的体型不算大，但在这个狭小的树屋里也足以翻天覆地。它的两扇翅膀打开后就像一台巨大的风扇，扫落了亚夏尔收藏在树屋中的无数奇珍异宝。亚夏尔知道老鹰是要熬的，但他并非要驯服它，作为一只受伤的老鹰，它自己又能熬多久呢？

那晚，亚夏尔在凌晨溜回树屋。白鹰不吃不喝，只是沉默地站在绳子上。月光透过木窗攀上它雪白的羽毛，在四周凝成一片幽蓝的水雾。白鹰左侧受伤的翅膀垂下来，右侧的羽翼颤巍巍地半开着保持平衡。亚夏尔一次又一次把水盆靠近白鹰，又一次次无奈地挪开。唐布拉的夜晚那么安静，静得能听见月光在空气中流淌。亚夏尔毫无睡意，他一动不动地凝视着白鹰，等待它被时间击败。临近破晓，当木叉子被染上一缕粉色的晨光时，白鹰的翅膀突然抽搐了一下，紧接着就栽了下来。熬了一宿的白鹰开始了最初的妥协，它吃掉了亚夏尔为它准备的食物和水，也接受了亚夏尔的抚摸。而对于亚夏尔来说，在触碰到白鹰的一瞬间，他便感觉自己身体的某一处坚冰开始融化，有一堵墙被凿开缝隙透出光来。指尖的触感传达到心里的瞬间，亚夏尔的眼泪几乎落下来。

鹰并不是每天都要进食，它的饭量时大时小，但亚夏尔每天都会去看它。和白鹰单独待着的时候，亚夏尔就会摘掉它的铁帽子。他和白鹰对视，有时在看它，有时像在看自己。亚夏尔觉得他们的友谊在彼此的凝视中开始生根发芽，他一度觉得大概是上天的恩赐终于落在了自己头上。某种意义上，他终于找到了同类，也找到了覆盖在他皮肤上的那层神秘的意义。

白鹰拒绝伊力潘的投喂，只有亚夏尔手中的食物它才会吃下。亚夏尔前一周都在买兔子肉喂它，兔子肉便宜，且可以一小块一小块地买。但亚夏尔总觉得这样是委屈了白鹰，他每天都想着如果能给它吃点羊肉就好了，直到今天捡到这只羊，他终于确定这一定是某种旨意，所发生的一切都在证明他和白鹰的相遇是注定的。

拉亮了树屋的灯，白鹰在愉快地尖叫。亚夏尔摘掉白鹰的铁帽子，露出它金色的眼睛。白鹰转了一下脑袋，目光停在亚夏尔手中的羊肉上。亚夏尔掏出一块递过去，白鹰试探了一下把头往后缩了缩，展开了翅膀。

"它不吃羊肉啊？"伊力潘说。

"它应该是没吃过。"

说着亚夏尔把羊肉往前凑了凑说："快吃吧，这是羊肉。这是世界上最好吃的东西。"他又拿起一块肉，假装在自己嘴里嚼了几下。白鹰收了翅膀，探了探脑袋把亚夏尔手中的肉啄了过去，仰头吞下。当白鹰再次发出愉快的咯咯声，亚夏尔才松了口气。

"它也爱吃羊肉，和我一模一样。"

"它一定是尼勒克第一只吃过羊肉的老鹰。"伊力潘附和着。

用羊肉来喂养，白鹰的生长速度似乎加快了。在以羊肉为食的过程中，它的羽毛逐渐丰盈起来，体格也吹气似的膨胀。白鹰的胸脯变得越来越坚硬，爪子像裹满了银制的铠甲，那只受伤的翅膀已经能够自如地摆动了。即使白鹰的眼睛通常还是罩着亚夏尔准备的铁帽子，它也能够自然地在木叉子上走动。

唐布拉的雪落在地上后就变得十分单纯。只要天气稍稍温暖起来，那些结实的雪泥就立刻给覆盖在身下的嫩草让出一片空地来。从树屋俯视，阳光满满地盛在雪地的空隙上。亚夏尔推开树屋的窗户，把木叉子挪到窗沿下。白鹰的瞳孔在冬阳下收缩，白色的羽毛被染上一层金色，它的翅膀几乎和整个窗子一样大了。

"这下你不用怕那些乌鸦了。"

说着亚夏尔弯腰去拥抱白鹰，像是要把它的每一片羽毛都融进自己的皮肤里。

三

白鹰的出现，勾起了很多人对白色夏牧场的回忆。那个白色的影子像一场降落在唐布拉的不肯退却的暴雪，让重新被聚集起来的驱鹰队也束手无策。

白鹰的捕猎手法十分迅速，它只要俯身掠过羊群，利爪就能带走最年轻的羊羔。它金色的眼睛和白得发光的羽毛，让牧人们在六月的牧场依旧能感受到严冬的寒意。这只鹰和多年前在空中草原袭击羊群的老鹰不同，它把自己的暴戾和猎食的目的性展露无遗。这让牧民们开始怀疑自己当初的判断，在大家的记忆里，当年没有一只老鹰做出如此捕猎的举动。比起捕猎，它们似乎在尽力把他们赶出牧场。人们猜测这只年轻的白鹰是来找他们复仇的，带了野兔野狐狸去牧场上喂它。白鹰不屑于这些动物，羊群才是它唯一的目标。

"没用的，羊肉味道一尝过嘛，鹰就没救了。"恰尔根在饭桌上一边说一边割羊腿肉给亚夏尔，"吃羊的鹰会不会攻击人不知道，周末别和我上空中草原了。"

亚夏尔点点头，他盯着盘子里的羊腿肉发起了呆。

刚放走白鹰的那几天，亚夏尔每天放学都会爬上树屋看一眼。放学后的天已经黑了，树屋里冷冷清清，白鹰之前用过的木叉子还放在窗口，被夜风吹得一摇一摆。空寂的树屋带来的失落感，一度让亚夏尔十分痛苦，他通常会在树屋里坐一会儿，自己哭上一鼻子，然后像什么都没发生一样回家去。为了尽快忘记白鹰，亚夏尔暗自在心里给树屋上了一把锁，从减少去的次数到最后再也不去花费剩余的冬季。虽然送走了白鹰，亚夏尔却感到自己心中有一处空缺被填满了。他的变化有目共睹，就连恰尔根都说亚夏尔经历了这个冬天后好像突然开了窍，不再是个羊羔子了。他能感觉到恰尔根对自己说话温和了许多，有时还主动提议要带他出去骑马跑两圈。

只是这样愉快的父子关系，似乎随着春日的融雪逐渐消散。

亚夏尔没有告诉任何人，自己其实早已得知了白鹰的归来。是白鹰让他从冬季陷入沉睡，又在夏季将他唤醒。亚夏尔自己也说不清白鹰是什么时候重返树屋的，毕竟距离放走白鹰已经过去整整一个春季了，关于白鹰的一切都像一场冬日遗梦残留在他的记忆里。

　　当唐布拉的草场开始在阳光下泛出刺眼的绿色，羊群就该重新回到空中草原了。毡毯和骨架都放在树屋，亚夏尔和恰尔根一同去准备这些夏牧场必备的生活用品。推开树屋门的一瞬间，亚夏尔被眼前的景象惊得半天出不了声。树屋的窗子大开着，屋内一片狼藉，像是有人来翻找过东西。恰尔根不以为意，他拍了拍儿子的肩膀说应该是进贼了，反正也没什么值钱的东西。而亚夏尔的胸腔里却扬起一把火，烧得他五脏六腑咔哧咔哧地响。亚夏尔觉得并不是进了贼，直觉告诉他是白鹰回来了。他连续几天一有空就往树屋里钻，却连一片白鹰的羽毛都没有见过。直到他的期待将被耗尽，那场白色暴雪席卷了空中草原。当晚亚夏尔坚持在树屋过夜，他把木叉子移到窗口，等待着那个熟悉的白色影子。夏日的夜空清澈而明亮，每一颗星星都闪烁着荧白的光，亚夏尔觉得这其中总有一颗可能徐徐落下来，变成白鹰停在窗口的木叉子上。亚夏尔撑着脑袋抵抗大脑深处传来的睡意，此时他觉得就连草原在夏夜里的吐息，都像是白鹰在扇动翅膀。

　　夜里半梦半醒，耳朵里传来一阵刺痛，他伸手去摸，指尖却传来一层温和的触感。亚夏尔瞬间清醒了，呼吸都变得困难。虽然始终闭着眼睛不敢睁开，他却感觉到眼泪已经顺着自己的脸颊连成了无数道曲折的线，喉咙也开始传来哽咽声。当他终于平静下来睁开眼睛，白鹰就像从来没有离开过一样站在木叉子上歪头看着他，月光落下来，为他们披上了一层银色的薄纱。

　　亚夏尔逐渐摸清，白鹰通常会在袭击羊群的当夜回来，然后在破晓时分离开。他心里也知道白鹰现在做出这样的举动完全由自己一手酿成，如果不是自己给它吃那只死羊的肉，它可能永远都不会陷入这样的处境。看似清醒，实际上此时的亚夏尔还沉湎在安逸的梦境里，他已经很久没有想起来那件让他感到恐惧的事了，白色夏牧场和自己的关联已经被斩断很久了。

周末正如恰尔根和儿子说好的，天不亮他就一个人赶着羊群往山上走，但他大概十点不到就原路返回了，他的马背上还带着伊力潘的爸爸。从马上一下来，两个男人就破口大骂。

伊力潘的爸爸一手捂着眼睛一手还拎着自己的早饭，血从捂着眼睛的指缝间渗出来，凝成黑色的血痂。他扶住了恰尔根的肩膀对身后吐了口唾沫，望着空中草原的方向说："牲口东西。"

那道伤口从前额延伸到眼角，被鹰爪挖得皮开肉绽。他吸着冷气接受医生上下翻飞的针脚，攥得铁床杆当当作响。伊力潘站在亚夏尔身后不敢靠近，他支支吾吾地咬着拇指哭。

"我爸爸还能看见吗？"伊力潘舔了舔嘴唇上的鼻涕，哑着嗓子问。

护士回头瞥了他一眼说："过段时间就好了。"

白鹰的背叛彻底伤害了伊力潘的情感，也揭开了亚夏尔愈合已久的伤疤。在伊力潘的啜泣声中，他突然发觉了事态的严重性，也突然意识到了自己与这件事的关联。那种对于自己肤色的恐惧，对于这个特殊颜色的真正含义，像破土而出的藤蔓重新将他缠绕起来，于是他那天晚上没有去树屋。

次日，亚夏尔跟着大人们去伊力潘家。两家人盘腿坐在毡毯上，为捕捉白鹰出谋划策。伊力潘坐在矮桌对面一言不发，但只要大人一提到"白鹰"两字，他就翻起眼睛，偷偷看亚夏尔一眼。亚夏尔全程红着耳朵，连面前的奶茶都没敢碰一下。这整整两天，无论亚夏尔怎么跟在伊力潘身后，怎么把零食往伊力潘手里塞，伊力潘也不肯和他说一句话。

周一放学路上，亚夏尔跟在伊力潘身后，伊力潘既没有抗拒，也没有要搭理他的意思。

　　"你说应该怎么办？"十分钟内亚夏尔大概一连问了三遍。

　　夏天的放学路上天还很亮，为了消耗过长的白昼，两人放学后通常会去老鸦林游一圈，等太阳彻底熄了火再回家。伊力潘嗦着拇指没有说话，他沉默地走在前面，书包挂在屁股上一弹一弹。到了河坝边，两个人脱掉上衣和裤子，拨开喀什河的褶皱滑进水里。日光在黄昏里叹息，太阳躲在天山后红得娇艳欲滴，喀什河渐渐开始泛出刺眼的红色，像一条流动的红色血管，顺着孟克特草原腹地向四处延伸。亚夏尔觉得自己浸泡在火焰里，被烧得浑身发烫。

　　"杀了它吧。"伊力潘背对着亚夏尔说，"你把白鹰杀掉吧。"

　　伊力潘话音刚落，林子里就响起一片刺耳的叫声。老鸦群顺着喀什河向南飞去，庞大的队伍像燃烧的黑烟在唐布拉上空弥漫。

　　离家还有一段距离，亚夏尔就远远看见恰尔根搬了个马扎坐在门口抽烟。他心中顿时升起一阵不祥的预感。恰尔根先到家的次数很少，如果不是什么要紧事，一定不会这么早回来，更不用说坐在门口等着了。亚夏尔硬着头皮走上前喊了一声"爸爸"。

　　恰尔根的表情看起来很平静，他点点头说："一个人去游泳了？"

　　亚夏尔盯着恰尔根的脚尖，说："不是，和伊力潘。"

　　"你们吵架了？"

　　"嗯。"

　　"因为他爸爸的事吗？"

　　"是的。"

　　"那和你有什么关系？"

　　亚夏尔突然发现了这场对话的目的性，他惊讶地抬起头看向恰尔根。恰尔根皱着眉头看他，眼神仿佛在审视一个陌生人。

　　"白鹰今天又来空中草原了。"恰尔根说，"为什么有人说喂老鹰吃羊肉的人是你？”

亚夏尔的第一反应是自己和白鹰在一起的时候被人看到了，但想想又觉得不可能。于是镇定下来，摇头说："不是。"

恰尔根脸色缓和了些。"可是你在家把羊肉偷偷煮了一次，是不是？"他继续问道，"那么大的味儿在房子里头，羊肉拿哪儿去了？"

这一次，亚夏尔吓得牙齿打战，他鼻子一酸，眼睛突然起了霜，薄薄的一层飘在眼眶上。

恰尔根看着亚夏尔眼眶里聚起的泪花，眉毛不受控地抽搐起来。"喂鹰了？"恰尔根弯腰把头低到儿子的高度，看着他的脸压住声音问。亚夏尔把头低下来，眼泪顺着鼻尖往下淌。在一片沉默中，恰尔根彻底发怒了。"为什么不说，知道为什么不说？"他把两只手伸到亚夏尔面前狠狠地上下一拍，"脑子白长了！谁干了这事都可以，就你不行！"他越说越气，拍掌的频率也跟着他的语速快起来，像在扇谁巴掌。"别的不说！你知道今天叼走的是谁家的羊吗？"他拎住亚夏尔的领子把他往羊圈里扔，"你数数！谁家的羊少了！"恰尔根把烟摔在地上，劈劈啪啪地踩着羊圈里的稻草，他捡起一根杆子往亚夏尔屁股上挥过去，"你这么大本事，我养出你个毛驴子，你给我养出一只老鹰！"恰尔根现在想起早晨伊力潘来说这件事时自己敷衍的样子，就觉得十分内疚。直到刚才，他也是抱着随便提一提的心态来问亚夏尔的。其实早就有人传言这只鹰是被不懂驯鹰的人养坏了，喂了家畜肉尝鲜后放生了才会攻击羊群。

恰尔根扔掉手中的杆子，从羊圈走出来在院子里打转。

"老鹰今天会去树屋吗？"

亚夏尔点头。

"我联系驱鹰队晚上在树屋周围蹲着，老鹰飞进屋你把窗户关上出来，把它锁在屋子里，交给驱鹰队。"说完恰尔根就进了屋，留下亚夏尔一个人站在羊圈里。他顿时觉得眼前天旋地转，眼泪像冲出峡谷的融水止不住地往外涌。"一头钻进花蕊的蜜蜂，忘记了天黑被裹进花瓣的危险"，亚夏尔突然想起这句话。"原来是这样。"他又想，"狼吃的是离群的羊。"他越是这样在脑中自言自语，越是哭得上气不接下气。夕阳的光和羊圈的阴影把他撕成两半，所有的羊都缩在角落里聆听着亚夏尔的哭声，直到唐布拉上空的黑夜翻扣下来。

两个小时以后，驱鹰队便来敲恰尔根家的门。他们骑着摩托车，围在院门口，每个人肩上都背了杆麻醉枪。天色暗得看不清人脸，只能看见那些枪像棵棵笔挺的黑松立在他们的防弹马甲后。路对面站着牧区的两个兽医，一人拎了一只铁箱，正在往三轮车上爬。他们一边朝恰尔根挥手，一边费劲地把铁箱放在脚边，车子开动时里面的工具便哐啷作响。驱鹰队的人没有下车，领头的对恰尔根吹了个口哨，把头盔和防弹衣扔给父子两人，然后挥挥手让他们坐上来。这一路上没人说话，沿途只有喀什河的水流声和乌鸦群不歇的啼叫。老鸦林旁的公路上停了三辆警车，都打着闪，几个警察沉默地站在路边抽烟。眼看人到齐了，他们便从后座取出一只铁笼，十多人的队伍开始往老鸦林里走。他们在林子边上坐下来，把身上的麻醉枪卸在草地上，两个兽医又开始在一旁叮叮当当收拾铁箱子。在昏暗的暮色里，恰尔根依旧能感觉到他们时不时投来的飞速一瞥。

"让您儿子现在过去吧。"一棵松树下传来声音。

恰尔根转头看了亚夏尔一眼，还没来得及说话，亚夏尔就起身往树屋的方向走去。

亚夏尔在他们的注视下爬上树屋，看起来十分平静。老鸦群不知道去了哪里，林子里没有一声鸟叫，只有喀什河发出轰隆隆奔流的巨响。所有人都沉默地藏在唐布拉的黑夜里等待那个白色影子的出现。

恰尔根靠在离河坝最近的老松树下面装睡。喀什河上跳动的月光始终撞击着他的眼皮，闭上眼睛也像置身在一片闪烁的白色里。恰尔根转头扫视了一圈匍匐在老鸦林里监视树屋的驱鹰队，一阵难言的压抑感席卷而来，这是他第一次对自己的立场产生困惑。他翻身去河坝边上抹了一把脸，冷水激醒的神经让恰尔根终于在混乱的思绪中摸到了这种情感的源头，是一种因舍弃而产生的歉意，或者说是一种从未抵达的疼爱。恰尔根的身后是驱鹰队的低语，面前是奔流而下的黑色喀什河。

夜里两点多，忽然有人吹了一声口哨。恰尔根从梦中惊醒，他翻身朝树屋望去。北边的天空划过一道白色的影子，像一片剥落的月光滑向树屋。大家兴奋起来，急急忙忙背上枪，起身往树屋的方向走去。恰尔根的悔意顿时消解了一半，有人上前和他握手，他也笑着松了口气，但又立刻紧张起来。他感到鼻腔里十分干燥，皮肤上像附着一层薄薄的灰尘，他好像听见远处的树屋里正在传来猛禽的悲啼，走了两步就推开人群向树屋的方向跑起来。在一片惊呼声中，下午的那场殷红的落日又重新攀上西边的天空。木窗被轰然推开，折断的部分从树屋上倒挂下来，脱落的碎木像一粒粒花火，熄灭在下坠的空中，一个白色的影子随之箭似的射往空中草原。驱鹰队愤怒地号叫起来，纷纷举起枪向那个幽灵般的白影射出几发无力的子弹。

那晚，唐布拉的夜空像被割开了一道伤口，灼热的鲜血滴滴答答落在树屋上，烧得所有人双颊滚烫。树屋在众人的注视下随着火焰扭动，恰尔根喊着儿子的名字迎着火光往树屋的方向狂奔。在毕毕剥剥的夜曲中，乌鸦正哀号着向河流的尽头迁徙，它们像一片绝望的灰烬，飞跃众人向南飘去，而那空中涌动的火舌，正不断从树屋的缝隙中伸出来，贪婪地舔舐着这个温柔的草原之夜。

本文为毕飞宇工作室第27期小说沙龙讨论作品修改稿，
首发于《青春》杂志2022年第11期。

第28期：把握好亮点之间的逻辑关系

顾维萍：每拿到一篇小说我都在想，小说给我们的"意义"是什么？正如纳博科夫所说的，一个作家应该集讲故事的人、教育家和魔法师于一身，而其中魔法师是最重要的因素。这篇小说的题目让我非常惊喜。小说如何去面对更为广阔和陌生的区域？我们作为写作者，除了平时用我们直接的、经验化的写作方式之外，也可以使用一种魔法的方式来曲折地完成对现实的认知和阐释。

看了这篇小说之后，我发现作者的出发点是好的，但他始终没有完成这个用魔法化的手段对现实生活进行阐释的任务，比如小说的时空转换和人物关系，都缺乏短篇小说应有的紧张关系。小说中有一个出现在阁楼上的女人，其实这个人物是大有文章可做的，但作者没有把小说中最值得关注的东西表达出来。

王尧：我觉得地域对一个作家的影响是很重要的。我非常佩服那些能走出原生地的作家，他们往往能写出更优秀的作品。我认为迷恋方言写作的作者，可能往往缺少长期的普通话语言环境。在这篇小说里面，方言的应用包括古语的应用到底合不合适？我的理解是方言的写作是比较危险的，对写作的要求会更高。

我认为小说可以直接从第二小节开始。这个小说有两条线，几乎是并列的，一个是沙拉木，另一个是陈传才，两个人有些重合的地方。如果是我写的话，我大约只会写陈传才这一条线，我觉得我把陈传才写好就可以了。

王锐：小说给我最深的感觉就是作者不太尊重他笔下的每一个人物，细想一下这些人物都不太立得起来。就拿陈传才来说，这样一个逃逸变形、特别高大上的人，他的理想竟然只是成为一个正式工，跟庸常的小人物太像了。如果他善于逃逸变形，可以那么轻易地把一个人变成一头猪，这样杀伐决断的能力，跟他这样一个微小的理想之间是非常矛盾的。

吴敏：这篇小说给我的感觉是个荒诞小说，令我想到了很多中国传统的神鬼志异小说，比如孙悟空的筋斗云、七十二变、撒豆成兵。不过这篇小说每个人物之间的关系、感情都比较陌生和松散，我在想如果二曼和三曼就是沙拉木的母亲和他的姨妈，那个关系就好玩了。还有那个会变成蝙蝠的女子，她说她的母亲是个哑巴，在阁楼里面沙拉木找到了一个日记本，上面写陪陈传才吃枣的也是个哑女，如果能对应一下也挺好玩的。

庞余亮：其实这个小说家对小说的追求确实很了得，但最大的问题是他处理素材的能力确实太弱。小说放出的每个点都很闪光，起码够写十篇小说，比如沙拉木怎么找到毗卢市，毗卢市怎么到这个现场，能写一篇小说；陈传才能写一篇小说；"我"和姨妈能写一篇小说；"我"作为一篇小说家没有写出一百篇小说，又能写一篇小说。

程舒颖：这篇小说语言生动，开头就非常吸引人，借助了陈传才的幻术，极尽奇诡，十分"陌生化"，小说的两条线索也比较清晰。小说使用了元小说的形式，蝙蝠女与沙拉木说话，期间嵌套了整个故事，但叙事顺序却是并行的。而且小说中的沙拉木还是个小说家，最后蝙蝠女消失，亦真亦幻，一切又好似沙拉木的一个梦。

但这篇小说在想象力与逻辑的平衡问题上略显不足。没有人会低估想象力对于小说的意义，但情节走向、人物内部的逻辑，需要作家有较好的思辨能力。这篇小说想象力有余，几乎是靠想象推动整篇小说，所以相比之下逻辑性的动力缺失。形象一点来说，故事不是自己往前走，而是通过作者不断抛出的想象力的点子与元小说的结构去推动的。情节内在逻辑的推动力，可以让小说更紧凑。

初夏：这篇小说熔过往与当下、民间传奇与年代生活、超现实与历史于一炉，很像作者带着我们读者乘一张魔毯，在陈传才和沙拉木的世界、在真实世界和魔幻世界之间穿行。这是一个不合时宜、日渐平庸、困顿的青年对自己缺位的父亲的想象。

首先，我倾向于认为陈传才的特异功能是沙拉木想象出来的，我们也想探究产生这种想象的起因是什么，是不是这个缺位的父亲带给这一家情感的影响，乃至他消失之后引发的痛苦的一种连锁反应？是不是他不合时宜基因的传承？

其次，沙拉木一定要为了写小说才能跟蝙蝠女交流吗？现在即使去掉沙拉木对小说的探讨，这篇小说依然是风格统一的，沙拉木这个讲故事人的形象可以是其他职业。

再次，这个故事是发生在什么时代的？我觉得可以更明确一点。作者心里要清楚那个历史时期发生过什么，陈传才的一生经历过什么，对沙拉木有什么样的影响。

最后，我跟其他的青年作者朋友、编剧朋友交流的时候，我们经常会互相问问题：这个故事跟你的连接是什么？你为什么要写这个故事？这里面的某个人可能有你家人的影子吗？这个故事最让你兴奋的部分是哪个？最让你痛苦的部分是哪个？我们回答这些问题以后，可能会有一个完成度更高的小说。这个故事放在舞台上可能也会非常好看，或者作为一个手机游戏也很棒，我们可以从沙拉木、陈传才、蝙蝠女的角度进入。我很期待小说的多种可能。

大头马：我其实很难把这篇文章称之为小说。在我看来，一篇小说算不算真正的小说，一个最核心的问题就是这个小说有没有活。

一篇小说怎样才可以是活过来的？大致有一些外部和内部的条件。外部条件比如说语言，小说整体呈现的观感、质地，就好像一个人的外表；内部条件就是它的叙事是不是有逻辑，人物能不能打动人。小说的内外部关系一定是统一和稳定的。具体到这一篇，确实是有很多问题，比如两条线索使用了不同的语言，这种语言的不稳定造成了小说叙事上的混乱。

我觉得如果还不是特别成熟的小说家，可以先把一篇小说的故事梗概写出来，慢慢扩展为一个大纲，这样对你要创作的东西可以有一个清晰的思路，把握好叙事的发展方向，你就更有控制力，也方便修改。

韩松刚：第一，大家一致认为"大逃逸术"是一个非常好的题目，但我突然觉得可能正是这个好题目伤害了这篇小说。这个题目还是有点大，一个大题目对于短篇小说来讲不见得是一件好事。同时，这个题目暴露性太强，指向性太明确。其实，这个作品本身表现的容量是有限的，在这样一个狭小的空间里不允许存在太多空隙。所以我想，是不是起一个相对通俗一点的题目，比如就叫"姨父陈传才"，或者"陈传才小传"之类的。从写作的初衷来说，我认为还是要立足一个朴素的起点。

第二，我个人认为小说的语言还是非常有问题的。文白混杂不说，方言的使用并没有给小说带来表达上的特殊感觉，相反，读起来有点隔。另外，小说的整体语言逻辑不通，前言后语经常会出现断裂，导致语义的含混不清。短篇小说的语言表达应该是很精准的，在这一点上，这个作品还有很大的修改空间。我建议要对这个小说"痛下杀手"，给小说语言，包括结构、人物认真做做减法。

第三，小说的腔调问题。一部好的小说应该有自己的腔调，就像一个人呼吸或者说话、唱歌，要有一个适度的表现。比如一个歌手，把一首歌唱跑调了，我们就不能说他是一位合格的演唱者。同样的，如果一部小说的表达和呈现失准了，不稳定了，那这部小说也就走样了。

李樯：这篇小说最大的好处是我愿意看完，因为我比较关注人物的命运。大家提到的复线结构，具备一种高级感，也自带了某种张力。我觉得这个设计是没有问题的，但处理不好，也是一把双刃剑，两条线要相互辅助、相互推动、相互勾连，它才更成立、更成熟、更有力。

对于今天的这篇小说，我觉得作者首先要解决的一个问题是主体故事到底要讲什么。小说最大的问题就是亮点很多，但对各个亮点之间的逻辑关系的处理，都没能有效地达成。

其次，我觉得这篇小说要简化人物关系。各个人物之间的关系，作者意识到了，但没有表达到纸面，这样就对读者造成了理解障碍。

小说怎么把"逃逸"写好？古代的志怪小说除了《聊斋志异》，还有《阅微草堂笔记》《太平广记》《搜神记》，可以翻翻人家怎么写，做一些功课。

本期实录由南京师范大学陈倩阁整理，
首发于《青春》杂志2022年第12期，收入本书时有删改。

大逃逸术 /何雨生

沙拉木三十四岁生日那天晚上，姨娘的下巴颏儿掉了下来。

当时他正舀了一勺蛋糕往嘴里送，心里咯噔一紧，感觉不对，拿起手机打过去，通了，对方无人应答。一下子又想起什么，摁了后重打微信视频过去，果不其然，姨娘那边摇晃着脑袋，下巴颏儿已脱落开来，瞬间幻化成一只皱巴着脸的狸花猫，口中含糊不清道："s（z）、h、u……"听不清是树还是猪，不过姨娘近年来屡有此类吊诡举止，沙拉木也是见怪不怪。

他还是决定去毗卢市瞧瞧。

临行，一眼瞥见桌角写了半拉的小说，略一沉吟，顺手带在身边。

一直以来，姨父陈传才在沙家亲戚谱系中俨然隐形一般，要不是母亲在世时偶尔提过几次，沙拉木甚至都不知道他的存在。不知何时起，沙拉木突然心血来潮，想着写一篇关于他的小说……

陈传才是大城市来的，头发自来卷，皮肤白皙，脸部轮廓硬朗，很像电影里的外国人，招惹了村里很多女孩多情的目光。那时他不安于干农活，成天想着招工或当兵。支书看他一身"浪里白条"式的白肉就来气，说什么时候晒黑了再研究，几次出去的机会都给旁人占了。支书女儿二曼迷恋陈传才那头卷发，托人带话说只要跟自己好，村里那一关不成问题。

陈传才答应了二曼，很快被大丰一家农场招了工。

农场实行半军事化管理，集训结束，陈传才被分配到炊事班。

司务长看了看陈传才那一头茂密得有点不像话的卷发，挠挠脑袋，不经意地皱了下眉，挥手道："青年应该到最艰苦的地方去，广阔空间，大有作为。你去猪场找朱投吧。"

陈传才到猪场去看了看，没见到人，只有一头巨大的黑猪伏在圈里，见陈传才过来，也不招呼，只哼哼两声。陈传才想自己在城市成长，读书十来年，如今沦落到农场养猪，一时忍不住大哭。

哭了一会儿，觉得似有什么东西在身上蹭了蹭，转头一看，一个浑身猪粪味的男人趴在身旁，用嘴巴拱拱自己。

那人见他回头，赶忙往后退了两步，口里呜噜呜噜几声，半天才发出声来："你、是、谁？"一个字一个字地往外蹦，仿佛好久没说过话。

陈传才赶忙抹掉眼泪，把手在衣襟上揩揩，伸手过去，说："你是朱投同志吧，你好，我是新来的工人陈传才！"

朱投张大嘴，似乎笑了笑，一边呜噜几声道："你、是、新、来、的？"一边摇头说："手、脏，不、握。"

见陈传才不知所措地站在那儿，朱投晃晃脑袋，又说："吃、饭，吃、饭。"这话说得挺顺。

姨娘家这边的房子见缝插针地挤占着不多的空间，一律盖得挺拔耸峙，都有五六层高，门脸儿偏偏窄得要命，除一楼自住或开店，其余每层两个巴掌大的房间，全部租给附近工业园区的房客。

店里挤着老式柜台和货架，生意虽说有一搭没一搭，人却是不能离开片刻。姨娘手上拎着那个自己手工做的苍蝇拍，木柄前端有点开裂，绑了条橡皮膏且对付着用。她常年躺在店门口，眼睛合拢，你说她睡着呢，手中那个破苍蝇拍还时不时地舞两下，糊弄落在脸上的苍蝇；要说她没睡着，分明有时已在打鼾，长一下短一下的。

见沙拉木来了，姨娘欠起身道："唉，儿子，你怎么来了？是想姨娘了啊？"对于姨娘叫自己"儿子"这事，沙拉木早已习以为常，反正她终身未嫁，叫自己一声儿子也不为过。

昨夜情形她仿佛毫不知情，对沙拉木的不邀自来，一边假装抱怨："唉，儿子，你看我这儿小得连安顿你的地方都找不到。"一边还不忘问候沙拉木死去的母亲："唉，我那死鬼三曼妹子，走了快十年……其实依我说，她这样反而好，一了百了，像我这样不死不活的，简直受罪。"

沙拉木摆摆手，熟门熟路道："没事啦，你忙你的，我住之前那个阁楼就好，不放心来看看你，过两天就走。"

姨娘家的房子跟大家盖得相仿，唯一例外的，是她家五楼上面多搭了一间尖顶的阁楼，平日里散乱堆放着杂物。

她说："唉，儿子啊，你看我这儿成天穷忙，实在没空照应你，要什么东西直接从店里拿，香烟、水果、方便面、矿泉水什么都有……要外卖也跟我说，打电话让人家送。"

沙拉木摆摆手，说："姨娘，你只管开你的店，我这么大的人了，不用你劳神。"

话是这么说，姨娘还是拖着肥硕的身躯跟着爬上来。三楼的一间房半掩着门，传出女子妖气的笑声。

阁楼上一股阴郁的腥臊气味，沿墙桌子上立着一个已看不出眉目的相框，框架摔破了一角。忽然有只蝙蝠嗖的一下超低空掠过两人头顶，姨娘手里的破苍蝇拍迅速在空中嗖嗖劈刺了几下，那货眨眼间已不知藏身到哪个缝隙里了。姨娘虚张声势地对着空气恶声道："再出来，看打不死你！"阁楼斜坡那面安有一个天窗，只要抽开闩着的窗栓，那窗就可以从里面打开。

楼下女子的大笑声一阵一阵穿透上来，虽隔了两层楼板还是压抑不住。姨娘尴尬地一笑，摆了摆苍蝇拍，讪讪道："你先歇着哈，我下去让她收敛点。"

不知道姨娘下去是怎么说的，也许根本就没说，整整一个下午，那暧昧的声响一直断断续续不绝于耳，自下而上反复冲击着沙拉木的耳膜。沙拉木有点晕车，忍不住倚在床头打了一个盹，不知不觉响起两记鼾声，把自己惊了个半醒，随后又迷糊了过去。

朱投跟猪生活在一起十多年，跟猪同吃同睡，举手投足跟猪早就没有两样。除刚来那天，他象征性地陪陈传才吃过一顿饭，其余都是跟猪一起进食。他很少开口，跟陈传才讲话从没超过十个字。开始陈传才还妄图把他拉出这种状态，吼他道："你是人！不是猪！"可惜他一点也不领情地翻翻白眼，一扭头，又钻到猪圈里去了。

陈传才属于农场临时工，要想转成合同工，乃至正式工，立功受奖、入党提干是必要条件。他每天早早起来打几筐猪草，剁得比米还细，拌入稻糠、米糠，炖满满几锅猪食。等大猪小猪，还有朱投吃饱喝足，再拿着扫帚和水管将猪圈冲洗得光可照人，比自己睡觉的地方还要干净整洁。

虽然在他的精心伺候下，猪的体重吹气般增长，猪场一派欣欣向荣，但距离转正的条件好像还差得天上地下。照此下去，用不了多久，陈传才又得回村继续当农民。每每想起这些，再看看跟猪摸爬滚打在一起的朱投，陈传才似乎看到自己未来的影子，一下子陷入苦闷中。我能过这样的日子吗？死也不能啊！

朱投看陈传才心事重重，挨过来道："不、叹、气。"

陈传才愁眉苦脸道："唉，养猪能养出什么花儿来呢？"

朱投说："你、叹、气，我、们、也、吃不好。"每次说到与吃有关的话，朱投都不打磕巴。

一天陈传才起床晚了，发现猪群已跳出猪栏，溜进机关大楼，有几头甚至闯入场长办公室，大摇大摆地在沙发上睡了一觉。

朱投呜噜呜噜几声，主动检讨道："我、拦、不、住。"

陈传才也自我检讨："不怪你，是我成天光想立功，这些祖宗不服侍好，真不行。"

朱投又说："它、们、喜、欢、听、号。"

朱投的话让陈传才瞬间眼前一亮，既然它们喜欢听吹号，那就吹给它们听。

陈传才借来一把洋号，向号兵学习了几天，勉强吹出了调。嗒嗒嘀嗒，号声一响，所有的猪统一起床，在圈里排好队；嘀嘀嗒嗒，号声再响，一字排开到各自食槽进食；嗒嗒嗒嘀，三声号响，集中去猪舍外的空地上放风、运动，去后边小河沟里洗刷。

虽然刚开始秩序有点乱，不过时间一久，加之有朱投在猪群里起带头作用，猪群竟逐渐懂得集合、列队，再往后学会了立正、齐步走等各种指令。

陈传才三天两日就将这支猪队伍拉到操场上，给众人表演分列式、齐步走等训练成绩，引来大家一片叫好。

这个场景被通讯员拍下来发到场部通讯上，后来又被地区机关报转载。区长是从农村出来的，非常有感情地打电话给场长，让他转达自己对那个养猪大王的敬意。场长当即表态，陈传才同志作为我场特殊人才，正在考虑作为本年度优秀职工嘉奖，场部有意让他继续为全场干部职工的后勤事业贡献自己的光和热。

一头大猪闯到沙拉木的梦境里，那猪直立足有两个沙拉木高，背脊上的纹路白黑相间，用狡黠的小眼神望着他。沙拉木心中觉着好生眼熟，突如其来一股莫名的亲切感，却又说不出个所以然。

恍惚间，忽见那猪将身晃了几晃，面目瞬间变化成了姨父陈传才的嘴脸。沙拉木看着得趣，轻笑出了声，突发奇想："哎，你能变成人的身子猪的脸吗？"那分不清是人是猪的家伙哼哼着没加理会，将身蓦然纵起，喷出一股腥臭的红雾，眨眼间已从阁楼那扇天窗口斜斜翻出，临行前不忘回过头瞪他一眼，然后消失不见。

天色向晚，姨娘好像也没想起喊沙拉木下去吃饭，只是在床前矮柜上放了一只开水瓶，旁边还放了一只磕破空头的鸭蛋。沙拉木才想起今天立夏，习俗吃蛋。耳朵里似乎听到有动静，像是江湖好汉飞檐走壁，拉开灯，见有一只蝙蝠在屋里乱飞。

沙拉木对此类生物异常腻烦，起身寻摸了一根细棒，闭上眼乱舞一气。感觉细棒那头击中那物一侧翅膀，落地后趔趄着向一边爬行，他忍住恶心，冲过去又是一劈，却被它爬到床下躲藏起来。

沙拉木喘口气，随手倒一杯水，喝了两口，温温暾暾的。转身过去抽开窗栓，窗外没看到有猪飞过的痕迹，只见一棵大树蓊蓊郁郁，庞大的树冠跟外面墨绿的夜色暧昧地搅在一起。他无聊地回过头，见桌上镜框里面密密麻麻嵌满过去的影像，依稀可见有人穿了没领章的军装；还有女孩子的照片，看上去很年轻。随手在床头矮柜里翻出几封信，还有一个塑封皮的日记本，一看就是有一点历史的东西，翻了几页，年代已久，蓝色字迹漫漶不清。

门又被敲了两记，弱弱的，声音里透出一股小心。阁楼其实没装门，来者还是礼节性地在门应该存在的位置敲了敲。沙拉木扭转头，门口站着一个看不出年龄的女人，穿着一袭暗黑带花的套裙，里面黑色的内衣，却涂了一个大红的嘴唇，巧笑吟吟道："喂，帅哥，你好啊。"

夜深人静，室内冒出这样一个黑衣红唇女子，难免不让人心生惊悸。沙拉木慌得丢下手中杯子，起身疑问道："啊，请问您是？"

那女人眨眨眼，娇嗔道："你刚刚把人家都打疼了，现在又装不认识，咱们是邻居哎……"

沙拉木还是有点发蒙，道："哦、哦，你好你好。"

女人现出一丝调皮，自来熟道："怎么补偿我啊？咦，屋子里一股鱼腥味，你晚上吃鱼啦……给我个鱼头呗，鱼骨头也行啊。"

沙拉木指指屋里那些可疑的角落，抱怨道："哪儿来的鱼腥气，你看我这阁楼哪像有鱼的样子……蝙蝠倒有，灯一熄，在屋子里飞来飞去，讨厌死了。"

女人赶忙嘘一声，作势道："嘘，声音轻一点，这蝙蝠是楼下那老巫婆养的……她说，用蝙蝠煲汤喝，身上就会生出翅膀飞起来，她已吃了四十八只，七七四十九，再有一只就大功告成。"

有风从树头刮过，外面大树的叶子轻摇起浪，和同样起浪的灰蒙的天空。沙拉木抬起头，可以直接看见窗子外庞大的树冠上，隐约一只瘦骨嶙峋的黑猫蹲踞其上，两只眸子闪烁着巫师一样的神秘光环，神色有点无精打采，目瞪口呆。

半晌，沙拉木说："好想有双翅膀啊！"

女人悠悠道："其实也不是你想的那样，有翅膀也不一定能飞得起来，飞起来也不一定需要靠翅膀。"

沙拉木有点固执道："只要有机会，猪也能飞！"

养猪又脏又累，陈传才每天起早摸黑不说，还要跟这些嗷嗷叫唤的猪八戒斗心眼，心情苦闷时就想起二曼，把心思通过信笺跟她诉说。他当然不会傻乎乎地说自己在农场养猪，信里吹嘘自己分在后勤部门，相当于司务长。

二曼没上过学，陈传才的信都由妹子三曼代读。二曼每次接到信不会马上请三曼读，她要把信件藏起来，每晚都揣在胸口睡，等心里的那股劲慢慢过了，才娇羞地拿给三曼，让她一字一句读给自己听，然后再口述着请她代回。

三曼对帮二曼读信不生气，但每次等几天才给她，这做法让她很不舒服。她觉得这些字像被二曼嚼过一遍，已嚼碎了、嚼烂了，自己还得再嚼一遍，这让她恼怒不已。

陈传才训猪被评为先进不久，场部接到上级的抗洪任务。农场驻地附近有水库，担负着全区几十万人口的饮水和灌溉重任。区里命令农场抓紧组织干部职工赶赴水库阵地，全力保证水库安全。

场长召开了全场职工大会，发布紧急动员令，宣布全场立即进入战备状态。全体人员忙着准备抗洪物资，司务长也带领后勤一班人杀猪宰羊改善伙食。

大家干得热火朝天之际，一个女孩手拿陈传才写给二曼的信，来到农场大门口，自我介绍是陈传才的未婚妻。尽管重任当前，场长见陈传才的未婚妻来了，心里非常开心，跟指导员商议道，天气预报说近日将有大到暴雨，眼前毕竟还没下起来，不如趁出发前给他们办场婚礼热闹热闹，顺带鼓舞一下士气，以壮行色。

俩人一拍即合，指导员亲自找女孩询问意见。见她只是红着脸不吭声，也不摇头，于是敲锣打鼓，张灯结彩，场长和指导员分别作为证婚人和主持人，突击为他们俩举办了一个临时婚礼，吹吹打打送进洞房。

晚上十二点，天空突然作变，暴雨眼看着将要来。场部接到上级紧急通知，洪峰已提前来临，全员即时出发，不得耽误片刻。集合号吹响后，场长忽然发现陈传才从操场一角晃身而出，后面尾随着一头大黑猪，袒露着肥白的肚皮，走得呼哧带喘。

情况十万火急，场长来不及多说，匆忙间还是关切地问了一句："新婚之夜，你不待在洞房，跑到这儿发什么神经？"

陈传才道："抗洪要紧，别的事回来再说……场长，让我也跟着队伍去吧！"

场长怒道："乱弹琴，你这时候跟着添什么乱……再说了，你真舍得新娘子一个人独守空房啊？"

陈传才还不死心，争取道："场长，你看我这么大的块儿，不信到那儿没我的用武之地！"

场长严肃地说："当然，我理解你立功心切，但大家各有分工，你的任务就是把猪喂好……"

场长顾不上跟他啰唆，摆摆手，带着队伍紧急出发了。陈传才嗫嚅了几句，摇摇头，想说啥又闭上了嘴巴。

不知什么时候，女人已跟沙拉木并肩站在一起，道："以前好像没见过你啊，帅哥，你也是租客吧，以前这阁楼不住人的，现在怎么也租出去啦……"

"我不是租房的，我是他们家亲戚……"沙拉木想了想说，"其实我真正的身份……"

那女人没注意沙拉木在说啥，做了个捻钞票的手势，挤眉弄眼道："哈，现在连阁楼都能租出去啊，多少钱一个月？"

沙拉木喃喃道："我其实是一个小说家，最近在写一篇小说，有关姨父在猪场养猪的故事……"说了半截，见那女人直皱眉头，沙拉木马上知趣地把嘴巴闭上了。

"咦，我感觉你这是在跟我讲神话故事呢？唉，要不然你写武侠试试，要不弄点玄幻、穿越啊什么的……"女人很热情地给沙拉木出着主意。

沙拉木嗫嚅了半天，说："我想写的是一个爱情故事，其实也不算爱情，而是一个人逃逸的故事……嗯，这样说也不准确……到底写什么我自己也没构思好。"

女人很不耐烦地撇撇嘴："你自己没想好写它干吗？而且这样的故事太多了，现在的小说写得都太烂了。"

沙拉木无奈地把双手摊开："不过，我写的这个人我压根没见过，或者有没有这个人都是一个谜……我觉得他应该叫陈传才，可能是我的姨父……"

女人走过来，安慰性地碰碰沙拉木的胳膊，话题一转道："帅哥，你有没有发觉我这人话特别多？"

沙拉木兀自低着头，丧气地接着说："我曾发誓说三十岁之前要写一百篇小说，要成为一个伟大的小说家……我今年三十四了，至今连一篇小说都没写好……"

女人心不在焉地说："告诉你一个秘密，其实我的母亲是个哑巴，哈哈，你没想到吧……"她一边说，一边不住往门外探头张望，看上去有点惧怕的样子。沙拉木不以为然道："我姨娘都那么老了，走路都不爽利，你怕个啥？"

女人抱怨说："唉唉，说得轻巧，你是不知道，她手里的苍蝇拍就是个凶器，一不小心给来上一家伙，骨头都能被打折了。"

抗洪基本没有陈传才的任务，像场长说的，他要做的就是把猪养好养肥，以便在需要的时候能随时供应。

但陈传才还是悄悄地尾随着大部队出发了，没让其他人发觉，但他不知道的是，朱投也带着猪群从圈里翻出，偷偷地跟在他后面。

抗洪一开始很顺利，水库虽然年久失修，但大堤看上去还是稳稳当当的。大家按照事先排好的值班表，轮班在堤上巡逻，对一些可能引起溃决的漏洞，该堵的堵，该加固的加固。在大家的齐心协力下，大坝显出一副岿然不动的样子。

河堤决口出现在第三天的下半夜，暴雨如注，夹杂着大风惊雷，堤坝一侧先出现了一个小隙，堵上没一会儿，旁边又豁开一个大口子。大家打着号子，赶忙将预先准备好的布包和石块推了下去，然而水流湍急，决口被越撕越大。

场长红了眼，现场临时组织了一支先锋队，带头喊一声："一不怕苦，二不怕死，大家跟我冲啊！"

陈传才从藏身处霍然现出身来，高声叫嚷起来："等一等，场长，让我来！"说罢，奋不顾身地跳了下去。众人眼前一花，只听得一声巨响，似一块千斤巨石落进水中，水势顿时为之一滞，但很快一个大浪打过来，水势又涌过来。

这时，一头大黑猪从众人身边擦过，循着陈传才跳下去的轨迹冲入激流中。接着，出现了令大伙儿目瞪口呆的一幕，只见后面一支大肥猪的队伍，一头跟着一头排着队相继冲了下去，硕大的猪群霎时严严实实地卡在了缺口处……

像是全世界的猪都集中于此，脑袋贴着脑袋，嘴巴挨着嘴巴，那么多的猪，平时在猪场看不出，即使在操场上训练也看不出来，不显山不露水的，这会儿排成一字纵队，黑压压的。大家脑海里不约而同地想到曾学到过的一个词语——熙熙攘攘。

大家趁机把赶运过来的砂石抓紧倾入水中，决口终于被堵上了。

洪峰过后，那些会游泳的猪被人们一一赶上岸，陈传才却不见了踪影，失踪的连同那头大黑猪。

不过也有人说那不是猪，是朱投。

大部队返回，场长惊异地发现场部又多了一个女孩，口称自己是二曼，原来前次来的却是三曼。姐妹俩形似孪生，加之陈传才跟二曼只见过几面，开始没有认出。入伍前陈传才跟二曼定了亲，有过一次亲热，二曼胸脯那儿有一块暗红色胎记，形似蝴蝶。成亲当晚，陈传才无意中发现床上的这个不是二曼。询问之下，才明白原来是三曼得到陈传才先进的喜讯，暗暗将信匿下，私自冒充来场部，早存了生米做熟饭的念想。

司务长在收拾陈传才留下的物品时，从枕头下寻到一个塑封日记本，上面密密麻麻地写满了字：

逃逸术为六朝隐士潘师所创，修习者勤奋练习，能于众生芸芸中脱离混沌，到达异境……

众人围着看了半天，没看出个所以然，随手一扔道："什么乱七八糟的东西！"

场长劝三曼说："尽管你俩进了洞房，不过从世俗意义上来说，二曼才是陈传才同志真正的爱人，所以，你看……"三曼抹抹眼泪，一咬牙道："领导放心，他的抚恤金我一分钱也不会要，我最多只要这两样！"说完，一指那个扔在一旁的塑封日记本，以及一张陈传才在农场的合影照。场长没料想事情解决得如此简单，顿时松了一口气，连声道："没问题没问题，你的路费也归我们报销。"

从此，陈传才消失在茫茫人世间。

姨娘在楼下试探性地喊了沙拉木几声，他佯装没听着，回过头来，沙拉木发现自己已躺到床上，那女人蜷缩在旁边。听到姨娘的叫嚷，沙拉木慌道："咦，咱们不是在讲写小说吗？"

女人痴痴道："我们就一直在讲故事啊，不过你说她会相信吗？"

楼梯上传来姨娘沉重的脚步声："儿子，怎么喊你都听不见呢？"

沙拉木浑身冰凉，忽觉女人身上比自己还要凉，阴恻恻的瘆得慌，颤声道："咦，你身上凉飕飕的，怎么不像是个人呢？"

女人道："可不是吗？谁告诉你我是个人呢！"

定睛一看，原来是一只硕大的蝙蝠，生了一副女人头脸。

姨娘已快走到楼梯口，俩人慌作一团，忽听天窗那儿一响，一颗长着卷发的头颅从树枝间探了进来，再看却是姨父陈传才，招手道："快，过来，到我这儿来！"

女人唰的一下蹿上大树，眨眼间已消失在浓密的树叶丛中。

沙拉木一急，跃起来喊道："哎，姨父，你们等等我啊！"身子一轻，也到了窗口那儿，只要往外一纵，似乎便可跟随姨父陈传才的身影。

那边姨娘拎着苍蝇拍气喘吁吁地上了阁楼，听到沙拉木在喊，狐疑道："姨父？什么姨父，姨父是谁？儿子，你被梦魇住啦？"

沙拉木来不及跟她说话，一闭眼，蹿了出去，只觉眼前一阵迷糊，然后便失去了知觉……

一觉醒来，沙拉木发现自己并未死去，身子睡在一个熟悉又陌生的阁楼里，床边黑乎乎蜷了一堆似乎衣裳类的物件，拎起来用手捻捻，薄如蝉翼，滑似凝脂。头顶上方的窗子坏了半扇，风一吹，咯吱咯吱地响。地上散乱了一地稿纸，拾起来一页，"我的姨父陈传才"几个字跃入眼帘。他恍然记起什么，急忙走过去推开窗户，窗外空无一物，露出一碧如洗的蓝天，那么无垠而寥廓。

意识中发生的一切仿佛只是一场梦，又好像不只是梦。沙拉木手里拿着那页稿纸，目瞪口呆地俯视楼下。他几乎可以肯定的是，那光滑如砥的水泥地下一定藏有一个硕大无比的树洞，而自己小说中的姨父陈传才正狡黠地从洞口向他露出陌生又熟悉的微笑。

本文为毕飞宇工作室第28期小说沙龙讨论作品修改稿，

首发于《青春》杂志2022年第12期。